风雅壮阔

铮铮诗骨陈子昂

戈旭皎 著

四川文艺出版社

图书在版编目（CIP）数据

风雅壮阔：铮铮诗骨陈子昂／戈旭皎著. --成都：四川文艺出版社，2025.3. --ISBN 978-7-5411-7178-9

Ⅰ. I247.5

中国国家版本馆 CIP 数据核字第202570UJ85 号

FENGYA ZHUANGKUO ZHENGZHENG SHIGU CHENZIANG

风雅壮阔：铮铮诗骨陈子昂

戈旭皎　著

出 品 人　冯　静
编辑统筹　罗月婷
责任编辑　王思鈜
内文设计　史小燕
封面设计　叶　茂
责任校对　段　敏
责任印制　桑　蓉

出版发行　四川文艺出版社（成都市锦江区三色路238 号）
网　　址　www.scwys.com
电　　话　028-86361802（发行部）　　028-86361781（编辑部）

排　　版　四川胜翔数码印务设计有限公司
印　　刷　成都紫星印务有限公司
成品尺寸　168mm×238mm　　　　　开　本　16 开
印　　张　16　　　　　　　　　　　字　数　270 千
版　　次　2025 年3 月第一版　　　　印　次　2025 年3 月第一次印刷
书　　号　ISBN 978-7-5411-7178-9
定　　价　78.00 元

目录

第一章　天生侠骨与道心

第一节　射洪县遭灾　陈元敬救人

唐贞观十八年（644），一场大洪水席卷四川中、东部。

川中射洪县受灾尤其严重。该县境内涪江、梓江同时泛滥，两岸良田被淹无数，众多民房被毁。洪水过后又有大疫。许多人染病丧命，乡野中哀鸿遍野。朝不保夕、流离失所的乡民们为谋求一线生机，纷纷涌入射洪县城。

射洪隶属梓州。整个梓州人口也不足二十万，射洪县城只有不到千户人家。数千流民涌入城中后，顿时将小小县城挤得水泄不通。街市上到处都是面黄肌瘦的流民。这些可怜的人沿街乞讨，只希望能侥幸求得一粥一饭，不至于饿毙街头、死无葬身之所，可城中居民却少有援手。并非人们铁石心肠，只因大灾之年，普通人家自顾不暇，哪里有余粮施舍他人？

射洪县衙门前的小广场上，也横七竖八倒卧着不少流民，大都是周边农户。按照唐朝律法，农人不许穿红着绿，只能穿本色麻布衣服，经过一番颠沛流离，人们身上的缺胯四襈衫早就看不出本色，污迹斑斑、破破烂烂，模样甚是凄惨。

县尉刘启明站在县衙门前，看着眼前黑压压一片流民，眉头紧锁，心中暗想："流民入城，居无定所，食无定时，正所谓穷极思变，要是他们走投无路，心生歹念，在城里作乱，那可就是我的不是了。不行！必须将这些家伙赶出城外！"

念及此处，刘启明命令身后如狼似虎的衙役："去，把县衙口的流民统统驱散，然后将满城流民逐出城外。"衙役得令，手持水火棍朝人群走去，一边走一边大声呵斥："走开！走开！走开！统统到城外去！"

流民大多有畏惧之色，但却并不打算离开。人们都知道，现在唯一的活路，就是在城里头等待官府救济。若是出城，不消几日必然饿死。

衙役头儿见人们动也不动，自然不满，喝骂道："你们这些杀才，难道听不懂人话吗？赶紧走，再不走当街打死。"说完举起手中水火棍，作势朝人群中一个中年人头上打去，分明是想杀鸡儆猴。

中年人形容枯槁、双目无神，眼睛直勾勾地盯着悬在半空的棍棒，眼神中没有丝毫畏惧，反倒像是盼着棍子赶紧落下来。

衙役头儿虽然做出一副张牙舞爪的样子，但毕竟人心都是肉长的，棍子也不愿轻易往这些可怜人脑袋上招呼，只是喝道："还不走？难道真不怕死吗？"

那中年人凄然一笑，说："人哪有不怕死的，不过出城也是死，乱棒打死也是死。与其死在城外，不如被各位打死算了。到时候起码还有人拿破席子裹吧裹吧给埋了，总好过抛尸荒野喂了狗。您说对吗？"

衙役顿时哑口无言，不知该如何处置，只好转回头望向县尉刘启明。

这十几日来，刘启明在城内见惯了饿殍，起初还有些恻隐之心，后来见得多了，心肠也就硬了。在他看来，当下最要紧的事儿就是保住自己这从九品的俸禄。见手下衙役拿流民毫无办法，刘启明顿时火冒三丈，提起手中铁尺，两步走到那中年流民面前，狞笑着说："好一个'民不畏死，奈何以死惧之！'那我告诉你，要是出城，或许还有一线生机！若不出城，我这铁尺可不留情面，让你立刻便死！"

那中年男人的眼睛空洞洞地盯着刘启明，也不说话，似乎无声地抗拒。刘启明大怒，高举手中铁尺，朝那人头上砸去。

正当铁尺就要落在那人头上时，旁边伸出一把剑，"铛"的一声镇住了铁尺。刘启明猛地转头，只见一位燕颔虎头、极有威势的年轻人站在他面前。这年轻人名叫陈元敬，乃本地豪族之后，家有千金之资，田多地广，虽平日里崇儒重道，但也是一个慷慨豪迈的"仁侠"，在当时颇有名望。刘启明只好换了一副嘴脸，笑盈盈地说："陈公子，您这是干什么？"

陈元敬当时二十不到，正是血气方刚的年纪，见县尉当街殴打流民，并要置之于死地，顿时起了扶弱之心。他对刘启明说："刘县尉，一场大水，不知毁了多少人的产业，百姓们断了生计，迫不得已才到城中避祸，没必要赶尽杀绝吧？"

刘启明说："陈公子，我几时说要赶尽杀绝了，只是让他们离开县城去谋生路罢了。"

陈元敬说："现在城外哀鸿遍野，听说树皮、草根都被饥民们吃光了，哪还有生路？你赶他们出城，就是逼他们去死。"

刘启明说："可是城中也没有粮米给他们吃，照样死路一条。"

陈元敬问："朝廷必然会调粮赈灾，届时粮米定会先到县城，城中百姓自然得救。"

刘启明呵呵一笑，说道："公子难道没听说？朝廷明年要出兵高句丽，正所谓兵马未动、粮草先行，更何况此次乃皇帝亲征，必然要提前备足粮草。从去年开始，朝廷向全国多地征收无数粮草，统统运到辽西当军粮去了，哪里还有粮食来赈四川的灾？"

刘启明这番话倒是没有扯谎，当时唐太宗李世民确实将大量粮草运往辽西，为亲征高句丽做准备。

那高句丽国位于朝鲜半岛，与半岛上的其他两个国家——新罗国、百济国相邻。魏晋南北朝以前很长一段时间，高句丽国为中原王朝的藩属国，称臣纳贡。自隋文帝时起，高句丽便屡屡挑战宗主国的地位，不仅试图吞并新罗和百济，甚至还曾入寇辽西。隋文帝派兵征讨，却因瘟疫流行、粮草不继等原因被迫撤兵。

隋文帝死后，隋炀帝即位。好大喜功的杨广连续三次亲征高句丽，每一次出征都带甲百万，耗费了不知多少国力。虽然最终"惨胜"，但却因为国力耗尽导致民变四起，隋王朝轰然倒塌。

大唐李氏一统中原后，高句丽有所收敛，尤其是唐高祖李渊在位期间，高句丽国派使者觐见唐朝皇帝，表示愿意称臣纳贡，还要在国内颁行唐朝历法。

但老实了没几年，高句丽便又起不轨之心，不仅频繁阻挠新罗国和百济国向唐朝进贡，还在与唐朝相邻的国界线上修起了长城，与大唐相抗的心思昭然若揭。

唐太宗李世民即位之初，便有大臣建议"敲打"一下高句丽，唐太宗说："想要攻下高句丽不难，只要我们从辽西向朝鲜方向进攻其北部边界，高句丽必然以倾国之兵相救，此时派一只海军从东莱出发，直击平壤，定然可以一举攻破！"

大臣说道："既然陛下已有万全之策，不如早做筹划，及早用兵。"

唐太宗却言："天下初定，百业待兴，我不愿发动战争，让百姓受苦。"

可是，去年（643）发生的一件事情却让唐太宗动了亲征高句丽的念头。在高句丽国内，有个叫渊盖苏文的武将发动政变，夺取了政权。此人掌权后，悍然入侵新罗国，夺取城邦五十余座。新罗国是唐朝藩国，受了欺负自然要向宗主国求救。

唐太宗得到消息后，立刻派使者前往高句丽，诏命渊盖苏文归还新罗国城池，但渊盖苏文态度强硬，拒绝归还。唐太宗勃然大怒，决定御驾亲征，讨平高句丽！他认为，前朝之所以屡次败给高句丽，主要是因为粮草不济、补给不力。为了避免重蹈隋朝覆辙，唐太宗立刻下令，命将作大匠阎立德在南方督造四百艘战船，用于装载军粮，同时又命太常卿韦挺等人负责将各州县的粮草提前调往前线。如此一来，全国大多余粮都被运到了辽西、山东，想要及时救济四川，那是难上加难。

对于唐太宗举全国之力亲征高句丽的事情，陈元敬也有所耳闻。他心想："这刘启明说的也不无道理，短期内朝廷的救济粮定然是指望不上了，可若坐视不管的话，灾民恐怕要遭殃。"于是说道："那这些饥民怎么办？总不能眼睁睁看他们饿死吧！"

刘启明道："那就不是我能管的事儿了，作为本县县尉，我只负责境内治安，其他的嘛，那是诸位上官们要考虑的事情。"

陈元敬说："县令呢？他没有什么办法吗？"

刘启明道："县令能有什么办法？一张张嘴要吃饭，可现在县里头一粒余粮也没有，就算是把我们这帮穿公服的都剁吧剁吧煮了，又救得了几个人？"

陈元敬见刘启明的话说的越来越"没边儿",便正色道:"即便没有救人的办法,也总不能起伤人的心思,人命关天啊!"

刘启明听了这番话,有些恼怒,便提高音量道:"陈公子家深宅大院、富贵无边,只道人人像你一样生下来就衣食无忧。你不妨在城里城外看看,哪一天不饿死十个八个。遇上这种年景,人命真如草芥一般。不是我心狠,只是无可奈何,又有职责在身,不得不为。"

陈元敬冷笑一声,说:"这便是你对饥民下毒手的理由?"

刘启明心中恼怒,说:"是,我毒、我狠,陈公子倒是心善,不妨把这满街饥民都接到家中,好生赡养,反正你家粮仓里有的是粮食,几千号人吃上个一年半载也足够了!"

陈元敬少年心气,最受不得激,再加上本来就动了扶困济危之心,于是便说道:"把饥民全都请回家恐怕有难处……"

他话还未说完,刘启明便讥讽道:"可不是吗?凡事一到自己头上,便有了难处,别人做事时在一旁指手画脚,倒是容易得很!"

陈元敬没有理会刘启明的夹枪带棒,很平静地说:"刘县尉,你容我把话说完。把饥民全部请回家自然行不通,但我决定拿出家中存粮,赈济本县百姓。"

说罢,陈元敬对在场饥民们大声说道:"明日,我在城门口开粥棚,到场就有粥喝,虽然不是珍馐美味,但肯定管饱。你们把这个消息告诉其他饥民,到时候大家来喝粥。"

现场顿时一阵骚动,有人问:"这位公子,不是在说笑吧?"

"大丈夫一言既出驷马难追,我不说笑,你们明日尽管来。"陈元敬言之凿凿,说罢又转过头对刘启明说,"刘县尉,你既然负责本县治安,那明日来我粥棚维持秩序,可否?"

刘启明有点发愣,也说不出话,只连连点头。

第二天一大早,射洪城外炊烟升起,一溜粥棚凭空出现,十口大锅架起,锅中米粥咕嘟咕嘟,锅下柴火噼里啪啦。阵阵米香弥漫十里,对于已经多日食不果腹的饥民而言,这味道便是最好的引路人,上千饥民携家带口蜂拥而至。

陈元敬站在粥棚边,穿一身素色的交领右衽袍,头戴竹冠。一眼看上去挺素朴,但仔细看的话,就会发现他头冠上的发簪是银鎏金簪,袍子腰带上挂着的玉佩是上好的和田玉，雕工极其精细。单看衣着、神态，陈元敬颇有些魏晋名士的风度，不过他腰间悬着的那口龙泉剑，却又在"提醒"众人——此人可不是手无缚鸡之力的书生，而是称雄一方的豪杰！

陈元敬见大锅里的粥熬得差不多了，拿起一双筷子插进粥里，对负责熬粥的家丁说道："别舍不得放米！最后熬出来的粥要插筷子不倒才行。"

此时，饥民们已经涌到粥棚前，眼巴巴地看着锅里的米粥，眼神中的饥渴难以掩饰，有些不安分的人，仗着比其他人壮实一些，开始不断向前拥挤。陈元敬对着人群大声喊道："各位排好队不要挤，米我有的是，老人、女人、孩子排前面，男人排后面。若是有人拥挤、插队，莫怪我陈元敬不客气。"众人见他既有善人模样，又有金刚面目，自然不敢再造次。

此时，县尉刘启明也赶到了，他见陈元敬果真大开粥棚、赈济灾民，心想："好一个陈元敬，真阔绰，也真豪爽！"但他对昨天的事情还有点耿耿于怀，所以也没有和陈元敬多说话，只是安排手下人帮忙维持秩序。

布粥开始了，饥民们井然有序地端碗领粥，然后便是场面盛大的集体进餐，数日粒米未进的老百姓们终于吃了顿饱饭。填饱肚子的饥民们对陈元敬自然是感恩戴德，围在他身旁，纷纷说些吉祥话，表达谢意。

有人说："陈公子好心肠，将来一定大富大贵。"

又有人说："陈公子现在就已经贵不可言，还说什么将来大富大贵？"

"对对对，陈公子不仅大富大贵，还福寿绵长、子孙万代。将来生的儿子就是天上的文曲星下凡，生女儿就是七仙女降世！"

……

陈元敬哈哈大笑，他今年才不到二十岁，什么子孙万代、生个文曲星这种事，对于他来讲似乎还很遥远。

陈家的粥棚连开一个多月，赈济灾民无数，陈家粮仓中的粮食自然也消耗的极快，眼看着一万多斛粮食如同流水一般进了灾民的肚子。当时一斛是十斗，一斗约今天十六斤粮，这么算下来，陈元敬总共"散"出去约今天八百吨粮食，可谓是千金散去。好在后来朝廷终于腾出手来，四处征收粮食赈济灾区，才算化解了这场席卷川中的大灾，"陈家粥棚"也终于"歇业"。

第二节　生于巨富家　长在寒门中

陈元敬散家财救济贫民的侠义之举，很快就在四川传开了，最后甚至传到了朝廷，连朝中大员都称他为西南大豪。蜀中各路豪杰仰慕陈元敬侠肝义胆，纷纷从各地前来射洪县陈元敬府上做客，只为与他结交。那段时间陈家宾客不断，陈元敬迎来送往，不在话下。

贞观二十一年（647），陈元敬以"乡贡"身份进京赶考，明经擢第，拜文林郎。所谓文林郎，乃是从九品下的散官，有官名而无固定职事，若想真正踏进仕途，还需通过吏部"释褐试"的层层考核。唐朝初年，朝廷选官看重的是门第出生，即所谓的"门阀政治"，寒门出身的科举士人并不受重视，即便是考上功名，想要谋个一官半职也不太容易。陈元敬虽然家中巨富，但陈家并非当时的门阀世家，因此在官场上也只能算是"寒门出身"，想要谋一官半职并不容易。

若早上几百年，陈家也算是不折不扣的政治豪门。陈元敬的十一代先祖叫陈祗，三国时期汝南郡人。陈祗自幼父母双亡，在外祖父许靖的抚养下长大。许靖是三国时期的著名人物，先在汉廷担任御史中丞，后在益州牧刘璋手下担任蜀郡太守。刘备击败刘璋执掌巴蜀后，许靖在刘备手下任左将军长史；刘备称汉中王后，拜许靖为"太傅"。

陈祗有许靖这么一位在蜀汉政权中位高权重的外祖父，步入官场后自然也顺风顺水。最得意时，曾在刘禅手下担任镇军将军，当时他在蜀汉朝中的影响力，甚至超过了诸葛亮的接班人姜维。陈祗去世后，刘禅极度悲伤，以至于一听到他的名字就忍不住痛哭流涕，还下诏追谥陈祗为"忠侯"。

后来，蜀汉为晋所灭，陈祗的后代便归隐武东山。归隐后，陈氏家族与当地唐、胡、白、赵四大豪门，共同建立了新城郡，陈家子弟世世代代为郡长。这新城郡便是后来的梓州，换句话说就是，陈氏家族是梓州的"开山鼻祖"。

南北朝时期，陈氏家族有三兄弟出类拔萃，长兄叫陈太平，二弟叫陈太乐，三弟叫陈太蒙。陈太平被梁武帝拜为新城郡郡守，陈太乐担任新城郡司马，陈太蒙担任黎州长史。其中的陈太乐，便是陈元敬的五代祖。

陈太乐的儿子叫陈方庆，此人不爱做官，喜欢研究道德经、五行秘术、白虎七变法，是个出世离尘的神仙人物，隐居在武东山中。因此，从他这一辈开始，陈家便从蜀中的门阀世家逐渐成了隐居山野的"寒门"。

陈方庆的儿子叫陈汤，年轻时曾担任过郡主簿，但后来也学他父亲辞官隐居了。陈汤有两个儿子，陈广和陈通，其中陈通是陈元敬的祖父。陈元敬的父亲叫陈辩，此人英武豪侠，广有威名，却不曾谋得一官半职。从陈汤到陈元敬，陈家已经有一百三十年没有家族成员担任高官，所以从政治上来说，陈家在初唐时属于不折不扣的寒门。

起初，寒门子弟陈元敬志在打破家族"百年无官"的境况。为求得一官半职，他在长安城中苦等，希望吏部能早日起用自己。但就在陈元敬等官做的这段时间，从蜀中传来消息——老父去世！陈元敬悲痛万分，马不停蹄地从长安城赶回射洪县，为父亲出丧。

安葬父亲后，陈元敬万分悔恨，因滞留在京谋求入仕，他错过了与父亲见最后一面的机会。在父亲坟前，他久跪不起，父子间种种往事不断涌上心头，自责充满心间。那一刻，什么建功立业的豪情、出将入相的壮志，都如同尘埃一样，被他内心涌起的风暴吹散了。陈元敬决定：不去讨官做了，就在射洪县守着这方青山绿水做个富家翁吧。

从此，陈元敬偏居乡里，打理偌大的家业。由于陈元敬在当地名声很好，乡民间产生纠纷，便会请他出面主持公道，他也总能秉公断直、伸张正义。久而久之，射洪县周边的乡里人有了矛盾纠纷，不去找州、县官员公断，却来找陈元敬裁断。

乡亲们把陈元敬当青天，当地官员却越来越讨厌他。州、县长官纷纷向朝廷告他的黑状，说他"不知深慈恭懿，敬让以德"。陈元敬意识到，自己在本地的威信间接损害了地方官的权威。为了避祸，他大多数时间都蛰居家中，一心钻研黄老之学，表现出一副出世离尘的样子。

唐高宗龙朔元年（661），陈家有了一件大喜事——陈元敬的夫人怀孕了。此时的陈元敬已经三十六岁，尚无子嗣，因此他对即将诞生的这个孩子充满期待，在夫人临产前的数月，他不敢迈出陈宅一步，生怕错过了孩子的出生。

陈宅建在射洪县城东边的武东山下，深宅大院、松竹盈庭，室内有书香，墙壁挂字画，一看便是富贵人家、书香门户。这一日，陈元敬正在屋中读书，突然听见外面传来急促的脚步声。只听得妻子身边的贴身丫鬟来到门外，上气不接下气地说："老爷，老爷……"

陈元敬说："进来！把气喘匀了再说话，你难道不知道气定则神闲？"

丫鬟小心翼翼推开房门，还花了点时间把气息放平，才说道："启禀老爷，夫人要临产了！"

"什么？"陈元敬猛然从蒲团上跳起，要冲出房门，走到一半才想起鞋子没穿，又赶紧回头把鞋跋拉到脚上，继续往外冲，边跑边埋怨："怎么不早说？"

丫鬟委屈地小声嘀咕："您不是说要气定神闲吗？"

陈元敬三步并作两步冲出书房，来到卧房门外，只见房门紧闭，两三个小丫鬟守在门口。见他过来，小丫鬟行礼说："老爷，夫人要生了，稳婆已经在房中准备接生，请您稍候。"

陈元敬搓着手，在卧房门口来回踱步。大约过了一个半时辰，房中传出一声响亮的婴儿啼哭声，陈元敬再也按捺不住，推门而入。但见夫人怀中抱着一个小小婴儿，一张小脸粉妆玉砌、水水嫩嫩，非常可爱。

夫人见陈元敬闯进来，虚弱却又欣慰地说："男孩儿，六斤八两。"

陈元敬抱过小婴儿，连声说："好！好！好！"

夫人又说："你给孩子起个名字吧。"

陈元敬脑海中突然想起十五年前赈济灾民时，有人对他说："生个儿子就是天上的文曲星下凡……"现在儿子就在自己怀中，他又何尝不想这个孩子将来能有一番大作为呢？陈元敬对夫人说道："就叫陈子昂吧，'昂'者，扬也，希望我儿子将来能昂霄耸壑，建功立业！"

陈子昂，一个中国文学史绕不开的名字横空出世了。

陈子昂出生在大富之家，再加上陈元敬三十六岁才有了这么一个宝贝儿子，自然是集万千宠爱于一身，要风得风，要雨得雨，从小到大都被照顾得周全、妥当。所以他的童年是在安逸和幸福中度过的，并无波澜。

陈子昂十二岁时，眼看其他豪门子弟纷纷去上学堂，为将来参加科举考试做准备，陈元敬便也去问陈子昂："你想去上学吗？"

陈子昂摇着脑袋说："不去！"

陈元敬问："为什么不想上学？"

陈子昂答道："那些书生每天只会摇头晃脑、之乎者也，看起来呆傻得很，我不想与他们为伍！"

陈元敬笑呵呵地问："那你想做什么？"

陈子昂拿起手中木剑，说："练武功，仗剑江湖，行侠仗义。"

唐朝初年，国家刚经过了南北朝和隋唐之际的长期战乱，人民多有尚武精神，再加上陈家历来有习武风气，所以听说小陈子昂要练武，陈元敬觉得倒无不可。他专门给陈子昂请了一位武师，教他习武。与陈子昂一同习武的还有他的堂弟陈孜。陈孜的父亲叫陈元爽，是陈元敬的弟弟。陈元爽英年早逝，陈孜自小被陈元敬抚养长大，与陈子昂更是形影不离。虽是堂兄弟，但比亲兄弟还亲。

平日里，陈元敬也会教陈子昂兄弟识文断字、圣人之学。他发现陈子昂虽然志不在此，但天分极高，读书过目不忘，下笔顷刻千言。陈元敬心中暗自想："假如他好好读书，将来说不定能有一番成就，可惜了！"

不知不觉，陈子昂到了舞象之年。这时的男孩子正是不安分的时候，何况陈子昂既不上学，身上还有点功夫，更是有了惹是生非的"本钱"。他与堂弟陈孜经常在街头闲逛，就希望能赶上点"不平事"，好挺身而出、行侠仗义。可青天白日、朗朗乾坤，哪有那么多侠义故事等着他去做主角。到最后，行侠仗义的事没赶上，祸倒是没少闯。

这一年三月初三，金华山开庙会，陈子昂和陈孜二人去凑热闹。

这金华山就在陈宅以北不远处，是全真教的圣地，山上有金华道观。传说，三月三是真武祖师出道飞升之日，每逢这一天，金华山上便会组织盛大的庙会活动，吸引了川中各县的百姓去游玩，又有许多小商小贩趁着人多在山上开张做生意，热闹非凡。

陈子昂来到金华山道观。只见观中张灯结彩、披红挂绿，道士们穿戴整齐，齐声朗读《道德经》，以此来欢迎各路香客。陈子昂按照陈元敬的嘱托，代父亲在真武大帝塑像前烧了几炷香，便急不可耐地离开道观，来到山门外。

山门外的广场上，有艺人在此搭台唱歌舞戏，许多游人驻足观看。台上演员见观众云集，表演格外卖力。一时间，台上的锣鼓点和台下的喝彩声交相呼应，将庙会的气氛推向高潮。

当时，台上正在演出的歌舞戏叫《踏谣娘》，讲的是隋朝末年一位年轻貌美的女子，嫁给了一个姓苏的男人。这姓苏的一事无成，只爱喝酒。每逢醉酒，便会回家打老婆。一位男扮女装的伶人装扮成女子，摇曳生姿地走到台前，"哭诉"悲惨遭遇。到最后，扮演丈夫的伶人也会出现，在台上追打女子。

今天，这位男扮女装的演员生得格外秀气，穿上女子戏服后，几乎是"雌雄莫辨"，活脱脱一个美貌娇娘。他一上场，便引来一阵叫好声，观众里有几个外地来的纨绔子弟，或许是射洪春酒喝多了，竟然将男扮女装的伶人误认为是真美女，借着酒劲儿在台下嘴里不三不四起来：

"小娘子生得美貌，何必忍受你那酒鬼丈夫？不如跟我回家去吧，荣华富贵享用不尽。"

"就是！这么可人儿的一个妙人，跟着戏班子东奔西跑岂不可惜，不如在我们中间挑选个如意郎君，跟我们回昌城县享福去吧。"

……

陈子昂见这几人口出污言，便冷笑一声，说道："好一群有眼无珠之辈！"

他原本就没打算背着对方说话，声音很高，传到了那几人耳朵里。对方怒目相对，陈子昂还以白眼，做不屑之态。那几人不知陈子昂底细，倒是没有当场发作，双方各自看戏。

台上歌舞戏继续上演，不一会儿，扮演苏姓男子的伶人踉踉跄跄上场来，不由分说追打"妻子"。看到此处，台下几个纨绔子弟又按捺不住了，大声叫道："这姓苏的也太不是东西了，你给我住手！"其中一个醉态最为明显的家伙，居然用手中宝剑拨开人群，想要冲上台去"英雄救美"。

陈子昂见状火冒三丈。他抢上前去，用手中剑拦住对方，道："泼皮，还没闹够吗？"

对方醉眼惺忪的看着陈子昂，嘴里喷着酒气说道："你两次三番与我作对，是不是皮肉发痒了？"此时，双方的同伴都靠了过来，形成对峙。旁边看戏的民众见两伙人各执兵刃，气势汹汹，纷纷向四周散去，站在不远不近的地方，戏也不看了，专心看热闹。

那泼皮见众人围观，似乎更来劲了，嘴里骂骂咧咧，扬言要让陈子昂吃不了兜着走。打架，陈子昂何曾怕过，不过他不愿与醉汉动手，便说道："你们都喝醉了，我不与你们动手。若是明日酒醒后还气不过，你们来射洪县陈家找我。"

"射洪县陈家？哪个陈家？"醉汉问道。

周围射洪县居民七嘴八舌地说："我们射洪县有许多姓陈的人家，但你要说射洪县陈家，满县之人都知道是这位陈公子的家！"

那醉汉是梓州治所昌城县人，在当地算是豪强人家，平时横行霸道惯了，今日非要教训教训眼前这个毛头小子，嘴里说道："我不管你是哪家狗屁陈家出来的，也不用等明天酒醒，今日就要给你好看！"

一个"狗屁陈家"彻底惹恼了陈子昂。他拔剑出鞘，说："既然如此，那小爷就不跟你废话了。也别说我欺负你们这帮醉鬼，我只一人一剑，你们一起上吧！"说罢他对陈孜说："无需你出手，看我教训这帮猪狗。"

醉汉们见陈子昂亮剑，瞬间酒意上涌，纷纷拔剑朝他扑过来。陈子昂挺剑还击，以一对多，不落下风。打斗间，陈子昂击落对方两柄长剑，原以为此举可以震慑对方，让醉汉们知难而退。谁曾想这帮醉汉酒壮怂人胆，非但没有因为陈子昂展露高超剑术而罢手，反倒愈加凶悍地搏杀起来。

陈子昂本不想伤人，但随着街头斗殴逐渐演化成以命相搏，对方下手越来越狠，他已经不能从容地控制战局了。陈子昂心想："对方如此打法，但凡我有一点疏忽，恐怕立时血溅金华山。我若不下重手，敌人可不会留情。"

想到这里，陈子昂把心一横，抬剑隔开来自侧面的进攻，而后以迅雷之势刺向正面之敌的小腹。饶是他没下杀手去刺那人胸口，这一剑也把对方伤得不轻。

几个醉汉见同伴腹中鲜血直往外淌，立刻酒醒一大半，他们见陈子昂没有再下杀手，便纷纷扔下剑围到受伤那人身边，有人嘴里还大喊道："杀人啦！杀人啦！姓陈的杀人啦。"

陈孜见状惊道："哥哥，今天事儿闹大了，咱们赶紧回家去吧？"

陈子昂摇摇头，说："射洪县谁不认识我？大家都看见人是我伤的，我回家又躲得了几时？"说罢，他将宝剑归鞘，双手环抱胸前，立在原地等官府来抓。

金华山道士见道观门口有人行凶伤人，心想："道观门口若是有人被杀，我们也脱不了干系，一要先救人，二要快报官。"于是，道士派徒弟去把道观中懂医术的人叫出来救治伤者，他自己则往后院跑去。

此时此刻，射洪县县尉刘启明正在道观后院与观主喝茶。每逢集会，都是容易出乱子的时候，所以刘启明在庙会开始之前就带着手下几个捕快"驻扎"在道观。听说有人在道观门口持剑伤人，刘启明拍案而起，嘴里说："妈的，谁这么大胆！"脚下一刻不停，朝门外飞奔。

来到"案发现场"，刘启明看见陈子昂手持宝剑，剑身滴血，他先是惊呼："怎么是你？"紧接着又叹了口气说道，"果然是你！"陈子昂自知闯下大祸，既不跑，也不反抗，任由衙役带走，被关进牢房。

陈孜见哥哥被带走，赶忙回到陈宅，将事情的前因后果告知陈家人。一时间，整个陈家都炸开了锅，陈元敬的妻子哭哭啼啼地说："怎么会有这种事情？这下可怎么办啊！"

陈元敬也有些乱了方寸，说："还不是因为你平时疏于管教，太过放纵！"

妻子反驳道："我疏于管教？那你管了吗？他是我儿子，难道不是你儿子？"

陈元敬长叹一声，说："事已至此，我们就不要相互埋怨了，只要伤者没有生命危险，那么此事就大有周旋的余地。当务之急是要立刻去安抚伤者家属，然后去疏通官府，争取将此事善了。"

此后一段时间，陈家人东奔西走，上下打点。也多亏他们在射洪县乃至整个梓州都颇有民望，许多人出面为陈子昂求情、说好话，最终将陈子昂从大牢里"捞"了出来。

陈子昂在牢房中关了半月有余。虽然牢头知道他乃陈家子弟，处处照顾，但牢房终归是牢房，暗无天日、阴冷潮湿，陈子昂在里头吃了不少苦头。

最初几天，惶恐、后悔、焦躁等情绪不断冲击着陈子昂的内心，让他觉得自己身处炼狱，不得安宁。但奇怪的是，过了几天，他逐渐平静下来，也开始观察周遭这个从未见过的"新世界"。陈子昂惊讶地发现，关在牢房里的大多数人，并非大奸大恶之徒，倒是贫苦人占了多数。

有一人老母生病，家中无钱医治，便铤而走险去偷地主家的金银器皿，结果被当场捉住，痛打一顿后报官治罪。在大牢里，他一边用那双粗糙的手抚摸伤口，一边对陈子昂说道："不知我母亲的病怎么样了，希望她可以活着等我出去，容我送她最后一程。"说罢却又苦笑一声，说："也不知道我自己能不能先活着走出这里。"

有一对父子，家中田产被豪强巧取豪夺，二人气愤不过，便以武力抗拒，与豪强家丁相斗，最终双双被打入大牢。豪强家丁不过几日便出狱，他二人却不知道官府将如何发落。父亲整日木然不语，儿子依旧余怒未消，声称出狱后要与那豪强拼个你死我活。父亲这才抬起头，对儿子说道："你难道还不明白？有些人你斗不过，他们就是你的命，你怎么和命去争？"儿子亦无语。

有一小贩，靠走街串巷兜售杂货为生。官府说他未将经营所得的十中之一拿来上税，便将他关入大牢。小贩在牢中倒甚是乐观，经常对人说："我的罪小，不几日便能放出去。"别人问他："你怎知道。"小贩说道："以前被抓过来许多次了，熟门熟路。"

陈子昂忍不住问："既然知道要被抓，为何不换个营生？"小贩笑眯眯地说："公子恐怕有点不食烟火了，像我等一无田产、二没多少本钱的人，能有个生计就非常不错了，哪能说换就换？"

在牢狱中遇到的人、听到的事，让陈子昂知道了什么叫"人间疾苦"。从前，他总想扶危济困，满大街寻找行侠仗义的机会，却遍寻不见。现在，他终于知道，不是世间没有危困，而是那些真正危困之人往往卑微到了泥土里，他们生活在这世间的每一个角落，但是自己却从未看见他们；他们有许多苦水要倒，但是因为他们能发出的声音太小，自己从未曾听到过。

陈子昂转念又想："即便我听到了，看到了，又能怎么样呢？我一个人，一把剑，又能铲除多少不平事？更何况，这些被打入大牢的人，若说可怜是真可怜，若说有罪也真是有罪，我既管不过来，也管不了。"

生平第一次，陈子昂对自己以往秉持的"侠义"产生了怀疑。他突然意识到，在这个世界上，侠客虽然不能说无用，但能起到的作用太小，小到可以忽略不计。此时，他的耳边突然回响起自己路过县学时曾经听到里面学生背诵的一段话：

所谓平天下在治其国者，上老老而民兴孝；上长长而民兴弟；上恤孤而民不倍。是以君子有絜矩之道也。

陈子昂猛然醒悟了，要想真正扶危济困，智慧和地位才是最好的工具，若不能拥有这两种东西，即便道德高尚，即便心怀万民，即便有兼济天下的信念，又有何用？

他悟了。

第三节　金华山求学　真谛寺问道

坐牢半月后，陈子昂终于出狱。他知道，要不是父亲上下打点，就凭自己犯下的罪，恐怕要在大牢里待上数年才能重见天日。

回到家中，先是被父亲狠狠地责骂了一通，陈子昂一言不发，任凭父亲批评。批评到最后，陈元敬心里头觉得有点不太对劲——这小子，平时我说他一句，他得回我十句，今天怎么一言不发？是不是坐牢坐傻了？

母亲也在一旁说道："子昂知道错了，你就少说两句吧。"陈元敬瞪了妻子一眼，说："你还护着他！"但却也没有再继续批评儿子，而是说："你回房间去，好好反思一下吧。不过，也要注意身体，要是哪不舒服跟我讲。"陈子昂默默走开。

第二天，陈元敬正在后院书房打坐，听见有人推门进来，缓缓睁开眼，见是陈子昂，说道："为什么不敲门？"

陈子昂说："父亲，我想通了！"

陈元敬说："想通？为父我今年五十多岁，修道二十余载，也不敢说自己想通了，你不过十六七岁，敢说想通了？你倒是说说，想通什么了？"

陈子昂说："剑和武力并不是解决问题的正道，唯有读书考取功名，行圣人之道，福泽天下，才能真正济世救民。"

陈元敬瞬间睁大眼睛，说："我儿终于想通了！想通就好！你今年虚岁十八，现在才开始读书虽然晚点，但是没关系，爹支持你，爹养你，就算读到七老八十也没问题。"

陈子昂摇摇头，说："可等不到七老八十，我打算用两年时间通过州试，然后就进京参加贡举，考进士。"

陈元敬心想：有多少人从垂髫之年开始读书，年逾不惑还未能通过州试，你学两年就想去考进士，岂不是痴人说梦？心里这么想，但嘴上却说："好！有志气，不管怎么说年轻人自信总没错。你去读书吧，我全力支持你。"

从此之后，陈子昂走进学堂，走上了读书考取功名的道路。

说来也巧，陈子昂读书的学堂就在金华山的金华观旁边。学堂建在山上崖边，凭栏远望江山万里，迎风而立，清风拂面，不仅是绝佳的读书场所，更是修身养性的好去处。

学堂的先生姓赵，是当地大户人家的子弟，与陈子昂的家族是故交。当年陈、唐、胡、白、赵五大豪门共同建立新城郡，赵师便是赵氏一族的后人。

作为当地大儒，赵师收徒甚严。本来像陈子昂这样"十六七岁未知书"的少年人，赵师是决计不收的，但他念在陈、赵两家数百年之故交的情分上，还是破例收下陈子昂。收归收，实际上赵师并不看好陈子昂。他认为陈子昂这种"尚气决、好弋博"的年轻人，即便算不上是纨绔子弟，也会犹如野马一般"烈性难改"；即便现在有意读书，恐怕也只是一时热度。

陈子昂用实际行动打破了赵师的偏见。进入学堂后，他比其他同学更加刻苦。短短一两年时间，便熟读经史百家。此外，他还特别喜欢钻研纵横之术，谈起经邦治国来头头是道。

最让赵师感到意外的是，陈子昂在诗文创作方面有超乎寻常的天赋。如果说在短时间内熟读经典靠勤奋足矣，那么入学两三年便能笔下生花，则更需天赋加持。

一次，赵师为了考校学生们的文采，带他们游览金华观。在观中至高处，望着眼前重峦叠翠的金华山，赵师说道："今日登高，想必大家都心有所感，不妨就以《春日登金华观》为题，每人赋诗一首。"

学生们各自眉头紧锁，开始苦思冥想。再看陈子昂，背手而立，极目远眺，眉目间若有所思，片刻之后，便一副胸有成竹的模样。赵师见状，便道："陈子昂，看来你的诗已经做好了，不妨念给大家听听。"

陈子昂向赵师拱拱手，道："谨遵师命。"说罢便将心中打好的腹稿大声念了出来：

春日登金华观

白玉仙台古，丹丘别望遥。

山川乱云日，楼榭入烟霄。

鹤舞千年树，虹飞百尺桥。

还疑赤松子，天路坐相邀。

听罢陈子昂的诗，赵师没有立刻作点评，而是问其他同学："大家觉得陈子昂的这首诗怎么样？"

同学们你看看我，我看看你，终于有一人站出来说："陈子昂念诗的时候，如同在我眼前徐徐展开一幅画，我明明见过这画中的每一个场景，但是要让我画这样一幅画，我做不到。"

其他同学也纷纷点头，说道："我等皆有同感。"

赵师点点头，说："陈子昂的这首诗，确实大有过人之处，我很喜欢。那么，这首诗有没有不足之处呢？谁能谈一谈？"

有一位同学站出来道："如果说不足之处，窃以为陈兄这首诗的措辞似乎有些……有些太过直白了。"

其他同学也纷纷附和说：

"是的，这首诗显得雕琢不够。"

"遣词太过平实，难说是华章溢彩。"

……

众人各自发表意见，但总的来说，都认为陈子昂诗文中的辞藻不够"华丽"。赵师听罢众人评论后，转过头问陈子昂："对于大家的看法，你有何应对？"

陈子昂低头略加思忖，对众人道："我愿以诗文为剑，或斩断心中郁结，或直指事物要害。既然是剑，那么关键在于它是否锋利、趁手。至于追求诗文中的辞藻、声律，堆垛典实，在我看来如同是在剑鞘上镶嵌宝石。一把剑如果足够锋利，嵌宝石以装饰也没什么问题，假如剑身朽坏、不堪大用，却一门心思去想如何装饰剑鞘，岂不是舍本逐末？"

陈子昂这番话是有感而发。自打开始读书后，他身边的朋友就从鲜衣怒马、纵横乡里的豪门子弟，变成了温文尔雅、白面儒冠的书生。和同学们在一起，除了学习各种经史子集之外，自然也少不了各展文采、以诗会友。唐朝初年，属于大唐的"诗风"尚未形成，唐朝之前是短命的隋朝，还未来得及形成自己的诗风就已然灭亡，所以唐朝初年的文人们继承的是晋宋时期的诗歌创作理念。

晋宋诗歌最重要的一个特点就是"放荡"，那时候影响力最大的"文艺青年"梁简文帝萧纲就曾说过："立身之道与文章异，立身先须谨重，文章且需放荡。"在这种思潮的影响之下，晋宋诗歌就如同一个浓妆艳抹的女子——虽然妖娆艳丽，但似乎少了点质朴纯真。初唐的文人们还就喜欢这一文风，因此陈子昂的同学们提起诗歌创作，总是说："写诗就是要天马行空、不拘一格，才能显出放荡不羁的文人本色！"

每每听到这种话，陈子昂就难免产生一种错位感。眼前这帮同学，平时各个正襟危坐、循规蹈矩，可一到要创作诗歌的时候，就拼了命地想要表现出一副豪迈不羁、潇洒风流的态度。这种反差让陈子昂觉得有些滑稽，他心中暗想："好的诗文是用来抒情咏志的，只要词能达意，何必刻意去堆砌辞藻、故作姿态呢？"今天，他终于抓住机会，既阐述了自己的创作理念，也算是对同学们往日"诗风"的一个小小批判，说完那番以宝剑与诗文作比的"道理"后，陈子昂顿时感觉犹如吐出一口浊气，通体舒畅。

赵师听了陈子昂的话，也有所触动，他对陈子昂说："听你的口气，似乎对当下的诗风颇为不满，那你认为什么样的诗歌更值得推崇呢？"

陈子昂毫不犹豫地说："追汉魏之风，兴建安之骨。"

有同学闻此言，忍不住问道："陈兄此言何意？"

陈子昂说道："汉魏两朝，名家写诗从不作无病呻吟、矫揉造作之态，以雄健深沉、慷慨悲凉见长，此为汉魏之风；建安之时，'三曹''七子'均有胸怀众生、吞吐万物之志，因而诗中有天地众生，文辞意境宏大，此为建安之骨。我辈应效仿前人风骨，执雄笔，揭闻见，抗衡当代之士！"

陈子昂这番话讲完，众人沉默良久。夕阳正从群山之上缓缓下沉，山林中树影绰绰、鸦声阵阵，给这山中道观平添了几分寂寥之意。赵师开口说道："看来时间不早了，谁还要把自己的诗念给大家听？"

众人纷纷道："陈兄珠玉在前，我们就不献丑了。"陈子昂连连自谦。

赵师说道："那我们下山去吧。"

下山路上，赵师与陈子昂并肩而行，赵师对陈子昂说："当今诗风，脱胎自晋宋文坛。纵观晋宋，明君罕见，多是些荒淫无道之辈，喜听靡靡之音。正所谓上有所好，下必甚焉，因而彼时的文坛也被那些惟务雕虫、专工翰墨的文学弄臣所把持。即便是有一些像陶渊明这样傲骨铮铮的文人，也难免被视为异类，遭到排挤。所以，你应该知道，若无明君在上，想要以文字为剑，最后极有可能伤及自身啊！"

陈子昂点点头，道："先生，我明白。不过大丈夫生在天地间，就当有些峭峻风骨。不管结果如何，也无愧无悔。"

赵师意味深长地看了陈子昂一眼，开口说道："明年梓州开科取士，本州王刺史亲任典试官。陈子昂，你去考试吧，我会向他推荐你。"

在之后的几个月时间里，为了在即将到来的州试中崭露头角，陈子昂读书更加刻苦，就连堂弟陈孜来找他外出游玩，他都一口回绝，陈孜忍不住抱怨道："哥哥，你整日读书，我看要变成老学究了！书里头有什么好东西？这么吸引你！"

陈子昂笑道："书中有登云梯，亦有解愁酒，我原来不知读书的好处，现在总算领会了一些。"

陈孜说："就算读书好，也不能每日钻到书堆里不出来吧？走走走，咱们出去散散心。"说罢便强拉硬拽地把陈子昂拉出书房。

陈子昂无奈，说："好吧好吧，就听你的，出去走走。不过，去哪儿得我说了算。"

"只要到外面，去哪儿都行！"陈孜忙不迭地答应下来。

陈子昂带着陈孜出陈宅大门向东而行，走了大概六七里路，来到了武东山下真谛寺。陈子昂抬脚欲入庙中，陈孜却拉住了他，说："哥哥，说好出来玩，你怎么往庙里走？"

陈子昂道："出来玩你说了算，去哪儿玩我说了算！"

“庙里有什么好玩的？”陈孜问道。

陈子昂说：“真谛寺里有高人，遇高人岂可交臂而失之？”

陈孜道：“高人，有多高？”

陈子昂没有直接回答陈孜的问题，而是反问道：“你知道玄奘大师吗？”

陈孜虽然对佛教不甚感兴趣，但也知道玄奘的大名，毕竟，当时距玄奘从印度取经返回长安才隔了三十多年，法师圆寂也不过是十五六年前的事。唐时佛教鼎盛，无论是权贵还是平民，信教崇佛的人都不算少，作为当世第一名僧，玄奘的法号自然经常被人们挂在嘴边，陈孜也道听途说来不少关于玄奘法师的神奇事迹。他对陈子昂说：“当然知道。怎么？玄奘大师死而复生，现身真谛寺了？”

“口无遮拦！”陈子昂作势要掌陈孜的嘴，陈孜忙闪开。陈子昂道：“岂可拿一代宗师开玩笑？”

陈孜道：“是你说有高人，又提起玄奘法师的名头，我才这么想。”

陈子昂不跟他胡搅蛮缠，说道：“玄奘法师有个徒弟叫普光大师，普光大师有个徒弟叫圆晖，人称‘晖上人’。晖上人本在晋州临汾大云寺出家，数年前云游至川中，现在真谛寺挂单。我说的高人就是他。”

陈孜一听这话来了兴趣，说：“早听说玄奘大师西游取经，路上发生了许多有趣的故事，这晖上人是玄奘的徒孙，一定知道不少取经故事，咱们请他讲讲呗。”

陈子昂大为光火，说：“晖上人是得道的高僧，你把他当讲故事的‘说话人’吗？待会儿见到他，务必谨言慎行。”陈孜见表哥一脸严肃，赶忙收紧神色，连连点头。

二人走进寺庙，只见一僧人正坐在佛像前的蒲团上，眉眼低垂，似睡非睡。听到有人进来，僧人抬头望去，见是陈家兄弟，便说道：“子昂，好久不见。”

陈子昂双手合十，向僧人行礼后说：“最近忙于俗事，因而未能常来向大师请教。”陈孜在一旁心想：“此人便是晖上人了，看来哥哥经常来这找他，我怎么不知道？”

晖上人道：“听你父亲说，你最近在苦心读书，颇有收获？”

陈子昂说：“是有些收获，不过读书这件事情嘛，没读书之前感觉自己什么都懂，自然也不烦恼；越读书越觉得自己浅薄，烦恼反而越多了。"

晖上人笑道："那是你还没理解'空'的含义罢了。无不是空，有不能空，从无到有再到无，才是空，你现在正经历从无到有的过程，自然烦恼。"

陈子昂问："那我什么时候才能从有到无呢？"

晖上人沉默了，过了片刻才道："等你把'有'看穿了，把'无'看透了，就差不多了。"

陈子昂若有所思，也是一阵沉默。一旁的陈孜见二人尽说些"有的无的"，心里头早就有点不耐烦了。他是个心直口快、性格直爽之人，便插嘴道："我说哥哥，今日你来寺庙求佛，之前还去道观烧香，到底是要拜佛祖，还是想敬三清？"

陈子昂见堂弟口无遮拦，呵斥道："陈孜，在法师面前说话注意些！"再看晖上人，正在那里哈哈大笑，似乎觉得陈孜的话说得很有趣。

陈孜见晖上人笑得开心，问道："大师，你笑什么？"

晖上人说："我笑你口无遮拦。"

陈孜挠挠头，道："我一贯如此。"

晖上人说："甚好，甚好，口无遮拦是因为心无挂碍，难得。不过你似乎把佛、道两家都看小了。佛、道并非水火，崇佛与敬道也并不冲突。相反，两家若能互相补益，于明心见性或许更有好处。"

陈孜笑道："既然佛、道并不冲突，那又何必要分你我呢？"

晖上人道："小施主有所不知，玄奘大师虽是佛教高僧，但曾经亲自将道家经典《道德经》翻译成梵文，期间耗费不知多少力气。虽说大师此举乃是奉太宗之命而为，但玄奘大师自己也曾经说过'老谈玄理，微附虚怀，尽照落筌，滞而未解，故肇论序致，联类喻之，非谓比拟，便同涯极。今佛经正论繁富，人谋各有司南，两不谐会'。"

陈孜挠挠头，问："玄奘大师这番话听起来很有道理，啥子意思？"

陈子昂在一旁道："玄奘大师是说，佛道两家根本就是两条路径，互不干扰，没有高下之分。"

晖上人也道："佛道虽然是两条路径，但也有殊途同归的可能性。更何况，佛家最忌讳四心——'分别心、是非心、得失心、执着心'，若是将门派之别看得太重了，便是起了分别心、是非心，与佛理不合。"

陈孜伸出大拇指，道："这话说得敞亮！和尚，我开始佩服你们了。"

陈子昂在一旁感到有些无地自容，心想："陈孜这家伙，素来不学无术，心里有什么就往外倒什么，也太莽撞了些，还是赶紧带着他走吧！"于是便对晖上人说道："大师，今日叨扰了，天色不早，暂且别过。"说罢向晖上人行了个礼，拉着陈孜便走。

晖上人满脸笑容，说："好好好，有缘再见，不过你一心求学，想必日后来的机会少了些。倒是这位陈孜小友，若是得空要常来啊。"看起来晖上人还挺喜欢陈孜的。

陈孜说道："大和尚说话很有趣，我会再来的……"

第四节　考场试牛刀　慧眼识英才

永隆元年（680），陈子昂二十岁。陈家为他举行了盛大的冠礼仪式，陈元敬在仪式上对儿子说："子昂，你已经到了弱冠之年，长大成人。君子始冠，以厉齐心，日后当自强不息，切勿辱没家门！"

陈子昂规规矩矩地向父亲跪倒行礼，陈元敬给他戴上一顶头冠，又说道："二十岁也到了加字的年纪，我想来想去，给你取字'伯玉'，你知道什么意思吗？"

陈子昂略加思索，便明白了父亲的意思，说："春秋时卫国有个大臣叫蘧瑗，字伯玉。《淮南子》上说，蘧伯玉年五十而知四十九年非。父亲给我取字伯玉，是希望我像古代贤人一样，常思己过。"

陈元敬很满意，点点头，道："看来你的书没有白念。"

加冠礼后不久，三年一度的梓州州试开考了，陈子昂离开射洪县来到梓州城，去参加此次州试。考试当天巳时刚到，考场外三声炮响，宣告考试正式开始。

陈子昂在案前奋笔疾书，思如泉涌。从十八岁开始正式读书，到二十岁参加州考，虽然只过了两三年时间，但陈子昂的才学却已经超过了大多数人。不得不说，陈子昂确实是个天才般的人物，正应了当年饥民们所说："（陈元敬）生个儿子就是天上的文曲星下凡……"

一天时间之内，陈子昂先做文章后做诗赋，皆一气呵成，毫无滞息。考试结束之后数日，考生试卷被分成了三六九等，第一等十二位考生入围面试。王刺史对这十二位考生一一面试，最终，他将陈子昂列为此次州试的第一名，也就是"案首"。王刺史亲自给陈子昂颁发了"解状"。有了它，陈子昂便正式获得了"乡贡"（举人）身份，有资格去京都参加科举考试了。

陈子昂终于实现了自己当年在父亲面前夸下的海口，求学两年时间，便考上了举人。

考试结束后，陈子昂在梓州城里又盘桓了数日，才踏上回家的路。而与此同时，关于他考上州试第一名的消息在他回家之前，就已经传到了射洪县。

县尉刘启明得到消息后，亲自来到陈家，见到陈元敬后喜气洋洋地说："元敬，真让当年的饥民们说中了，你生了儿子乃文曲星下凡，初次参加州试，便高居榜首！"

陈元敬心中狂喜，可为了表现自己的养气功夫已经修炼到位，故作淡定地说："刘县尉谬赞了，当年若不是您出面，救他于水火，犬子安能有今日，更何况犬子不过是中了个举人，什么文曲星下凡云云，未免太言过其实。"陈元敬所说的"救他于水火"，指的是当年陈子昂拔剑伤人之后被关进监牢，刘启明为救他出来多方奔走。至于"不过是中了个举人"这句话，倒也不是过分自谦，这一百年来，陈家虽然没有出过大官，但举人几乎代代都有。

刘启明笑嘻嘻地说："子昂回头是岸，必能修成正果，将来前途不可限量。我先去忙，你们好好准备，准备为你家举人接风洗尘吧。"说罢作势要走，陈元敬赶紧命令管家给了刘启明一些开元通宝，算是报喜钱，然后又亲自送出门外。

两日后，陈子昂从梓州晃晃悠悠地回来。一到家门口，只见自己大宅门前张灯结彩，甚是热闹。管家见陈子昂回来，赶紧朝门内大喊："公子爷回来了！"喊罢又对陈子昂说："公子赶紧进屋吧，主人大摆宴席，为你接风洗尘呢。"陈子昂心情也不错，笑盈盈地走进家门，众人纷纷上前道喜，父母也夸赞有加，全家喜气洋洋自不必多说。

当陈家上下庆祝陈子昂考中举人时，他们还不知道，好事还在后头呢。

数日之前，在梓州州试开始后不久，监察御史、幽州人王适来到梓州履行监察之职。

监察御史虽然只是"八品小官"，但不管他们去哪儿，各道府州县的地方官都万万不敢怠慢，只因为这些地方官的前程就握在监察御史的掌心里。唐朝时，朝廷设有"御史台"，乃中央行政监察机关，负责纠察、弹劾官员，肃振纲纪。御史台下又设"三院"，分别为台院、殿院、察院，其中察院的主要职能是"分察百僚，巡按郡县，纠视刑狱，肃整朝仪"，而监察御史作为察院官员，他们的工作就是巡视地方，考察地方官的政绩和口碑。所以，监察御史虽然是八品小官，但却"位卑而权重"，地方官焉敢怠慢？

当王适来到梓州之后，当地刺史、别驾、司马、长史等大小官员几乎是日日陪同，三日一小宴，五日一大宴，殷勤招待。

这日，几位地方官又宴请王适。

来到宴会厅，王适发现梓州王刺史并未出席，心中暗自想道："自我来到梓州，王刺史日日陪同，今日为何不见人影了？"

一旁的李长史似乎看穿了王适的心思，主动说道："王御史，前几日是本州州试的大好日子，今日，主考官将他们选出的优秀试卷呈送刺史，刺史需要在判阅试卷后决定考生们最终的名次，此事甚为要紧，不可耽搁。因此，他让我转告您，可能晚些才能到，您也不必等了，先吃饭吧。"

王适听闻此言，笑道："原来如此，州试乃一州盛事，亦是国之大事，王刺史辛劳为公，令人钦佩。我看咱们还是等刺史忙完再开席，也正好听听他对本届考生的评述。"

众人纷纷点头称是，长史则暗中唤来手下小官，吩咐他去问问刺史大人何时到席。另外，长史还特别嘱咐小官说："把刚才王御史说的话转述给刺史。"

大约两三刻后，正当大小官员围着王适谈天说地时，王刺史从外面走进来，手里拿着一叠纸。众官员见状赶忙站起，向刺史行礼，刺史则对王适说道："王兄，久等了，勿怪！勿怪！"

王适拱手道："岂敢岂敢，您日理万机，我等不胜钦佩。"

王刺史笑容满面，示意各人落座，在场官员围聚在餐桌旁，等刺史先行坐下，才纷纷落座。坐定后，刺史说道："王御史乃当今文坛大家，你写的诗我早就拜读过，堪称万古流传的佳作!"

众人纷纷附和道："王刺史所言甚是。"

王适赶紧自谦道："各位谬赞了，不过是几篇拙作，见笑得很!"事实上，王适这番话倒有些太过谦虚了，作为初唐时的著名诗人，他在诗歌创作方面确实颇有成就。至于刺史口中所说的"万古流传"，也并非只是逢场作戏的恭维，称得上是未卜先知的预测，在后人编著的《全唐诗》中，收录了王适所写诗歌中的五首，这五首诗的确是"万古流传"了。

说话间，刺史拿出手中那一叠纸，说："这是本次州试前三名的试卷，只是选谁来当'案首'，我实在难以定夺。所以把试卷拿来，就是想请王兄给出出主意。"

王适作受宠若惊状，赶忙推辞道："刺史慧眼如珠，在下不才，岂敢班门弄斧?"

刺史道："王御史太过自谦了，你不妨先看一看眼前三封试卷，评议一番也好。"

王适道："早就听闻，刺史治下梓州文运昌隆，人才辈出，今日有幸拜读本地学子的锦绣文章，也是我的福分。"说罢，从刺史手中接过试卷，细细读起来。

读过第一位考生的试卷后，王适道："果然是好文章，扬葩振藻。"说完将试卷放到一边，开始读第二份考卷。

在读文章前，王适看了一眼考生姓名——陈子昂。唐朝初期，科举考试的试卷都不密封，阅卷者可以直接看到考生姓甚名谁。王适见试卷的主人叫"陈子昂"，心想："我久在蜀中行走，蜀中才俊的名字也听过不少了，陈子昂这个名字倒是第一次听说，一个籍籍无名之人，为何能在州试中位列前三呢?"

带着疑惑，王适阅读了陈子昂的文章、诗赋。读文章时，他心中疑惑已经全部打消，暗自想到："怪不得!怪不得!此人虽名声不显，但写得一手好文章。更难得的是，行文立意高远，字里行间大有吞吐天地的豪情!看来本场考试的第一名非他莫属了!"想到此处，王适又暗自提醒自己："关于本场考试的名次，王刺史心中定然已经有了答案，这陈子昂文章虽好，但我也不能过分褒奖他，万一他并非刺史心中的'案首'人选，恐怕大家面上都不好看。"

读罢文章再读诗。唐代科举考试时学子们所做的诗叫"试律诗"。一般为五言六韵，和后代的八股文有些类似之处。考场上的试作，通常难有佳作，一来是因为考试气氛紧张，不是理想的创作环境；二来因为诗歌创作讲究"随心所欲、有感而发"，而试律诗则属于"命题诗"，很难激起学子的创作激情。王适对于考生们所写的试律诗本不抱有太多期望，只求格律工整、言之有物。但是，当他读到陈子昂写的这首试律诗时，却大为震撼。王适万万没想到，居然有人能在考场中短时间内写出一首极为慷慨、极有锋芒的应试作品来。他本是个杰出的诗人，也最重诗才。当他看到陈子昂的佳作后，内心激动万分，竟然忘了刚才心中所想，忍不住拍案而起，道："好诗，好诗，此子日后必为天下文宗！"

听了王适这番评语，在场大小官员，除刺史外，全部都惊呆了。虽然大家都预料到王适会看在本地官员的面子上，对本地学子大加夸赞，但任谁也没想到，这位王御史会给一个考生如此之高的评价。这样的评价，甚至让本地官员都不敢随便附和。

只有王刺史并不感到十分意外。他对众人说道："这名学子的文章、诗赋的确不同凡响，我看过之后，也大为震撼。王御史之言，于我心有戚戚焉。诸位，你们也都看一看吧。"

陈子昂的文章在众官员手中传阅了一圈儿。看罢，众人纷纷表示，陈子昂理应当选为此次州试的"案首"。

王适则笑道："王刺史肯定早就想选陈子昂为'案首'了，此前说难以定夺，请我帮忙，恐怕是想考校在下吧。"

王刺史赶忙摆摆手，笑道："哪里，哪里，其实是因为州试上出了好文章，我不忍独享，所以才找个由头请王御史一览。再者，本州学子中能有如此出类拔萃的人才，我也甚感荣耀，因而想在王御史面前卖弄卖弄，没想到这点小九九到底没藏住，把狐狸尾巴给露出来了。"

王刺史此言一出，众官纷纷大笑，底下人见席间气氛轻松起来，赶忙招呼下人上菜，晚宴正式开始了。酒过三巡后，王适说道："这些年来，我也算久在蜀中行走，各州才子、高人的姓名听了不少，但陈子昂这个名字，却是第一次听说。难道说，如此大才，此前就真的籍籍无名吗？"

梓州长史是本地人，因此对当地人物事迹了如指掌，他对王适说道："这陈子昂的名字您或许没听过，但他父亲的名字您一定知晓，陈元敬！"

王适一惊，道："陈元敬！就是当初拿出万贯家财赈济射洪县饥民的西南大豪陈元敬？"

长史道："不错，陈子昂便是陈元敬的长子。此子早些年不爱学习，只好游侠射猎。数年前，还因持剑伤人被关进大牢。若非陈家在本地既得民望，又有些影响，陈子昂恐怕要在牢里待上个三五年才能重见天日。他从大牢里出来之后，便开始闭门读书，此人极其聪明，这不，也就两三年工夫，居然精进如斯！"

王适更加惊讶了，说道："您是说，他最近两三年才开始读书？这……这未免有些太不可思议了吧！"

王刺史道："的确如此，射洪当地有句话，'年十七八未知书'，说的就是这陈子昂。"说完他长叹一声，又道："哎……诸位，你我都是读书人，也都是进士出身，算得上是读书人中的翘楚了吧？不瞒大家说，当年我也自视甚高，觉得自己是块材料。后来进了国子监，与天下英杰同堂读书，才知道自己的才能并不算出众，不过是木雁之间，不过，那时候我还觉得自己能以勤补拙，只要功夫下到了，未必落于人后。但再往后，见识了一些天才人物后，方知天才和庸才之间的那道鸿沟，光靠努力是无法逾越的……"

王刺史的话说完，众人心中皆有同感，但嘴上却纷纷说道：

"王刺史若是庸才，那我们这些人又算什么？只能是蠢材喽！"

"天才也要分很多种，有舞文弄墨的天才，也有经世济民的天才。依我看，后者之天才要胜于前者……"

"兄台所言极是，刺史镇守一方，造福无数黎民，岂是天才二字所能形容的。"

"……

封建官场上的谈话，无论话题是什么，最后都难免落在拍上官马屁这个永恒的主题上，王适混迹官场多年，对此已经见怪不怪。待众人的马屁拍得差不多了，王适才开口说道："陈元敬豪气英杰，陈子昂才气纵横，这对父子有点意思，过几日，我想去射洪县走一趟，去陈家做做客。"

梓州司马听闻此言，赶忙说道："既然大人有此意，不妨晚些出发，我先派人到射洪县通知当地官府以及陈家，好让他们有所准备。"

王适心想："若是贸然登门，未免有些唐突，让本地官员去知会一声也好。"于是便道："那就麻烦司马了，在下五天后启程，去往射洪县。"

宴后第二天，陈子昂在州试的面试中"理所当然"地成为此次考试的"案首"。正如之前所言，陈子昂在梓州城盘桓了三天后才启程回家，他出发后的第二天，王适出现在了前往射洪县的官道上。

陈子昂回到家的第三天早上，正在卧房安睡，只听见"嗵"的一声，房门被撞开，陈孜闯了进来，说："哥哥，快起床，有人要见你！"

陈子昂被吵醒，满心不快，问："你也太过莽撞了吧！谁要见我？"

陈孜道："是个姓王的官儿，说是什么'监察御史'，前几日县衙就派人来通知，说这个王大人要来咱家拜访大伯，而且还说你也要在家等候。他们当时没说具体什么时候，不曾想这么快就来了。"

陈子昂听说是监察御史来访，赶紧起床，整理仪表。陈孜在一旁问道："监察御史是几品官？"

陈子昂道："八品。"

陈孜撇撇嘴，说："名头这么响，才是个八品官，比县令还低一品呢！"

陈子昂道："切莫小瞧这个八品官，监察御史是'管官的官'，别说射洪县令了，就算是梓州刺史这个五品官也要给他三分薄面。"

陈孜咋舌道："这么厉害！可是，监察御史既然有这么大的权力，朝廷干吗不封他们当大官？才只给了个小小的八品？"

陈子昂道："正因为他们权力太大，所以才要压制他们的品级啊，你想想，要是所有的监察御史都是四五品的官，权力又那么大，来到地方上之后岂不是要只手遮天了？"

陈孜挠挠头，道："这是什么道理？想不通，也不愿想了！哥哥，你现在已经考中了举人，将来肯定能中进士，到时候你也当官了，你有没有想过，你将来想当个几品官？"

陈子昂笑道："这种事是想出来的吗？莫说我现在只是个举人，就算是考上进士又怎么样？有多少进士在官场上兢兢业业干了十几年、几十年，也不过是八品九品的。"

陈孜道："你和他们不一样，你是天纵奇才，将来必能飞黄腾达，说不定还能当宰相呢。"

陈子昂道："你自己做梦吧，我可不敢想。"

二人边说边从房间走出来，向正厅走去。来到正厅门口，远远看见陈元敬正陪着一个颇有威势的人物坐在中堂。

陈元敬看见陈子昂，赶忙朝他招手，说："快来拜见王御史。"陈子昂也不敢怠慢，走上前去，规规矩矩地向王适行礼，陈孜在他身后也有样学样。

陈元敬指着二人对王适说："犬子陈子昂，侄子陈孜。"

王适道："陈氏子孙果然不同凡响，个个英气勃勃。子昂，你在州试上写的文章诗赋我看过了，年纪轻轻下笔如神，实在令人佩服。"

陈子昂赶忙说道："王御史过奖了，晚生不胜惶恐。"

王适道："下一步，你有什么打算吗？"

陈子昂说："按照我大唐科举惯例，在州试中成绩突出者，可由地方官保送，以乡贡身份参加常举考试。窃以为在下此次州试侥幸成为'案首'，王刺史定会保送我参加考试吧。"

王适道："这是自然，王刺史非常喜欢你的文章。你若有心科举，他必会保举你。"

一旁的陈元敬赶紧说道："感谢各位上官对犬子的厚爱。"

王适则说："读书人皆有爱才之心，是子昂的才情打动了众人。"说完这句话，他顿了顿，又言："子昂在州试夺魁，已经取得了参加进士科考试的资格。但你们有没有想过，想要以贡生身份考取进士，实在是难上加难。"

一旁的陈孜忍不住道："您刚才也说我哥哥文章写得好，怎么会考不上？"

陈元敬喝道："无怠（陈孜字无怠），休要插嘴！"陈孜最怕大伯，赶紧吓得低下了头。

王适哈哈笑了两声，道："按道理来讲，既然是考试，那本应该是以文章论英雄。可实际上呢，考官在决定考生名次时，不光要看文章写得怎么样，还要看门第出身、名望资历。再者，考试时试卷不密封、不糊名，负责阅卷的主司遇到亲朋好友的卷子，自然要优待一些，遇到有名望的考生，也会格外开恩，这便是人们所说的'通榜'，早就是人尽皆知的规矩了。"

陈元敬道："王御史所言甚是。其实，这两天我也在想，要不要让犬子到国子监去读上几年书，那里毕竟是天子脚下，更容易享受到朝廷的恩泽。"

王适拍手道："陈兄，你与我想到一块儿去了。国子监的学生的确有优先录取的特权，能够捷足入仕。子昂若是能去国子监读书，前程必然更为光明。"

陈元敬道："王御史所言甚是！不过，国子监学生名额有限，想要去那儿读书不太容易，不知犬子有没有这个缘分。"

王适笑道："陈兄，我今日正为此而来。那国子监里的国子博士、律学博士，我倒是认得好几位，也有点交情。若子昂有意去国子监读书，我可以给他写一封推荐信，让他带给我那些同僚，一定可以水到渠成。"

听闻此言，陈元敬赶紧站起身来，对王适深鞠一躬，说道："王御史如此厚爱，在下感激涕零。"

王适正色道："陈兄不必感谢我。我这么做，是怕人才被埋没，意在为国家选材。"

陈元敬道："王御史一片公心令人钦佩，但我陈家也的确因御史的公心而得私利，因此感谢的话还是要说的。只希望子昂将来能有所作为，为国为民多尽一份力，以此回报王御史的提携。"说到此处，陈元敬话锋一转，道："久闻御史大人乃风雅之人，尤喜书画，在下恰巧收藏了几幅山水画，其中包括南朝宋画家陆探微的一幅大作，但不知真假，故而想请王御史帮忙鉴别，还请不吝赐教。"

王适微微一笑，道："能一睹前人大作，王某求之不得，哪有拒绝的道理呢？"

陈元敬引领着王适朝书房走去，出门前对陈子昂、陈孜二人说："你们出去吧，晚上我设宴招待王御史，记着早点回来。"

第五节　元敬论曲直　子昂出巴蜀

开耀元年（681）秋，陈子昂暂别生活二十一年的巴蜀之地，向唐朝京城长安进发。

一年之前，监察御史王适来到陈家，指出陈子昂应该到国子监读书，并表示愿意提供帮助。从那以后，陈元敬便将"送子昂到长安"这件事情提上日程，已经处于"半归隐"状态的他一反常态，寻故交，仿旧友，积极奔走，一心为陈子昂到国子监读书"铺路"。

在陈元敬的积极运作和王适的大力帮助之下，陈子昂顺利取得到国子监读书的资格。对于这件事情，陈子昂并不十分理解。他曾对陈元敬说："父亲，我宁可直中取，不愿曲中求。"

陈元敬道："什么是直？什么是曲？"

陈子昂道："自凭本事参加考试为直，走门路托关系为曲。"

陈元敬哈哈大笑，说："曲直与否，看的不是手段，而是目的。我问你，你的目的是考进士，还是跻身仕途，造福苍生？"

陈子昂道："当然是后者。"

陈元敬道："既然是后者，那么寻求捷径、一举成功便是'直'，不顾大局、只图一时意气便是'曲'，这个道理你应该明白。"

陈子昂低头不语，他觉得父亲说的话有道理，但却不是自己想要的那种"道理"。可如今事情已经发展到这一步，他也不好违逆父亲的心愿，只能顺应父亲的心意，到长安国子监读书。

陈子昂出发前一天，父亲将他叫到书房里，说了一番诸如出门在外、万事小心、全凭自己之类的话。说罢，拿出两条三两重的金铤递给他，说："你的行礼中已经准备好了盘缠，这两条金铤你贴身收好，以备不时之需。不过你要记住，出门在外一不要奢靡浪费，二不要显财露富，切记切记。"

陈子昂自然连连称是。

刚离开父亲的书房，陈子昂又被母亲叫到房中。陈子昂的生母已经过世，这位是他的继母，但继母也视他为己出。母亲拿出一条金铤递给陈子昂，说："你父亲给你的盘缠肯定绰绰有余，可你出门在外，多拿点钱总是没错。我听说长安那地方很繁华，东西自然也比我们蜀中贵好多，千万不要舍不得吃、舍不得穿……"

陈子昂忍不住说道："母亲，你几时见过我舍不得花钱了？"

母亲笑了，说："这倒也是。我就是想告诉你，出门在外千万要照顾好自己，吃饱穿暖是第一要紧的事情。另外，身上有毛病赶紧去看大夫。听说长安那地方乍冷乍热的，气候可比不了咱们的天府之地，容易生病，再加上你水土不服……"

陈子昂道："母亲你就放心吧，我身体好着呢。"

母亲叹口气，说："你又嫌我啰唆了，可是你这一走，不知道什么时候才能回来，我难免担心。"

陈子昂鼻子酸了一下，赶紧摆出笑脸，道："母亲，你不用担心，我要钱有钱，饿不着冻不着；要身手有身手，寻常蟊贼也不怕他，你怕什么？"

母亲道："就算有功夫，遇见事儿也是走为上计，千万别逞能，记住了吗？"

……

陈母事无巨细地叮嘱了陈子昂好一阵，才终于说："你明天要走，陈孜一定舍不得你，你去找他告个别吧。"陈子昂与母亲告别，走出房门。

刚出门，陈子昂就看见陈孜在对面长廊的柱子后面，探头探脑地往这边张望。看见陈子昂了，他赶忙从长廊里跳出来，说："哥，我等你半天了。"

陈子昂说："干吗不进去找我？"

陈孜说："你明天就要走了，大娘肯定有许多话要对你说，我不想听她絮絮叨叨的。"说罢，他拉起陈子昂的手，说，"你跟我来。"二人来到后院园子里，陈孜红着眼睛对陈子昂说："哥，你明天就要去长安了？"

陈子昂点点头。

陈孜道："你什么时候回来？"

陈子昂道："说不好，要是考不上，一两年就回来了。要是考上了，那就不知道什么时候才能回来。你是希望我早点回来，还是晚点回来？"

陈孜挠挠头，说："我希望你能考上进士，也希望你早点回来。"

陈子昂哈哈大笑，说："世间安得双全法，哪有好事占尽的道理？"

陈孜说："哥，你要是不去考试就好了，在射洪县做一辈子富家翁，多逍遥，咱们兄弟二人每天饮酒、射猎，多快活！"

陈子昂说："孩子话！"

陈孜也知道留不住哥哥，叹了口气，从衣服里掏出一块玉佩，递给陈子昂，说："哥，这块玉佩是我爹爹在世的时候给我的，是玉器名家雕刻的护身符，很灵验的，送给你吧。我听人说，这么一块玉佩，少说也能换几贯钱，你在外面缺钱花了，就把它卖掉换钱！"

陈子昂把玉佩推回去，说："我不能要，你自己留着吧。"

陈孜不高兴了，用蛮力挣脱陈子昂的手，把玉佩塞进陈子昂怀里，然后转身便跑，一边跑一边说："哥，我明天来送你……"

次日清晨，陈子昂在全家人的送别声中走出家门，走向前程。

与他同行的是家中老仆孙二。说是老仆，其实还不到五十岁，他年轻时曾当过驿卒，后在路途中遭遇匪徒劫道，虽侥幸逃过一死，但被砍伤了左手，落下终身残疾，还因为在此一劫中丢失了官方信件，被驿站扫地出门。一个有残疾的人，又没了差事，生活顿时困顿起来，陈元敬看孙二可怜，让他到自家做些零杂工，也算有个安身之所。

陈子昂是孙二看着长大的，幼时，他经常缠着孙二讲述天南海北的奇人奇事。每逢出远门，他也总喜欢把孙二带在身边。这孙二见多识广，又善于打理旅途中的杂事，是绝佳的出行助手。此次陈子昂远赴长安，孙二自然长随左右。

主仆二人在涪江边登上一艘客船，顺江南下。

实际上，长安在射洪县的东北方向，但如果直奔东北，从陆路出川的话，需穿剑阁、越秦岭，山高路远，极为艰苦；走水路出川，路程虽然比较远，但毕竟舟行水上，人无车马劳顿之苦。陈子昂此番从水路出川，需先沿着涪江南下到渝州（今重庆），然后再沿嘉陵江、长江顺流直下，到湖北境内后，改走陆路北上长安。一趟走下来，没有两三个月是不行的。

客船在涪江下行，一路风平浪静、船行平稳。熟悉的家乡风物在陈子昂视野中不断后退，最后消失在远方，让他心中生出些许惆怅。对于陈子昂这样一个地方豪族的子弟而言，家乡如同金蝉的壳——他既有从中脱颖而出、化蝶高飞的冲动，又留恋茧壳给自己带来的无限安全感。

船航行了两天后，陈子昂抵达渝州。在那里，他和孙二换乘了一艘更大的客船，沿着嘉陵江顺流直下。船在长江上漂流，两岸的风景骤变，波涛汹涌的大江之上，客船似乎变成了一叶扁舟。当江水被"夹"在崇山峻岭中向前奔流时，宽广的长江似乎变成了蜿蜒的小溪——天地越广阔，个体就显得越渺小。

陈子昂随船行过高深的峡谷，眼看左右岩石突峭，耳听江边惊涛拍岸，加之身处的客船在风浪中不住地剧烈颠簸，他心中难免涌起了些许惧意。这惧意一方面来自对大自然的敬畏，另一方面也夹杂着对未知前程的恐慌。此时，他又想起了那些昔日一同嬉戏游玩的朋友们。这些和自己年龄差不多的人，此刻或许正围坐在一起，喝酒玩闹，而自己则需要在恶劣的环境中不断赶路，两种境遇的差别实在太大，陈子昂在心中不禁问自己——"值得吗？"

是的，陈子昂内心萌生出丝丝退意，但他也清楚地知道，既然已经走上了这条路，就不能轻易退却。从那一刻开始，关于"进与退"的抉择，就成了陈子昂生命中的重要心结之一。

为了让自己的心情安定下来，陈子昂在船舱内的小桌上铺开白纸，吩咐孙二小心翼翼地磨了一点墨汁，然后提笔写下了自己离家之后的第一首诗《初入峡苦风寄故乡亲友》：

> 故乡今日友，欢会坐应同。
> 宁知巴峡路，辛苦石尤风。

这首诗中提到的"石尤风"，背后有典故：传说古代商人尤某娶石氏女，夫妻二人感情甚笃。有一次，尤某远行不归，妻子思念成疾，临死时长叹道："我很后悔当初没有拦住他。从今以后，凡是有丈夫要出远门，我就会化作大风，为天下女人阻拦他们。"后来，人们就用石尤风指代逆风。陈子昂在诗中用到了这个典故，或许也能证明他当时的确是有些许"退意"的。其实这也是很正常的，大多数人在离开自己的舒适圈时，都会产生某种程度的动摇，从彷徨走向执着，是人在成长过程中的必由之路。

客船在大江上航行数日后，陈子昂来到了奉节县白帝城。这是客船在四川境内停靠的最后一站，孙二对陈子昂说："公子，连续坐了好几日船，想必您也乏了，我们不如在白帝城里歇歇脚，一来休整一番，二来也可以到城中游览一番。"

陈子昂说："正是，白帝城乃历史名城。既然来了就不能错过。"

主仆二人下了船，来到白帝城中。陈子昂找一家酒馆坐下，孙二在城中寻找住所。酒菜上桌后不久，孙二也拎着一个包袱进到酒馆，对陈子昂说道："公子，我已经找好了今天晚上住宿的客栈，您只管放心饮酒便是，喝多了就回去睡觉。"

陈子昂道："出门在外不敢多饮，你陪我小酌几杯。"

孙二说："公子说的没错，您少喝几杯为妙，我就不喝了，咱们两人好歹得有一个是清醒的。"

陈子昂叹口气，说："一个人喝酒有什么意思？想想我在射洪，每逢饮酒必然呼朋唤友，人多才有意思！"

"这位公子，若是不嫌弃，在下陪你小酌几杯如何？"旁边桌上一位独饮的客人说道。陈子昂顺着声音望去，只见那人穿着一身木兰色衣服，头上包一块方巾，方面阔口。

陈子昂说："既然兄台也有酒兴，那便一块儿喝几杯。"那人大大咧咧走过来，坐在陈子昂对面。陈子昂问："敢问尊姓大名？"

那人道："俗名史怀一，法名释怀一。"

陈子昂惊讶道："您是佛家弟子？"

释怀一点点头："正是。"

孙二在一旁忍不住问："佛家弟子也能喝酒？"

释怀一道："喝几杯素酒不妨事。"他问陈子昂："不知公子怎么称呼？"

陈子昂如实作答。

释怀一道："刚才听说你们是射洪县来的，公子又姓陈，难道是射洪陈元敬陈公的家人？"

孙二不无得意地说："这便是陈老爷家的大公子！"

释怀一抚掌而笑，说："原来公子是西南大豪的儿子，怪不得天生豪气！不知公子要往何处去？"

陈子昂道："去往长安，到国子监读书。"

释怀一给陈子昂倒了一杯酒，也把自己面前酒杯满上，然后举起杯来，说："祝陈公子一路顺风，前程似锦。"二人碰杯，一饮而尽。

这释怀一乃是行脚僧人，修为颇高，见识不凡。谈话间，他与陈子昂聊起了白帝城的历史：早在大禹治水时，大禹就曾经在白帝城这一带兴修水利。周朝时，此地属于古巴子国。春秋时期，楚惠王率领大军进攻巴子国。巴子国抵挡不住，将白帝城一带的土地割让给了楚国。战国时，秦国攻入蜀地，白帝城又属秦国。到了汉末三国，蜀汉昭烈皇帝刘备在此修建了永安宫，又叫"汉王宫"。刘备曾率领大军东下征伐吴国，结果被陆逊火烧连营，大败而归。走到白帝城时，刘备自知命不久矣，在此托孤于诸葛亮……

陈子昂与释怀一边喝酒边"忆古"。这二人，一个是博览群书、博古通今的才子，一个是游历四方、广见洽闻的高僧，你一言，我一语，越聊越高兴，酒也越喝越多。一旁的孙二怕陈子昂喝多了耽误事，便道："公子，酒喝得差不多了，不如出去走走。"

陈子昂说："好，那我们就出去走走！"说罢拉起释怀一，道："先生，同去！"释怀一站起身来说："同去，同去。"二人走出酒楼，朝着江边高山走去，孙二结了酒钱，也赶紧跟了上来。

三人一路走到江边的一座小山上，坐在山顶大石上，望着脚下滔滔江水，眼看天边云卷云舒，陈子昂诗兴大发，随口吟诵道：

> 日落沧江晚，停桡问土风。
> 城临巴子国，台没汉王宫。
> 荒服仍周甸，深山尚禹功。
> 岩悬青壁断，地险碧流通。
> 古木生云际，孤帆出雾中。
> 川途去无限，客思坐何穷。

或许陈子昂自己也没想到，他随口吟诵出的这首《白帝城怀古》，竟然被后世诗论家方回称之为"唐人律诗之祖"。要知道，在陈子昂所处的时代，五言诗处在没落期，文人们大都不屑写五言诗，更不要说有所创新了。在此背景下，陈子昂所做的这首五言长律，对仗精严，质朴劲健，既是体现他个人风格的早期代表作，又为唐朝律诗走向极盛开创了先河。

一旁的释怀一听陈子昂吟诵完，开口问道："陈公子，这首诗是何人所写？

我怎么从来没听过？"

陈子昂哈哈大笑，说："不是何人所写，正是本人所作。"

"何时写的？"

"刚才写的。不，是刚才想的，还没写下来呢。"

陈子昂刚说完，孙二便从包袱里拿出笔墨，将一张纸铺在大石头上，说："公子，不如赶紧记下来，等到酒醒之后，说不定就想不起来了。"

"有道理！"陈子昂一边说一边接过笔，将刚才的诗写了下来。

释怀一又从头到尾看了一遍这首诗，由衷感慨道："陈公子果然高才，既通今博古又能出口成章。若非你我萍水相逢，各自有事在身，真想再与公子聊他个三天三夜。明日一早，我便要出发到峨眉山白水寺挂单，会在那儿待上个一两年。陈公子从长安回来之后，无聊时可以去白水寺找我。"

还没等陈子昂说话，孙二抢先开口道："我家公子去长安国子监读书，还要参加科举考试，要是考中进士，不知道何时何日才能再回蜀中。"

陈子昂笑道："哪能说中就中了！"

释怀一道："陈公子才华横溢，一定能考中的。只不过，凡事都要讲个随缘。缘分未到时，倒也没必要强求。"

释怀一这番话，言下之意似乎是说陈子昂此去长安将无功而返，这让陈子昂心里头有点不舒服。此时的陈子昂，还是个极其自负的年轻人，他也有理由自负。毕竟，他的才华就如同正午的太阳、山顶的高塔那般显而易见。若才华是世人向上攀登的唯一阶梯，那么陈子昂就属于天生高高在上的那类人。但，年轻人陈子昂还不懂得：即便是名义上择才而用的科举考试，才华也并非天平上的唯一砝码，甚至也不是最重的那个砝码。

不多时，太阳逐渐隐没在群山之间，陈子昂与释怀一见时间已不早，话题不多，便相伴下山。临别时，释怀一道："陈公子，那咱们就有缘再见。"

陈子昂敷衍道："一定，一定。"说罢便在孙二的带领下朝旅馆方向走去。路上，孙二对陈子昂说："公子，刚才那和尚的话，你别当回事。这些僧道之人，就喜欢说些不着边际的话，神神叨叨的。"

陈子昂点点头。

二人回到旅馆，各自睡下，陈子昂喝了些酒，很快就睡着了。第二天上午，孙二将陈子昂叫醒，等他梳洗过后，孙二又把提前准备好的饭菜送进了房间。主仆二人一边吃饭一边商量行程。孙二问："公子，咱们几时出发？我早上去码头上问过了，今天下午、明天上午都有东下的客船。"

陈子昂略一思索，道："赶早不赶晚，咱们今天下午就走吧。"当天下午，陈子昂登上客船，继续向东出发。

这一路，先要经过两岸连山、重岩叠嶂的三峡，那里湍急的水流推动着客船在大江上急行，令人提心吊胆。但是，当船驶过如同江上大门一般的荆门山之后，眼前的景象骤然改变——高耸的峡谷变成了广阔的平原，湍急的江水趋于缓和，但江面变得极其宽广，浩浩荡荡，在原野上缓缓流淌。眼前这片原野，便是荆楚大地……

陈子昂站在船头，身后是蜀，眼前是楚。身处巴蜀文化与荆楚文化的汇集之地，他的思绪如同江水一样翻涌起来。那些写在书里的历史似乎被拉近到了眼前——"僻在荆蛮，荜路蓝缕"的楚国先祖曾在眼前的这片土地上生生不息，最终建立起了一个强大的国家；一生坎坷的屈原曾在这里书写不朽的篇章，却也最终无奈将身躯投入大江，万古同流。这里的人们既有问鼎中原的张狂，亦有"楚虽三户，亡秦必楚"的决绝，所以后来，西楚霸王又从此地出发，去争夺天下……

眼望着远方的锦绣河山，陈子昂有一种熟悉而陌生的感觉。熟悉，是因为他从前已经在书里看多了关于这片土地的故事；陌生，是源于眼前与故乡截然不同的风土人情。陈子昂知道，在未来的人生里，自己将走过更长的路，去往更遥远的地方，见识更多熟悉而陌生的华夏风物。可不管前路有多远，下一个城镇有多特别，它们都属于古老华夏文明的一部分，是大唐帝国的领土！

率土之滨，莫非王土，此为天下。

在走出故土、见识到新天地的那一刻，踌躇满志的青年才俊陈子昂，似乎真正明白了"天下"二字的含义。他，一个在巴蜀文化的浸润下成长起来的天才人物，内心中涌起了以天下为己任的豪情壮志。陈子昂不等船靠岸，便提起笔来，写下了自己走出四川之后的第一首诗：

遥遥去巫峡，望望下章台。

巴国山川尽，荆门烟雾开。

城分苍野外，树断白云隈。

今日狂歌客，谁知入楚来！

这首《度荆门望楚》，是一个青年才俊的"问世宣言"。他想要告诉所有人：我陈子昂来了！在不久之后，你们都将知晓我的名字！

客船出了荆门山后继续向东，又经过宜都、枝江、江陵之后，来到了荆州附近。陈子昂在此下船，沿着当时的襄驿大道一路北上。相较于水路而言，陆路行程更加艰苦，孙二雇佣了一辆牛车，拉着陈子昂和行李缓慢前行，虽然免了行路之劳，但颠簸之苦却也难熬，陈子昂的豪情似乎也被难熬的旅程磨灭了些许。

陆路走了两天多，陈子昂一行来到了乐乡县，此地距离今天的湖北荆门不远，当时还是一个比较偏僻的小城，但城中好歹有家小旅馆供过往客人居住，比路途中经过的村镇强得多。风尘仆仆的陈子昂本想在旅馆里睡个安稳觉，可窗外不时传来不远处树林中猴子的叫声，这声音在这座荒凉的小城里回荡，显得格外凄厉。陈子昂总有一种预感：等自己睡着了，那些猴子就会从树林里跳出来，趴在窗口向屋内窥探……

事实上，蜀中山里的猴子也不少，晚上也瞎叫唤，但当时陈子昂住在深宅大院里，根本不用担心猴子的入侵。而现在，当他第一次住进路边小旅馆时，前所未有的不安全感袭扰而来，使得他对猴叫声变得敏感起来。出门在外，若是遇到不顺心的事儿，思乡之情便会趁虚而入，他又开始想家了。

难以入眠的陈子昂点燃房间里的油灯，拿起笔，写下了旅途中的第三首诗：

故乡杳无际，日暮且孤征。

川原迷旧国，道路入边城。

野戍荒烟断，深山古木平。

如何此时恨，噭噭夜猿鸣。

至于诗名，也倒好起，就叫《晚次乐乡县》吧！

离开乐乡县之后，陈子昂继续向北走，行二百多里之后，便到了襄阳城。襄阳历来是军事重镇，也是汉江平原上的大城市，陈子昂自离开渝州之后，终于又到了一座真正的大城市。陈子昂对孙二说："好不容易到了襄阳，咱们要在此多留几天。"

孙二赶忙表示公子说得对，他自己也走不动了，能休息休息是最好的，还问陈子昂想在哪住，在哪吃。

陈子昂说："挑最贵的住，找最好的吃，这一路上尽是些小村小寨的，有钱都没地方花，吃不好睡不好。如今到了襄阳城，你千万别替我省钱！"

第六节　襄阳寻古迹　千里入长安

在襄阳城，陈子昂住最好的旅店，吃最美的佳肴，心情自然也变得好起来了。吃饭间，他对孙二说："襄阳是个了不起的地方，这里有两位我所敬佩的历史名人，一是诸葛亮，二是羊祜。"

孙二有点迷茫，说："诸葛亮？他是南阳人吧！我听说书人讲，诸葛亮给刘禅写信时说'臣本布衣，躬耕于南阳'，公子是不是记混了？"

陈子昂道："诸葛亮是东汉人，东汉时，襄阳属于南阳郡，因此诸葛亮说自己躬耕于南阳，指的其实就是襄阳。具而言之，诸葛亮住在襄阳城西二十多里的隆中。"

孙二恍然大悟，说："原来如此！"他又接着说道，"公子敬佩诸葛亮一点也不稀奇，毕竟咱们蜀人哪个不敬重他？可是您说的另外一个人，叫羊祜的那位，我之前从未听说过。"

陈子昂笑道："他是三国时魏国大将，曾镇守襄阳，也是一位了不起的人物。明日我带你去岘山，那里有羊祜的遗迹。"

孙二道："那好啊，跟公子出门，吃好的、住好的，还能长见识。"

二人吃过饭后各自休息。半个月来，这是陈子昂睡的第一个好觉。次日醒来，神清气爽，陈子昂与孙二去游岘山。

岘山在襄阳城西南二里处，路程很近，主仆二人步行前往。来到岘山最高处，整个襄阳城尽收眼底，二人看见山顶上建有庙宇一座，庙前有大石碑一块，高一丈零一尺。如此巨大的石碑引起了孙二的好奇，他对陈子昂说："这石碑好大，真是罕见。"

陈子昂道："这便是襄阳人为羊祜立的堕泪碑。羊祜死后，襄阳人都很伤心，便在岘山上给他建庙立碑，年年祭拜。因为人们看见这块碑就想起了羊祜的好，忍不住要掉眼泪，所以将此碑称之为'堕泪碑'。"

孙二听罢，感叹道："羊祜如此受人爱戴，他活着的时候一定做了不少好事吧。"

陈子昂道："那是自然，羊祜在襄阳屯田兴学，为百姓做了许多好事。"

孙二说："这样说来，他与诸葛武侯有些相像。"

陈子昂道："功业或有不及，但爱民之心是一样的。"

孙二道："能让百姓都说好的官，一定是好官。公子，你或许不知道，我们老百姓是最知道好赖的。像诸葛亮、羊祜这样的好官，百姓总能记得他们。咱们四川人戴的诸葛巾，就是给武侯戴的孝，都好几百年了，也没摘下来。"

陈子昂笑着问："好官大家都怀念，那遇见不好的官怎么办？"

孙二道："遇见贪官污吏，老百姓其实也没什么法子，不过要是被欺负得狠了，也有些报复的手段。"

陈子昂来了兴趣，说："哦？什么手段？"

孙二道："我媳妇是巴州一个小村子里的人。有一年，她祖母去世了，我这当孙姑爷的也去吊孝。老人家临下葬前，村里人拿来一幅画，画上画着一个跪着的人，胸口还写着'王有财'三个大字。人们将这幅画随着祭品一起烧掉了。"

陈子昂惊奇地问："这是什么习俗？好像没听说过。"

孙二道："我也没听说过啊，就悄悄问我媳妇为什么要烧人家'王有财'。我媳妇告诉我，几十年前，这一带有个里正就叫王有财，此人欺男霸女，无恶不作。活着的时候，没人敢拿他怎么样，等他死了之后，当地人每逢出殡，就会烧一幅他的跪像，为的是到了阴曹地府之后，让他为本地人当牛做马。"

陈子昂听罢哈哈大笑，说："倒也是个办法，活着的时候惹不起你，死了之后再收拾你。"

孙二叹口气，道："这也是没办法的办法，老百姓治不了他，损一损总是可以的吧。公子，你将来要做了官，就做诸葛亮、羊祜那样的好官，让千秋万代的人都说你好。可别……"

孙二没有继续往下说，陈子昂顺着他的话头说道："可别做王有财那样的官，死都死了，还被人画成画烧成灰，对不对？"

孙二讪笑着说："那肯定不会，公子肯定是个好官。"

陈子昂不说话了，望着远处的堕泪碑沉默了许久，才终于开口道："把纸笔给我。"

孙二知道他又想写诗，赶紧掏出包袱里的笔墨纸砚，放置在堕泪碑的碑座上。陈子昂走上前去，奋笔疾书，写下了这首《岘山怀古》：

> 秣马临荒甸，登高览旧都。
> 犹悲堕泪碣，尚想卧龙图。
> 城邑遥分楚，山川半入吴。
> 丘陵徒自出，贤圣几凋枯。
> 野树苍烟断，津楼晚气孤。
> 谁知万里客，怀古正踟蹰。

陈子昂在襄阳城住了三四天后，再度启程北上，走在直通长安的"商州大道"上。这条路是当时客流量最大的官道之一。道路两旁驿站、旅馆、酒店应有尽有，但陈子昂在中途并未过多停留，他一心赶路，直奔长安。

从射洪出发一个半月之后，陈子昂抵达长安城下。

当时是公元681年。整整一百年前，隋文帝杨坚定都长安，并下旨修建新城。隋炀帝杨广即位后，又动用十万余人扩建长安。唐朝建立之后，长安作为这个强大帝国的都城，得以快速发展。陈子昂抵达长安时，这里已经是一座面积达八十四平方公里，常住人口三十多万的超级大都市。

偌大的长安城被高达两丈的城墙环绕着。陈子昂站在城墙之下，仰头望去，突然产生了一种被巨人踩在脚下的感觉。这种压迫感，一半来自高大的建筑对渺小人类的俯视，另一半则源于这座城市所代表的无上权威。陈子昂既紧张又有点兴奋，他心中默默自语：

"长安！长安！这里终将留有我的一席之地！"

孙二见陈子昂愣在城下，忍不住说道："怎么样公子？有点震撼吧，我第一次来长安的时候，也是你这副表情。"

陈子昂痴痴地说："这世间竟然有这样一座城！"

孙二有些得意地说："可不是嘛，谁叫它是咱大唐的都城呢？也只有这样的城，才有资格做大唐的都城。"一个强大国家，的确是可以让普通国民也能有那么一份傲气的，即便他只是这个国家里微不足道的一员。

陈子昂不自觉地整理了一番衣冠，对孙二说："走，进城！"

长安城南有三座城门，居中的是明德门，左为安化门，右为启夏门，陈子昂由安化门进城。进入城中，是一条极为宽阔的道路，路两侧有排水沟，沟边种着树，树后面则是高墙。这高墙乃是"坊墙"。彼时，长安城被横竖三十八条街道分成了一百多个"坊"，每个坊都是独立的区域，四周被高大的坊墙围起来。长安人主要居住在北部靠近皇城的坊中，城南人口较少，大街来来往往的多是像陈子昂这样的异乡客。

孙二对陈子昂说："公子，白天咱们可以在大街上随便走，但是到了晚上，千万不要从坊里出来上街溜达，长安城有夜禁，要是晚上在大街上被武侯逮住，最低也是一顿打！"

陈子昂看着只有人、车行走，没有商户摊贩的大街，问孙二："咱们晚上住哪?"

孙二说："长安城里旅馆多得很，只不过都建在坊中，尤其是崇仁坊，那里的邸舍也就是旅馆最多。而且离皇城很近，与国子监所在的务本坊也只有一街之隔。"

陈子昂道："好，那咱们就去崇仁坊，先安顿下来是正经事。"

孙二带着陈子昂朝崇仁坊走去，二人先向北走，快走到皇城脚下时，向右拐，穿过四堵坊墙，再向左行，便到了崇仁坊。走进崇仁坊的大门，只见眼前一片繁华景象——街道两旁店铺密集，各种邸舍、酒馆数不胜数，大街上操着南腔北调的人群熙熙攘攘，许多小贩挑着担子穿梭其中，热闹极了。

陈子昂初次来到长安街市，只觉得眼前所见有些目不暇接。孙二拉着他穿过人群，进入一家邸舍。店老板见陈子昂衣着、气度不凡，赶忙上来迎接，又得知陈子昂要在长安城常住，更是心花怒放，便小心殷勤地给陈子昂安排住所。

进到房间，陈子昂对孙二说道："不愧是大城市，连生意人都这般彬彬有礼。"

孙二笑道："公子，买卖家最善识人。你天生富贵相，又是大主顾，他对你自然礼数周到。若是我孙二一个人，老板才不会对我客气呢。"

陈子昂无言。

二人安顿住下后，陈子昂对孙二说："今天不早了，正事明天再办，咱们出去饮酒。"孙二喜笑颜开，说："长安城汇聚天下美食，今天有口福了。"

陈子昂、孙二来到大街上，找了一家人又多、门脸又气派的酒馆，刚走进大门，酒博士便迎了上来，将二人引至一张小桌前坐下。在酒博士的推荐下，陈子昂点了醋芹、烤羊肉、生鱼片等几样菜，又点了一大壶醽醁酒，与孙二开怀畅饮起来。

吃饭间，陈子昂突然听到外面传来击鼓声，便问孙二："何事击鼓？"

孙二回答道："这鼓一响，意思就是太阳要下山了，各坊要关闭坊门了。"

陈子昂有点慌张，说："你之前说，坊门关闭后就不许人们在街上行走，咱们要不要赶紧回邸舍去？"

孙二摆摆手，说："那倒不必，夜禁只是不许人们在坊与坊之间的大路上乱窜，安安生生待在坊中，没人管的。"

陈子昂笑道："原来如此。"

酒足饱饭，二人又在坊中闲逛一番，天黑之后，陈子昂和孙二便回到邸舍休息了。

次日五更三点，天刚蒙蒙亮，从太极宫承天门的城楼上传来阵阵鼓声，随后，各坊鼓楼也开始击鼓，鼓声如同接力一般传遍长安。鼓声中还夹杂着寺庙中响起的晨钟声，钟鼓悠扬，唤醒了这座当时世界上最大的城市。各坊的大门都打开了，人们开始各自忙碌。

一大早，陈子昂就来到了位于务本坊的国子监，去拜见了国子监的几位官员。过去一年来，陈元敬、王适都在为陈子昂到国子监读书这件事情积极奔走，就连梓州刺史也给国子监刘祭酒写信推荐陈子昂。所以，虽然这是陈子昂第一次到长安，但国子监的许多官员对于陈子昂这个名字其实并不陌生。刘祭酒也抽空见了陈子昂一面，他告诉陈子昂，想要进入国子监，还需要经过统一的入学考试。"王御史和王刺史都对你的才华多有赞誉。若他们所言非虚，那你定能通过考试。"刘祭酒对陈子昂说道。

入学考试是在陈子昂到长安城之后的半个月举行的。事实上，只要陈子昂的表现不要太糟糕，就定能通过考试，可当他走上考场那一刻，眼看周围考生都是来自全国各地的出类拔萃的人物，内心还是不由自主地惴惴不安起来。为了不被其他人"比下去"，陈子昂用尽生平所学，认认真真、洋洋洒洒地写就了一篇雄文。

当陈子昂的文章出现在刘祭酒眼前后，刘祭酒对周围同僚说："王适给我写信推荐这陈子昂，说此子大才，世间罕有，我还以为他言过其实。今日看来，王适所言并无夸大。"

最终，陈子昂顺利入学国子监。

作为唐帝国的最高教育机构，国子监下设六学：

首先是国子学。教学的是两位"国子博士"，另有助教二人，共招收学生三百人。国子学的入学门槛非常高，必须是朝廷三品以上官员的子孙才有资格入学。

其次是太学。有"太学博士"三人负责教学，另有助教三人，招收学生五百人。想进太学读书也很不容易，必须是五品以上官员的子弟，并且年龄要在十四岁以上、十九岁以下。

国子学和太学专为贵族子弟而设，除此二学之外，国子监还设有四门学、律学、书学、算学，招收低阶官员乃至普通人家的子弟。其中，四门学招生五百人，其他三学只招几十人不等，因此普通人家的子弟想要到国子监读书，也是非常不容易的。

陈子昂进入到国子监后，只能选择进入"律学"读书，因为他当时已经二十一岁，超过了其他学科的招生年龄，只符合律学"十八岁以上、二十五岁以下"的招生要求。

律学主要教授律法知识。一般来讲，这个专业的毕业生要去参加明法科的考试。所谓"明法"，就是通晓法律的意思。明法考试与现在的司法考试类似，考中之后，便获得了从事法律官员的资格。与参加"进士科"的考生比起来，明法科考生的晋升之路自然要"窄"许多。不过，当时朝廷也规定"凡众科有能兼学，则加超奖，不在常限"，这就是说，只要考生的确有学识，也是可以参加进士考试的。因此，博览群书的陈子昂即便上了律学，将来也是可以参加进士考试的。

不管怎么说，二十一岁的陈子昂进入了国子监，开始了他的求学之旅。最初，陈子昂一心求中举，大部分时间都待在国子监里苦心读书，结识的朋友也大都是国子监的师长、同学。在国子监读书的学生，大都是名门之后，在长安城内交游广泛，他们经常带着陈子昂与其他豪门大族的子弟游玩。起初，陈子昂对这样的社交活动不太感兴趣，他对同学说："时间苦短，大把光阴用来推杯换盏，似乎不甚妥当。"

一同学笑道："陈大哥，你来长安所为何事？"

陈子昂道："读书、考试。"

该同学又道："想要考得好，光靠读书可不行。你想想，同样的文章，若是出自名家之手，即便有点瑕疵，人们也视而不见，只看长处；可若是无名之辈写出来的，就算优点再多，人们也难免要鸡蛋里挑挑骨头。考试也一样，考官知道你这个人，就只看你的好，不知道你是谁，则专心挑你的刺。"

陈子昂道："不至于此吧！"

另一位同学拍拍陈子昂的肩膀，说道："陈兄，此言非虚。到国子监上学的生员，最多只把一半功夫花在读书上，另一半的功夫用来走请托之路，世人称之为'干谒'，这早就是众人皆知的规矩了。"

此时，陈子昂心中又回想起了父亲的那番"曲直论"。他暗自想道："我虽不求以人情世故为向上攀登的阶梯，但也绝不能让人情世故成为拴在自己脚上的秤砣，阻碍前程。"自那以后，每逢高朋聚会，陈子昂多欣然前往。

文人聚会，自然少不了舞文弄墨，陈子昂怎么可能放过在名流面前展露诗才的好机会？那段时间，陈子昂在推杯换盏之间，游历山水之际，写了不少"应酬诗"，如：

于长史山池三日曲水宴

摘兰藉芳月，袚宴坐回汀。

泛滟清流满，葳蕤白芷生。

金弦挥赵瑟，玉柱弄秦筝。

岩榭风光媚，郊园春树平。

烟花飞御道，罗绮照昆明。

日落红尘合，车马乱纵横。

陈子昂的这类作品，如果把它们与一般人写的应酬诗相比，自然要胜"好几筹"，但如果与陈子昂所做的其他诗篇相对比的话，那么只能说略显无聊，在陈子昂的作品中应属下成。毕竟，好诗是用来抒发真情实感的，在那种吹吹捧捧、虚与委蛇的场合下，又能有几分真情？几分实感？即便如此，在大多数人看来，陈子昂的这些诗已经到达了他们难以企及的高度，因此陈子昂的"诗名"开始在长安城里传扬开来。

陈子昂参加京都聚会时，结识了一个叫薛颜童的年轻人。此人是中书令薛元超的孙子。薛颜童将陈子昂在聚会时写的诗誊写了一份，带回家给薛元超看，引得连连夸赞。薛颜童将此事说与陈子昂听，陈子昂非常激动，因为薛元超不仅是当朝的宰相（唐朝中书令为首席宰相，在三省长官中位居第一），也是大名鼎鼎的文坛领袖，为了表达感激之情，陈子昂写了一篇《上薛令文章启》，让薛颜童转呈给薛元超。这篇文章写道：

某启：一昨恭承显命，再索拙文，祇奉恩荣，心魂若厉，幸甚幸甚。某闻鸿钟在听，不足论击缶之音；太牢斯烹，安可荐藜羹之味。然则文章薄伎，固弃于高贤；刀笔小能，不容于先达。岂非大人君子以为道德之薄哉！某实鄙能，未窥作者。斐然狂简，虽有劳人之歌；怅尔咏怀，曾无阮籍之思。徒恨迹荒淫丽，名陷俳优，长为童子之群，无望壮夫之列。岂图曲蒙荣奖，躬奉德音，以小人之浅才，承令君之嘉惠，岂不幸甚，岂不幸甚！伏惟君侯星云诞秀，金玉间成，衣冠礼乐，范仪朝野。致明君于尧舜，皇极允谐；当重寄于阿衡，中阶协泰。非夫聪明博达，体变知机，如其仁！如其仁！方当拔俊赏奇，使拾遗补阙，坐开黄阁，高视赤松，然后与稷、契、夔、龙，比功并德，岂徒萧、曹、魏、丙，屑屑区区而已哉。

陈子昂在文中表达了对文学弄臣的不齿，表示自己希望可以效仿阮籍那样的诗人，以"旨趣遥深"作为诗歌创作的主导思想。除了阐述自己的文学主张之外，陈子昂也委婉地表达了希望得到宰相谕扬引荐的意思，所以他在文章的最后写道：

某实细人，过蒙知遇，顾循微薄，何敢祗承。谨当毕力竭诚，策驽磨钝，期效忠以报德，奉知己以周旋。文章小能，何足观者。不任感荷之至。

文章递出之后，陈子昂曾满心希望等待宰相的回复，但左等右等不见回音，陈子昂大失所望，心中暗想："宰相日理万机，或许根本就没看到我的文章。"事实上的确如此，薛元超收到的自荐信不计其数，陈子昂的文章送到相府后，便如同石沉大海一般，被淹没在了文山书海之中。

第二章　科举落第意难平

第一节　赶考入洛阳　结识魏四憬

永淳元年（682）的春节，陈子昂在长安度过。

虽然身处异乡，但陈子昂并不孤独。在国子监中，像他这样从千里之外到长安求学的生员有很多，节庆期间不用上课，众人聚在一起欢度佳节。

除夕晚上，长安城取消了夜禁，城中居民成群结队地来到街道上，举行驱傩游行。人们脸上戴着凶神恶煞的面具，跟在由老翁、老婆婆扮演的傩父、傩母身后，一边走一边唱《驱傩词》：

> 适从远来至宫门，正见鬼子一群群，就中有个黑论敦，条身直上舍头存。耽气袋，戴火盆。眼赫赤，着绯裈。青云烈，碧温存。中庭沸匝匝，院里乱纷纷。唤钟馗，拦着门。弃头上，放气薰。愲（摺）肋折，抽却筋。拔出舌，割却唇。正南直须千里外，正北远去亦不论！

陈子昂与同学们也买了面具戴上，跟随人群一路走一路唱。走累了，唱乏了，队伍里的人也逐渐散去了，陈子昂他们便回到崇仁坊。坊中许多人家燃起篝火，火光冲天，照得夜空泛红，邸舍老板也在店门口点了一堆火，还准备了许多竹子，见客人们游行回来，喜气洋洋地招呼道："各位贵客，我给大家准备了些爆竹，燃起来吧，图个吉利！"陈子昂他们把竹子扔进火堆。竹子噼噼啪啪地响起来，倒也热闹。此时，孙二穿过人群找到陈子昂，把一件褐面的皮袍子递给他，说："公子，快穿上。"

陈子昂道："我不冷！"

孙二说："防寒是其次，主要是新年要有新气象，必须换件新衣服。"陈子昂笑着说："换件新衣服就算'新气象'了？"说罢接过皮袍穿上。这一夜，陈子昂与同学们玩闹、饮酒、守岁，第二天凌晨时才睡下。

从春节到元宵节，陈子昂几乎日日与同学宴饮。这群身处异乡的年轻人，表面看起来嘻嘻哈哈的，但实际上，逢此佳节之际，大家内心中的思乡之情愈加旺盛，只好借狂欢冲淡乡愁。另外，大家心里都明白：春节过后，同学中间有些人会继续留在长安，有些人则要去东都参加科举考试。对于大多数人而言，这一别将是永别，因此所有人都想尽可能地多聚。

陈子昂属于即将离开长安、去洛阳考试的人之一。

洛阳是唐朝的陪都，如果说首都长安是唐帝国的政治中心，那么地处中原的陪都洛阳就是唐帝国的文化和经济中心。唐朝初年，科举考试的考场只设在长安，永徽元年（650），"始置两都举"，洛阳也获得了举办科举考试的资格。至于具体在哪考，要看当时的具体情况。

永淳元年的科举考试之所以要放在洛阳，可能是因为当时长安城所在的关中地区遭遇了比较严重的饥荒，难以承受大量考生涌入后的资源负担。当时的饥荒严重到什么地步呢？这一年四月，稻米的价格涨到了每斗四百钱，如此高的米价连朝廷都受不了，于是，在四月初三这一天，唐高宗李治留太子李显在长安监国，自己带着武后及一部分文武官员到洛阳办公。由于走得太急，路上吃的粮食准备不足，竟然有皇帝的随行人员饿死在半路上。

陈子昂在该年一月中旬就离开了长安，当时长安城虽然已经出现粮食供给不足的现象，但真正的"大饥荒"还没有出现。饶是如此，陈子昂也明显感觉到这座城市开始"不对劲儿"了——饮食价格翻了一倍有余，孙二屡次抱怨"这样下去，连饭都吃不起了"，再看看南城的普通百姓，许多人脸上已经有了菜色。见此情景，陈子昂对孙二说："就连大唐都城也有饥荒之虞，真是想不到。"

孙二道："老百姓饿肚子是常事，想要不饿肚子，一要老天爷开恩，二要皇爷圣明，三要县太爷少盘剥，这三位爷少了哪个也不行。"陈子昂听罢直摇头，却也不知道该说什么好……

长安距洛阳有八百多里路程，陈子昂走走停停十多天才抵达。到洛阳后，他第一时间去拜访刘祭酒——由于今年的科举考试要在洛阳举行，所以国子监刘祭酒也早早地赶到了洛阳，在洛阳国子监办公。刘祭酒告诉陈子昂，今年参加科举的考生中，有许多早负盛名的青年才俊，也有不少公卿大臣的子弟，因而竞争格外激烈。他对陈子昂说："科举考试虽然是人生大事，但临场时切记要平心静气，尤其要摈弃得失心。"

陈子昂从洛阳国子监出来时，孙二已经在门口等候多时了。他一见到陈子昂便说："公子，邸舍那边有点事情，需要您来定夺。"原来，最近到洛阳赶考的学子实在太多，因此洛阳城的大小邸舍、旅馆人满为患。今天上午，一个叫魏四懔的人来到陈子昂下榻的邸舍寻找住处，店老板对他说："客官，实在对不起了，小店客满。"但那魏四懔不走，对老板说道："我已经走过大大小小十几家邸舍，全部人满为患，实在是没地方住了。老板，您看这样行不行，如果您店里有客人单独住的房间，您就去和他商量一下，让我与他合住，我愿意承担全部房钱！"邸舍老板摇摇头，说："客官，您想想，越是有钱住单间的客人，越不在乎房钱，您这不是让我为难吗？"魏四懔央求老板道："那您就再想一想，哪位客人比较豁达开明，帮我与他交涉一番，只要给我找个地方住，我愿意多付房钱！"

邸舍老板眼珠子骨碌碌转了半天，最后想到了陈子昂。他觉得这个年轻人比较开朗、和善，说不定能让魏四懔住进自己的单间。于是，老板便去找孙二，让孙二把这件事情通报给陈子昂。

陈子昂听孙二把事情的前因后果说了一遍，笑道："小事一桩，让那位客人住进我房间便是。至于房钱嘛，不用他出，算我的。"

孙二不放心地说："公子，房钱是小事，可这魏四懔若是不怀好意……"

陈子昂摆摆手让孙二莫再往下说了，道："何必把人都看成是歹人呢？就不能先假设他是好人吗？你放心吧，即便是歹人，我也不怕！"

孙二见公子态度坚决，便也不再说什么。主仆二人回到邸舍，陈子昂先进房间，孙二则去对店老板说："我家公子同意让那位客人住进来。不过我家公子也说了，房钱照付。老板，你可不要两头通吃啊！"

店老板赶紧说道："把我当什么人了？我做生意最讲信誉……"

陈子昂在房间里稍作片刻，忽闻有人敲门，打开门一看，只见孙二带着一位国字脸中年人站在门前。陈子昂向那人施礼道："阁下想必就是魏四懔了。"

魏四懔赶忙还礼，道："正是区区在下，多谢陈公子提供方便。"

陈子昂道："大家都是异乡客，理应相互照应。"

二人客气一番后，陈子昂将魏四懔请进屋内。那魏四懔乃邢州人氏，也是个读书人，很有见识。陈子昂与他很是投机，大有相见恨晚的感觉，越聊越热络。正谈话间，店小二敲门进来，说是要在房间里另支一张床铺，供新来的客人休息。陈子昂对魏四懔说："他们在这里忙活，咱们不妨到外面去，找个地方喝上几杯！"

魏四懔道："正当如此！承蒙兄台关照，今日我做东！"

陈子昂笑道："只要尽兴，谁做东都一样。"

陈子昂、魏四懔与孙二三人来到洛阳城中一家酒馆，边喝边聊。正当二人谈得尽兴时，旁边一人突然站起身来，径直走到魏四懔身边，拍了拍他的肩膀，道："魏兄台？"

魏四懔望向那人，愣了一愣，然后赶忙站起身来，道："高兄，好久不见！"说罢，他对陈子昂说："这位是高少卿，名正臣。"

高正臣官至卫尉少卿，是当时有名的书法家，善正、行、草书，有欧、虞遗风。魏四懔祖籍晋州，出身望族；高正臣祖籍广平，高氏乃当地豪门。晋州与广平相距不过区区百里，高、魏两大豪族历来颇有交情，魏四懔和高正臣二人也可算得上是世交，只不过平时各有要事在身，难得一见，今日偶遇，实属意外。

陈子昂听魏四懔说眼前这人叫高正臣，立刻肃然起敬，赶忙站起来身来自我介绍道："晚生陈子昂，拜见高少卿。"陈子昂之所以对高正臣如此尊敬，一是因为他早听说过书法家高正臣的大名，二来是因为高氏家族在朝廷的影响力非常大，唐太宗时期的宰相高士廉，如今的太子詹事高履行，都出自高氏家族。

高正臣见陈子昂彬彬有礼，心生好感，说道："无须多礼，安坐，安坐。"

魏四憬笑道："既然偶遇，那高兄也别走了，与我们共饮几杯。"

高正臣是最喜欢热闹的那类人，平日里经常在自己家中举行宴会，邀请四方宾客开怀畅饮，如今有人请他喝酒，自然也不会推却，大大咧咧坐在陈子昂身旁，大声对店家说道："给我拿只酒杯，再上一壶酒！"

席间，高正臣问魏四憬与陈子昂如何相识，魏四憬如实回答。高正臣惊讶地问："阁下到洛阳为何不去驿馆下榻？"魏四憬说："此行是为私事，而且家父有命，让我低调行事。"

高正臣看了看陈子昂，道："魏伯父近来可好。"

魏四憬苦笑道："武后权势日隆，家父也只能小心应付了。"

高正臣叹口气，道："当年伯父因得罪武后而获罪，此事虽然已经过去了十几年，但武后恐怕不会轻易忘却，还是小心些为妙啊。"

高、魏二人谈话，一旁的陈子昂听得云里雾里，自然也插不上嘴。高正臣见冷落了陈子昂，而且魏四憬似乎也不愿过多谈及自己的家事，便主动将话题转移到了陈子昂身上，问他此次来洛阳是不是为了赶考，从哪里来，籍贯何处。

陈子昂如实作答，高正臣听说陈子昂乃射洪陈氏，在国子监读书，突然拍了一下脑门，说："我想起来了！上次高邵曾经对我说过，长安国子监里有个射洪县来的年轻人，叫陈伯玉，写诗极好！你就是陈伯玉吧？"

陈子昂想起，在长安参加酒宴时，的确结识过一个叫高邵的少年，二人当时甚是投机，但因高邵常居洛阳少在长安，因此后来不曾再见。看来，这高邵与高正臣或许是一家人。想到此处，陈子昂显得更加恭敬，对高正臣道："伯玉是晚生的字。"

高正臣抚掌大笑，道："久闻大名，没想到今日偶遇！高邵那小子经常来我家玩，你若得空，也要常来啊。"说完这番话，高正臣似乎怕陈子昂"不赏脸"，又道："你可别以为我说的是客套话，我老高说让你来，是真盼你来。这样吧，你把你住址告诉我，哪日我宴请宾客，派人来寻你。"

魏四憬在一旁也说道："高少卿最好客，府上经常高朋满座。伯玉，你也别和他客气。"

陈子昂赶忙道："改日一定登门拜会。"

三人在酒馆聊了许久，见天色不早，高正臣才道："本想再喝几杯，但时间不早了，我得回家去，要不然坊门都关了！"

魏四懔和陈子昂送别高正臣后，回到了邸舍，二人趁着酒兴聊了许久。陈子昂从方才魏四懔和高正臣的言语中猜测，这魏四懔的父亲乃当朝重臣，当年曾经得罪过武后武则天。如今，随着武后权势越来越大，魏家人只好处处小心，唯恐有什么把柄落在武后手中，遭到报复。魏四懔在言谈中一直尽量回避提及自己的家世，陈子昂虽然好奇，但也不主动过问。他心想："君子相交，只看道德人品，没必要关心人家的家世。他是豪门子弟我也不攀附，他是罪臣之后我也不疏远。"

初入洛阳的那段时间，陈子昂对这座中原古城充满好奇。与长安城相比，洛阳城规模较小，各种城市设施也不完善。但由于武后非常喜欢这座城市，近些年来朝廷开始在洛阳城大兴土木，城市的规模和配置也都随之提升不少。

陈子昂早就听说洛阳城的牡丹最为艳丽，但可惜他是一月中旬来到洛阳，距离牡丹花期还有一段时间。观花无望，陈子昂只好把兴趣转移到了洛阳的饮食、美酒上，好在洛阳是美食之都，又盛产杜康酒，他的口舌之欲得到了极大满足。

一月二十九那天，陈子昂正在邸舍读书，店小二在门外叫道："陈公子，有人找，是高府的管家。"陈子昂知道一定是高正臣派来的，于是起身走出房门。高府管家在店小二身后，见到陈子昂后，将一封简帖递了过来，说道："陈公子，明日是正月晦日（农历每个月的最后一天为晦日），我家老爷邀请您到府上一聚，请务必赏光。"陈子昂接过简帖，道："请告诉高少卿，晚生一定会登门拜访。"

第二天，陈子昂按照简帖上给的地址和时间来到高正臣府上。他刚走进高府大院，就看见高邵从正堂里迎了出来。见到陈子昂，高邵很开心，道："伯玉兄，长安一别已有数月，没想到能再次重逢。"陈子昂客套了一番，高邵拉着他的手走进正堂，只见高正臣居中而坐，他们的左右下首坐了十几个人，有的看起来眼熟，想是在长安时见过，有的则完全不认识。

高邵对在座诸人说："这位便是蜀中才子陈子昂。我们在长安时就相识，没想到他和阿翁也认识。"高邵口中的阿翁指的就是高正臣，唐朝人管爷爷叫阿翁，高正臣比高邵高两辈，因此喊阿翁。

高正臣招呼陈子昂坐下，然后对众人说道："我与伯玉也是萍水相逢，不过他的诗名我是早有耳闻的。"然后，高正臣又给陈子昂介绍了在场的其他人，其中高氏族人有高邵、高瑾、高侨、高球，其中高邵和高瑾是亲兄弟，二人的祖父就是高履行，祖母则是唐太宗李世民的第九个孩子东阳公主。另外两位高氏子弟——高侨、高球，是高邵和高瑾的堂兄弟。除高家人之外，参加这次聚会的还有洛阳名士周思钧、韩仲宣、崔知贤、弓嗣初等二十多人。

人到齐了之后，高正臣说道："近日，我在自家后院种了一片竹子，并在竹林深处盖了一座小亭子，取名林亭。大家不妨到林亭中游览一番，乘兴作诗，如何？"

众人自然是客随主便，随高正臣来到了后院林亭。在那里，大家饮酒、看景，气氛非常融洽，于是高正臣便提议以"华"字为诗韵，各自作诗一首。

当时在场的诸人大都是老相识，彼此的诗文都见得多了，因此倒也不做作，纷纷提笔作诗。过了一盏茶的工夫，各人纷纷停笔，然后所有人的注意力都放到了陈子昂身上。陈子昂是"高家宴会"上的新人，又以诗文著称，大家都想看看高正臣口中的"诗才"到底能写出怎样的文字。

陈子昂见众人的目光都聚焦在自己笔下，心想："可不能叫东都洛阳的文士们小看了！"于是，他收敛心神，提笔写下：

序：夫天下良辰美景，园林池观，古来游宴欢娱众矣。然而地或幽偏，未睹皇居之圣；时终交丧，多阻升平之道。岂如光华启旦，朝野资欢，有渤海之宗英，是平阳之贵戚，发挥形胜，出凤台而啸侣；幽赞芳辰，指鸡川而留宴。列珍羞于绮席，珠翠琅玕；奏丝管于芳园，秦筝赵瑟。冠缨济济，多延戚里之宾；鸾凤锵锵，自有文雄之客。总都畿而写望，通汉苑之楼台；控伊洛而斜□，临神仙之浦溆。则有都人士女，侠客游童。出金市而连镳，入铜街而结驷。香车绣毂，罗绮生风；宝盖雕鞍，珠玑耀日。于时律穷太簇，气淑中京，山河春而霁景华，城阙丽而年光满。淹留自乐，玩花鸟以忘归；欢赏不疲，对林泉而独得。伟矣！信皇州之盛观也。岂可使晋京才子，孤标洛下之游；魏室群公，独擅邺中之会。盍各言志，以记芳游，同探一字，以华为韵。

众人看罢，心中纷纷暗想："少年人笔下果然有些功夫，诗序写的行云流水，只不过毕竟对高氏一族了解不够多，说什么'有渤海之宗英，是平阳之贵戚'，前半句倒是没错，高氏祖籍的确在渤海郡。后半句却错了，高氏族人迎娶的是'东阳公主'，所以应该是'东阳贵戚'，怎么会是'平阳贵戚'呢？"

此时，陈子昂开始落笔写诗，只见他先写诗题——《晦日宴高氏林亭》。开题之后，一气呵成写了一首五言诗：

> 寻春游上路，追宴入山家。
> 主第簪缨满，皇州景望华。
> 玉池初吐溜，珠树始开花。
> 欢娱方未极，林阁散余霞。

在场的周思钧、韩仲宣二人都是洛阳城中有名的诗人，他们读罢陈子昂的诗后，纷纷鼓掌道："高少卿果然慧眼识人才，陈子昂的诗才的确非同凡响！"即便是想夸赞陈子昂的诗才，也必先称赞主人的慧眼，这二位果然精通"为客之道"。

高邵则显得直率多了，他对高正臣说："阿翁，我没骗你吧？伯玉有一手。"

高正臣捋着胡子笑道："高才、高才，数杯薄酒促成了诸位的大作，今日之会必将传于后世。"高正臣的这个预言倒也没错，关于这场诗会的情况，被后人计有功写进了《唐诗纪事》中。

通过这场诗会，陈子昂收获了不小的名声，但恐怕连他自己也想不到，这场诗会还将成为他姻缘的起点。这是后话。

第二节　科场试牛刀　重聚竹林亭

永淳元年（682）二月初二，科举考试开考。

科举乃国家重器，虽然朝廷被西北地区的饥荒搞得焦头烂额，但在组织科举考试这件事情上，还是一点都不敢马虎。

考试之前，各地赶考的学子被召进皇城，接受最后的考核。中书省四方馆的通事舍人率先出现在学子们面前，他冲着阶下的考生（其中有些人将成为帝国将来的栋梁）说了些诸如"卿等学富雄词，远随乡荐，跋涉山川，当甚劳止。有司至公，必无遗逸，仰各取有司处分"的吉利话。

中书省官员退下，尚书省官员出现在考生面前，他们的任务是审查考试资格。所有考生需出示"解状"，相当于参加科举考试的资格证。此外，考生还需出示"家状"，相当于"户口本"，上面不仅有考生个人的姓名、年龄、籍贯等信息，还有三代以内直系亲属的名字及基本信息。陈子昂的家状上，还特别注明父亲陈元敬曾经是文林郎。尚书省的官员们根据考生提供的证件，一一核对考生的考试资格，通过核对的考生，就算获得了科举考试的最终资格。陈子昂顺利拿到了入场考试的资格。

二月二那天，卯时一到，皇城门大开，陈子昂和来自五湖四海的学子们一起走进了尚书省的府衙内。

临走之前，孙二为陈子昂准备好了考试用的一切物品，除笔墨砚台、清水、食物之外，还有一个黄铜做的小手炉，里面装满了炭火。

陈子昂不解，问："考试为什么要带个手炉？"

孙二笑道："公子，我虽然没参加过考试，但这几天我都打听好了，考试的地方就在尚书省府衙外的廊庑上，您想想，这么冷的天儿，屋子外面穿堂风嗖嗖的，能不冻手吗？要是把手冻伤了，还怎么写字？带上这个手炉，要是手冷了就焐一焐。不过您得看着点，里面的火不能太旺，一来烫手，二来烧得快。"

陈子昂提起手炉，对孙二说："等我的好消息吧。"

来到尚书省衙门门前，卫士对陈子昂说："留步，搜身。"

陈子昂停下脚步，对方象征性地在陈子昂身上摸索几下，便放行了。走进衙门，只见廊庑下果然摆满了小桌、小凳，陈子昂心想："孙二说的没错，真是在屋子外面考试！"在尚书省门吏的带领下，陈子昂找到了自己的位置。

卯时三刻，考试开始。主考官乃是尚书省吏部考功司员外郎贾大隐。只见他颇有威仪地坐在衙门内的正堂之上，时不时在考场内巡视一番。陈子昂知道，贾大隐乃是当世大儒贾公彦的儿子。据说他为人虽然正直，但有些过于循规蹈矩。陈子昂心中隐隐有些不安，他觉得自己力求新颖的文风，或许与主考官的好恶相悖，但考场之上也由不得他去多想，只能用自己最擅长的方式去书写答卷了。

科举考试要持续整整六个时辰，当天的天气着实不暖和，孙二给陈子昂准备的手炉派上了大用场。手炉不仅能焐手，还可以把干粮放到上面稍稍加热。陈子昂不由地想："事事皆学问。若不是孙二，今天有我好受的。"

下午酉时三刻，贾大隐命令手下官员收卷，考生们老老实实把卷子递出去，然后一个个沉默着走出尚书省衙门，根本看不出是喜是悲。陈子昂相对洒脱一些，在走出皇城大门时，他笑眯眯地与一同考试的几位相识学子告别，哼着小曲儿回到了邸舍。

接下来要做的就是"等"。据说，放榜的日子是三月初三，这意味着陈子昂需要经历长达一个月的漫长等待。

人有的时候很奇怪，考试前一个月，按道理说，应该要刻苦读书，但陈子昂看见书就烦；考试后的一个月，再读书也没什么用了，可陈子昂反倒觉得看书是件挺有趣的事，每日在邸舍内手不释卷。与陈子昂同住的魏四懔则显得非常忙碌，白天的时候基本见不到人，快到晚上才回来。二人经常秉烛夜谈，言语间甚是投契，逐渐成了真正的朋友。

书中岁月短。当陈子昂静下来开始读书后，时间似乎过得快了一些，等待也不那么让人心焦了。这天，他依旧在邸舍内读书，突然听到外面有人叫嚷："陈兄，陈兄！"

陈子昂出门一看，原来是高邵。陈子昂惊问道："高兄，是来找我吗？"

高邵见到陈子昂，很开心的样子，说："还能找谁？明天有时间吗？我阿翁又摆下酒宴，邀你赴宴。"

陈子昂心想："左右也没什么要紧事，不好驳了高家人的面子。"于是便说："有劳高兄亲自来一趟，我有时间，一定到。"

高邵说："那就说好了，我还有事，先走一步。"

陈子昂将高邵送出邸舍，目送他离开。

次日，二月三十，又一个晦日，陈子昂再次来到了高正臣的宅邸。这一次参加宴饮的人比上次还多，高邵的爷爷高履行也来了，与高正臣一起坐在正堂的主位上。

陈子昂走上前去，向众人行礼。高履行开口道："这位想必就是陈子昂吧。"

陈子昂道："正是在下。"

高履行道："你们陈家在蜀中算得上一方豪杰！当年你父亲陈元敬开仓赈灾的事情，我在长安也有耳闻。如今陈家又出了你这么一位大才，正应了《易传》中的那句话——积善之家，必有余庆！"

陈子昂赶紧自谦一番，然后在高球下首落座。这是他与高球第二次见面，上次参加诗会时，高球对陈子昂的诗作赞不绝口，陈子昂也在闲聊中获知：高球最近候补到了宛丘县令一职，等吏部的告身（相当于委任状）一下来，便会去上任。

高球不是一个人来的，他身边坐着一位小姑娘，看样子大概十四五岁，面容清秀，举止得体，一看就是贵族家庭出身的小姐。陈子昂问高球："这是令爱吗?"

高球答道："是的，小女清禅，平日里素来喜欢诗文。听说今日有诗会，说什么也要来凑凑热闹。"说罢，他对高清禅说："这位公子就是陈子昂。"

高清禅落落大方，说："原来是陈公子，我父亲说你下笔不俗。"

陈子昂又是一番谦辞。

先喝酒，再作诗，是这类聚会的固定程序。酒过三巡后，高正臣再度提议以今日宴会为题，作诗一首。韩仲宣道："上次大家作诗，以《晦日宴高氏林亭》为题，今日又聚于林亭，且又是晦日，不如我们就以《晦日重宴高氏林亭》为题作诗，可好?"

众人听韩仲宣之言，心中都想："上次诗会，陈子昂独领风骚，这韩仲宣是成名的诗人，定然心有不甘。他今日主动立题，想必是提前有所准备，要通过今日的诗会挽回些颜面。"

高正臣道："仲宣所说不无道理，好，那我们今天就以《晦日重宴高氏林亭》为题，各自作诗，大家意下如何？"既然主人都这么说了，其他人又能有什么意见？众人纷纷表示赞同。

还是一盏茶的工夫，众人诗成。高正臣见韩仲宣率先完成，也知他今日想要出点风头，便顺水推舟道："仲宣下笔如风，是第一个完成的，我们不妨先请他吟一首给大家听。"

韩仲宣笑道："那就献丑了。"说罢，开始朗朗吟诵起来：

> 凤苑先吹晚，龙楼夕照披。
> 陈遵已投辖，山公正坐池。
> 落日催金奏，飞霞送玉卮。
> 此时陪绮席，不醉欲何为。

韩仲宣吟罢，四周响起一片叫好声，就连高履行也夸赞说："好一个'落日催金奏，飞霞送玉卮'，应情！应景！"

韩仲宣嘴里说着一些诸如"抛砖引玉"之类的话，心中却想："这回不至于让巴蜀来的那个年轻人把风头都抢光了吧……"

韩仲宣读罢后，其他宾客也都在他之后吟了自己写的诗，其中自然也不乏佳作，比如周彦晖在诗中写道：

> 春华归柳树，俯景落蒮枝。
> 置驿铜街右，开筵玉浦陲。
> 林烟含障密，竹雨带珠危。
> 兴阑巾倒戴，山公下习池。

周思钧则在诗中说：

绮筵乘晦景，高宴下阳池。

濯雨梅香散，含风柳色移。

轻尘依扇落，流水入弦危。

勿顾林亭晚，方欢云雾披。

这二人，前者是咸亨五年（674）的科考进士，后者是当朝的"太子文学"，都是洛阳城里有名的诗人。他们吟罢自己的诗后，众人目光又落到陈子昂身上，所有人都在想："这年轻人今日是否还能'力压群雄'，脱颖而出呢？"

陈子昂不慌不忙站起身，大声诵读起来：

公子好追随，爱客不知疲。

象筵开玉馔，翠羽饰金卮。

此时高宴所，讵灭习家池。

循涯倦短翮，何处俪长离。

陈子昂的这首诗，再度折服了众人，但人们的赞美都显得比较克制，因为在场地位最高者——高履行还未置一言，大家也不好提前把调子"定死"了。

最后一个完成诗作的人是高球，他让女儿高清禅帮忙念自己的诗。高清禅也不怯场，脆生生地朗诵道：

温洛年光早，皇州景望华。

连镳寻上路，乘兴入山家。

轻苔网危石，春水架平沙。

赏极林塘暮，处处起烟霞。

高清禅念完后，高履行终于开口了，他很慈祥地问高清禅："清禅，你父亲的诗写得好不好？"

"好！"高清禅不假思索。

高履行又问："那你父亲的诗是不是咱们这些人中写得最好的？"

"这……"高清禅看起来很为难的样子，似乎不知道该怎么回答，但她最终还是拿定了主意，坚定地说，"我父亲的诗很好，却不是最好的。"

众人哈哈大笑，高履行又问："那你说，谁的诗是最好的？"

面对这个刁钻的问题，高清禅顿时涨红了脸，犹犹豫豫地说："周彦晖伯伯和周思钧伯伯的诗都写得很好，可是……可是我觉得陈大哥写得最好！"最后这句话说得倒是坚决。

高清禅说完，众人又是一阵大笑。高正臣道："都说清禅性子直爽，果然不错，一点都不向着你父亲。"

高球道："清禅略通文墨，加之历来心口如一，故有此言。若她说我的诗最好，我倒要说她的书都白读了。"

高履行对高正臣说："你说清禅不向着她的父亲，我看非也。陈子昂与高球本来是平辈论交，但清禅刚才管陈子昂叫陈大哥，暗中将她父亲抬高一辈，这还不算向着父亲？"

高正臣作恍然大悟状，说："原来清禅的小心思在这儿呢！不过依我看啊，清禅把陈子昂的辈分拉下来，不是为给父亲抬辈儿，而是有自己的小算盘呢。"

清禅十四五岁，虽然稚嫩，但也隐约知道高正臣这番话意有所指，故而脸"唰"的一下红了，躲在父亲身后不再说话。

高履行道："既然清禅认为陈子昂的诗最好，那么今天诗会的魁首就是陈子昂了！大家意下如何？"众人纷纷称是。实际上，高履行早就看出，那几位成名已久的诗人有意在今天的诗会上一较高下，若自己站出来说陈子昂的诗最好，未免会伤了他们的颜面；但如果自己违心地说旁人的诗最好，传出去又会被明眼人认为自己不识货，所以他干脆把评价的资格转赠给了高清禅。无论高清禅说谁的诗好，败者都不会觉得太伤颜面，皆大欢喜！

最终，那日的诗会在一片其乐融融的氛围中结束了。众人所做的诗歌，后来也全部被记载在《全唐诗·高正臣篇》中。

第三节　科举落第日　子昂归乡时

高家诗会结束后不久，科举放榜的日子到了。

放榜之前，礼部列了一个考试过关的考生名单，送给宰相崔知温审阅。崔知温和部下阅读了考生试卷之后，给各位考生初步排名，然后交给皇帝李治最后定夺。皇帝决定了最终的名次后，尚书省会举行"唱第"仪式，被唱到的考生就算是及第。

可惜的是，陈子昂的名字并没有被"唱"到。

三月初三，礼部官员将考中进士的学子名单张贴在端门外的城墙上。名单是竖着排布的四张黄纸，最上面写着"礼部贡院"，下面是上榜考生的名字。无数学子拥簇在榜前，怀着极其不安的心情，在那张决定了自己命运的黄纸上寻找着自己的名字。

陈子昂也挤在人群中看榜，他从第一名看到最后一名，没有发现自己的名字。又看了一遍，确定没有，陈子昂终于相信——自己落榜了。

这是陈子昂人生中遭遇的第一次重大打击，此前二十多年的人生里，他可谓是一帆风顺——出身富贵，背靠豪门，不必为生活所需劳心，即便有些坎坷，也总能轻易度过。更何况，他还天纵奇才，读书两年便能傲视州县，作诗数首即可名震京师。顺遂的人生让青年陈子昂拥有了极其强大的自信，放榜之前，他虽然也曾经想过"如果落榜了怎么办"，但这个念头很快就被他自己否决了："我怎么可能落榜呢？天下英杰无数，可如我陈子昂者又有几人？"

当陈子昂发现自己落榜那一刹，天生骄傲的陈子昂如同被闪电击中了脑袋，他下意识地退出人群，朝邸舍走去。虽然内心极其狼狈，但他还是装作一副若无其事的轻松模样穿过人群，他想通过自己的"风度"告诉周围的人们——我不在乎。但实际上，洛阳城里的人们行色匆匆，谁又在乎一个落榜的考生呢？

走到邸舍门口，陈子昂犹豫了，"孙二在里面，魏四懔可能也在里面，我该说什么？"此时，孙二从邸舍中迎了出来，他察觉到了陈子昂的失落，所以走近以后并没有问"考上了吗"，而是说："公子累了吧，先进房间休息。"

陈子昂道："我落榜了。"

孙二说："明年再考，一定能中！"

陈子昂苦笑一下，不再说话。

二人进到房间，孙二给陈子昂倒了一杯水，说："公子，科举及第本来就是世间最难的事，我认识一个人，考了十几年都没考上，谁能一下子就考中啊？"

陈子昂道："李峤，二十岁第一次参加科考，就中了进士。"

孙二一时语塞，但他好像想起了什么似的，神秘兮兮地对陈子昂说："李峤，我想起来了，是有这么个人，据说是神童。但公子您知道吗？这个人不是一般人！我当驿卒时，有一次去赵郡公干，在驿站里碰到个同行，与他同住一屋。此人是李峤的老乡。他对我说，李峤有五个哥哥，都不到三十岁就死了。李峤母亲很担心，怕自己的小儿子也英年早逝，于是便请袁天罡给李峤看相。袁天罡这人您也知道的，据说当年给武后看过相，那时候武后还是个小姑娘，穿了一身男装。袁天罡说，可惜了，可惜了！这孩子如果是女儿身的话，将来能当皇帝，您看结果怎么样？如今武后虽然不是皇帝，但和皇帝也差不多了！唉，我扯远了，说袁天罡给李峤看相，也觉得他活不过三十岁。李峤母亲很伤心，但不死心，就请袁天罡看看李峤的卧像，就是睡着了之后的样子。当天晚上，袁天罡和李峤同榻而眠，等李峤睡着了，袁天罡发现他居然不出气。袁天罡还以为李峤死了呢，仔细查看，才发现李峤用耳朵眼儿出气！公子啊，什么东西用耳朵眼儿出气？那得是乌龟啊！龟息嘛。"

说了这么一大段之后，孙二总结道："考一次就中的，都不是正常人，所以公子您也别气馁，咱们一次考不上就考两次，最后肯定能考上！"

陈子昂知道孙二是变着法地安慰自己，强颜欢笑道："你这个故事讲得很有趣。"

孙二一本正经地说："这可不是故事，给我讲这件事的驿卒看起来很正经，又是李峤的老乡，十有八九是真事儿……"说话间，屋外进来一个人，正是与陈子昂同住的魏四懔。

魏四懔走进房间，看陈子昂面色低沉，便知道可能是落榜了，但他还是问道："结果如何？"

陈子昂如实回答："榜上无名。"

魏四懔拍了拍他的肩膀，说："科举考试，得意者百之一二，失意者比比皆是，你也不必太过伤心。更何况，科考也并非唯才是举，多少有真才实干的人被大家子弟挤在身后无法出头，这是常有的事。"

孙二在一旁也说："就是就是，不信公子去看看考中的名单，大多数都是有权有势大家族的后人，平民百姓能有几个？"

陈子昂默然不语，魏四懔又问："你下一步有何打算？"

陈子昂茫茫然地抬起头，说："有什么打算？回家吧！除了回家还能去哪呢？"人最失意的时候，往往也是最想回家的时候。

魏四懔道："也好，回家苦读一段时间再来考。"

陈子昂摇摇头，道："我现在已经无心读书了，与其在尘世中求而不得，不如在乡野间悠然自得。"

孙二心想："听这意思，公子年纪轻轻，就想要和老爷一样去当隐士，这还得了！希望魏四懔能劝劝他。"谁知道魏四懔却说："你说得不无道理。世人只知道当官好，却不知仕途艰险，若能纵情山水，逍遥一世，也未尝不是更好的归宿。"

那晚，陈子昂与魏四懔饮酒至深夜，孙二在一旁作陪。在孙二眼中，酒席氛围简直就是愁云惨淡，一个是科举落第，另一个似乎也心事重重，二人谈话的内容也是云里雾里，不是佛就是道的。孙二心想："这是两个不如意的人凑一块儿了，一个个都想出家、当隐士。"但是他怎么也想不明白，一个出生巨富的公子哥和一个官宦子弟，有什么好不如意的？

"你们要都觉得俗世难熬，那老百姓干脆别活了。"孙二心里头默默地想。正在胡思乱想，陈子昂突然说道："魏兄，咱们分别在即，我也没什么好送给你的，就写诗相赠吧。"孙二听说陈子昂又要写诗，赶紧准备好笔墨纸砚。

陈子昂拿起笔，写了一首五言诗：

转蓬方不定，落羽自惊弦。
山水一为别，欢娱复几年。
离亭暗风雨，征路入云烟。
还因北山迳，归守东陂田。

这首《落第西还别魏四憬》，是陈子昂所写的第一首表达隐士情怀的诗，可见落第这件事情的确给他造成了巨大的打击，正如诗中那句"落羽自惊弦"，此时的陈子昂，如同一只刚想展翅高飞的小鸟，却被折断了翅膀，巨大的挫折感使得他对走仕途道路心灰意冷了。

数日之后，陈子昂即将启程离开洛阳，他计划先到长安城停留一段时间，再原路返回射洪县。临行时，国子监刘祭酒和高球二人前来送别。刘祭酒劝他继续留在国子监读书，来年再考。但陈子昂去意已决，婉拒了刘祭酒。

高球则对陈子昂说："本来还想与你再聚，却不想你这就要走了。我伯父、堂兄弟他们近日来公务繁忙，只有我在告身下来之前乃闲人一个，因此他们让我代为送行。等你再来洛阳，咱们尚有重聚之日。"

那日，在三人依依惜别之际，陈子昂写下了那首著名的《落第西还别刘祭酒高明府》，由于高球即将上任宛丘县令，故而陈子昂称其为"高明府"，诗中说道：

> 别馆分周国，归骖入汉京。
> 地连函谷塞，川接广阳城。
> 望迥楼台出，途遥烟雾生。
> 莫言长落羽，贫贱一交情。

之后的数月时间，陈子昂把曾经走过的路又走了一遍，只不过来时意气风发，归途黯然神伤，金榜题名的梦想变成了镜花水月，胸中的少年锐气也荡然无存。

当陈子昂再次路过襄阳城时，已经没有追慕诸葛亮、羊祜丰功伟绩的心情，也没有了曾经一心想要济世安民、出将入相的豪情，只剩下了科考不中的愁思，在襄阳城外的襄河驿，他提笔写下：

> 沿流辞北渚，结缆宿南洲。
> 合岸昏初夕，回塘暗不流。

卧闻塞鸿断，坐听峡猿愁。

沙浦明如月，汀葭晦若秋。

不及能鸣雁，徒思海上鸥。

天河殊未晓，沧海信悠悠。

从当年的"谁知万里客，怀古正踟蹰"，到现在的"卧闻塞鸿断，坐听峡猿愁"，足见陈子昂情绪之低落。而且，一贯自信的陈子昂也开始了自我怀疑，他认为自己在与天下英才的竞争中失败了，唯有置身"世"外才是最好的选择，所以才会发出"不及能鸣雁，徒思海上鸥"的悲叹。

此时的陈子昂，似乎已经下定决心"归隐山林"。但事实上，那只不过是他科考落第后的"自我放逐"，在他心中，依旧认为科举入仕、经世济国才是终极理想。离开襄阳后不久，陈子昂借宿一家江边驿站，遇到了当初在长安城中结识的两位进士，一位姓梁，一位姓李。陈子昂与这二人在豪门宴饮中曾见过几面，本来不过是点头之交，但此番异乡重逢，彼此都非常高兴，因而显得格外热情。一番交谈过后，陈子昂才知道梁、李二人都候补上了县令，此番离开长安，正是要去赴任。

陈子昂心中五味杂陈，他又何尝不想为国效命呢？但现如今却没有机会，所以，陈子昂在三人聚会时写下了《送梁李二明府》一诗：

负书犹在汉，怀策未闻秦。

复此穷秋日，芳樽别故人。

黄金装屡尽，白首契逾新。

空羡双凫舄，俱飞向玉轮。

其中最后一句"空羡双凫舄，俱飞向玉轮"，明明白白地表达了对二位入仕故交的羡慕之情。

辞别故交后，陈子昂继续赶路，秋日来临之时，他走到了秭归县空舲峡。孙二对陈子昂说："公子，这空舲峡是长江上最为凶险的航道，下游的货船走到这儿，必须把货物卸下来，空船逆行，才能平安穿过峡谷。为了安全，我们不如先下船，徒步饶过峡谷之后，再乘船上行。"陈子昂见空舲峡两岸旁绝崖壁立，峡谷中水流湍急，果真异常凶险，便采纳了孙二的建议。

下船后，天色已经不早了，二人在江边一个叫青树村的小地方借宿。行至此地，距离家乡已经不远，陈子昂的心情也愈加复杂，一方面，他急于归乡，回到亲人身边；而另一方面，他自觉有负亲友的期盼，不知道该怎么向他们说出"我落榜了"这句话。在种种复杂情绪的侵扰下，陈子昂写下了《宿空舲峡青树村浦》：

> 的的明月水，啾啾寒夜猿。
> 客思浩方乱，洲浦寂无喧。
> 忆作千金子，宁知九逝魂。
> 虚闻事朱阙，结绶鹜华轩。
> 委别高堂爱，窥觎明主恩。
> 今城转蓬去，叹息复何言。

第二天，陈子昂步行饶过空舲峡，在下一个渡口坐上了回渝州的船。一路向西抵达渝州后，再一路向北，终于在冬天到来之前回到了射洪县。

一路上，陈子昂设想过无数种回家的场景。在这些场景中，"落榜"都是绕不开的话题，但当他真正回到家中时，才发现自己想错了——

陈子昂的船刚到渡口，就听见外面嘈嘈杂杂的。他往岸边看去，只见堂弟陈孜带着一大帮旧友在岸边叽叽喳喳地招呼他。船停稳后，还没等陈子昂下船，陈孜倒先冲到船上，抱着他使劲摇，嘴里念念叨叨："哥哥，想死我了！"

陈子昂下船后，一大帮人簇拥着他上了马，然后朝着家的方向一路狂奔。沿途还不断有熟人招呼："伯玉，回来了？改日到我家中小坐……"

来到家门口，陈子昂翻身下马，在门前等候许久的家人们全都围了上来，七嘴八舌地把他拉进家。进入家中正堂，父母早就等候已久。见他回来，母亲赶紧过来嘘寒问暖，父亲也满脸慈爱地说："这两年吃了不少苦吧！回家就好了，回家就好了。"

紧接着便是隆重的家宴，家人们喜气洋洋地欢聚一堂欢迎陈子昂归来，简直比过年还热闹。陈子昂终于忍不住了，主动说道："父亲，我二月时参加科举考试，落榜了！"他以为亲人们会表现得很失望，但谁知父亲好像根本就不放在心上，只是说："怎么样，出门一趟才知道人外有人、天外有天了吧？"母亲则说："子昂未必就比那些考中进士的人差了，只不过是时运不济而已，下次一定能考中！"陈孜更是美滋滋地说："多亏落榜了，不然哪能回来得这么快？"陈孜的母亲，也就是陈子昂的婶婶打了陈孜脑袋一下，说："就算你想你哥哥，也不能说这种话……"

即便是陈子昂主动提及，众人也并没有围绕"落榜"这个话题议论太久，而是七嘴八舌地问他去过那些地方，结识了那些人，遇见了哪些事情……那顿饭吃了一个半时辰，直到母亲说："子昂出远门才回来，一定累了，先让他好好休息吧。"众人这才散了。

第四节　群山中问道　俗世里勘情

说陈家人对陈子昂落榜这件事毫不在意是不可能的。陈子昂回家后第二天，父亲陈元敬就和他聊了许多关于科考的事情。事实上，关于儿子落榜这件事情，陈元敬并不意外，他自己曾经考中过进士，对于科举考试中什么样的文章受青睐，什么样的文章会被冷落，陈元敬再明白不过了。在陈元敬看来，儿子的文章重在反映现实、辨析事理，读起来气势磅礴，但语言过于质朴，写到兴起时，常常不再理会什么四六骈对，时有以散带骈、骈散相间的段落。在考官们眼中，这是最大的"弊端"，如此文章自然难入他们的法眼。

陈元敬虽然知道儿子的某些文风是不利于科考的，但他却从未纠正过，因为在他看来，与其磨灭儿子的天性，把他变成一个古板的学究，还不如保留他特有的风格，或许陈子昂将来会成为一个击碎迂腐文风的先驱，颠覆当前文坛华而不实的创作风气。

"我陈家不缺进士，何必因为苦求功名去打击儿子的天分呢？让他随心所欲地施展自己的才华吧，即便到最后一无所成又如何？我倒是考中进士了，又得到了什么？"这才是陈元敬内心的真实想法。所以他对陈子昂说："落榜与否其实并不重要。重要的是，你真正想要什么？想写什么样的东西？"

此刻的陈子昂，还不能领会父亲的全部苦心，他只想逃避落榜带来的不愉快，因此，他对父亲说道："我想远离世事，学神仙之术。"若是一般人听儿子这么说，恐怕会非常失望，但陈元敬不是一般人，他自己就是修道之人，所以很支持儿子的这一选择。

近些年来，陈元敬已经过上了"山栖饵木"的生活。平日里，他常常隐居在山林之中，带着一帮人研究"炼丹术"，炼成的仙丹就是所谓的"饵"。作为道家服饵派的忠实信徒，陈元敬坚信通过服食仙丹可以提高自己的修为。

陈子昂的家族有修道的"传统"，他的五世祖陈方庆就非常喜欢仙道术数。有传言说，陈方庆曾经获得《五行秘书》与《白虎七变经》这两本古代"秘籍"，《五行秘书》是墨家的不传之秘，《白虎七变经》乃道家的至宝，三国时期著名道士左慈就从这部经书中悟出了许多道法神通。有了这两样宝贝，陈方庆一心学道，也开启了陈家人世代修道的传统。

陈子昂投身修行，除了受家族传统的浸染之外，也与当时的社会风气有很大关系。唐王朝的统治者为了给自己"贴金"，宣称自己乃道家始祖李耳的后人，同时还把道教立为国教，极大地提高了道教在社会各个阶层的影响力。

在社会风气与家族传统的双重影响下，陈子昂将学习神仙之术当成了逃避科考失利这一痛苦现实的"茧壳"。那段时间里，为了表达自己想出世离尘的想法，陈子昂还专门写了一首《感遇》（十一）：

> 吾爱鬼谷子，青溪无垢氛。
> 囊括经世道，遗身在白云。
> 七雄方龙斗，天下久无君。
> 浮荣不足贵，遵养晦时文。
> 舒之弥宇宙，卷之不盈分。
> 岂徒山木寿，空与麋鹿群。

虽然陈子昂在极力夸赞自己的隐居生活，但这首诗的最后两句还是"出卖"了他的真实想法，"岂徒山木寿，空与麋鹿群"，他并不想通过修道来获得如同山中巨树一般的寿命，也不想始终与野外的生灵做伴，说到底，他还"尘缘未了"，依然有入世之心。

那段时间，陈子昂经常去找晖上人谈佛论道。在晖上人处，陈子昂结识了一个姓齐的官员。此人是三台县县尉，经常坐船沿涪江南下，来射洪县与晖上人座谈，陈子昂与他虽然早就认识，但从前不过是泛泛之交，现如今，由于陈子昂去晖上人处的次数更多了，与齐县尉接触得也更加频繁。一来二去，二人成了要好的朋友，经常同在晖上人处相聚。

齐县尉早在十年之前就考中了进士，之后被朝廷派到三台县当县尉，一当就是十年。齐县尉本以为自己高中进士，便能前途无量，将来出将入相，谁曾想被"按"在西南充当小吏十载，平凡岁月磨得他心性全无，只好寄情于山水，求佛在山门，经常到真谛寺与晖上人谈心。

这天，陈子昂来到真谛寺，恰巧齐县尉也在。陈子昂见齐县尉明显与往日不同，满面红光，整个人意气风发，便问道："齐少府，是不是碰上什么好事儿了？"

齐县尉哈哈一笑，道："再过几日，我便要去长安了，此番是来向你们道别的。"

陈子昂一愣，随即贺喜道："如此说来，齐少府一定是高升了？"

齐县尉道："高升谈不上，只不过是朝廷另有任用罢了。"原来，齐县尉的一个伯父在今年年初当上了吏部员外郎。虽然只是个从六品上的官，但由于吏部乃六部之首，掌管天下文官的任免、考课、升降、勋封、调动等事务，因此也颇具分量。

在伯父的运作之下，齐县尉升任长安县尉，别看依旧是个县尉，品级也只是从正九品上变成了从八品下，但在天子脚下担任县尉与在巴蜀之地任县尉，其前途命运有天壤之别。

陈子昂得知这一消息后，由衷地替齐县尉感到高兴，同时心中也难免有些嫉羡。那天，齐县尉兴致勃勃地喝了很多酒，陈子昂陪着也没少喝，两人也不聊神仙之术了，转而大谈京城风土、为官之道等话题。晖上人不饮酒，也不多说话，在旁边静静聆听。快要分别时，陈子昂趁着酒兴说："齐少府马上就要进京了，此一别，不知何时才能再相见，今日之会值得纪念。"说罢，他拿起晖上人禅房中的笔，唰唰唰写下了一篇《晖上人房饯齐少府使入京府序》：

> 永淳二年，四月孟夏，东海齐子，宦于此州。虽黄绶位轻，而青云器重，故能委邦君而坐啸，屈刺史而知名。属乎銮驾巡方，诸侯纳贡，将欲对扬天子，命我行人。执玉帛而当朝，拥骈骖而戒道，指途河渭，发引岷嶓。粤以丙丁之日，次于晖公别舍，盖言离也。尔其岩泉列坐，竹树交筵，吐青蔼于轩窗，栖白云于左右。参差池榭，乱山水之清阴；缭绕阶庭，杂峰崖之异势。入禅林而避暑，肃风景于中庭；开水殿而追凉，彻氛埃于户外。瑶琴合奏，翠罍时行，谭窈窕于天人，极留连于暑刻。既而欢乐极，良辰征，攀白日而不回，唱浮云而告别。山光黯黯，凝绿树之将暝；岚气沉沉，结苍云而遂晚。虽同交未阻，风月可留；岐路方乖，关山成恨。嗟乎！朝廷子入，期富贵于崇朝；林岭吾栖，学神仙而未毕。青霞路绝，朱绂途遥，言此会之何时，愿相逢而谁代。永怀千古，岂知仁者之交；凡我三人，盍崇不朽之迹。斯文未丧，题之此山，同疏六韵云尔。

落笔之时，天色也不早了，齐县尉夸赞了一番陈子昂的文笔后，说道："我今天还要赶回三台县去，就不再久留了，二位，山高水长，咱们来日必有相见之时。"说罢，他与陈子昂、晖上人依依惜别，离开了真谛寺。

陈子昂不着急走，送走齐县尉后，他与晖上人在寺庙附近散步。陈子昂感慨道："同样是县尉，本县刘县尉在射洪兢兢业业二十多年，升迁无望。齐县尉遇到了贵人，转眼间就被调至京城，真是时也命也！"

晖上人道："陈公子你呢？也是在等待时运吗？"

陈子昂笑道："我现在只关心和合四象，哪管他凡尘气运。"

晖上人不以为然，说："依我看，你尘缘未了，与齐少府有京城相聚的一天。"

陈子昂道："我现在心无定法，谁知道将来会怎么样呢？"

晖上人道："心无定法不如以心为法，跟着自己的心意走，未尝不是好的选择。"

闻此言，陈子昂若有所思，但千头万绪的想法在脑袋里似乎纠缠到了一起，不由得生出无限烦恼。晖上人见状，提点道："对于你们这些俗家人而言，与其坐而论道，不如起而行之。要寻找自己的心，不如往远处走走，或许走得越远，离你的本心越近呢？"

陈子昂觉得晖上人所言甚有道理，便道："好！我就去当一个游方的行者吧！"

陈子昂属于"想到就去做"的那类人，不仅因为他性格如此，更因为现在的他没有任何后顾之忧。所以那天从真谛寺晖上人处回家后，他便通知家人："我要出趟远门。"

父亲问他："远门是多远？"

陈子昂想了想，说："最远不会离开巴蜀境内。"陈元敬心想让儿子出去历练历练也是好的，便点了点头，表示同意。

一旁的陈孜听哥哥说要出去玩，立刻表示自己也要去。陈孜的母亲想，他们兄弟两个一起出去，路上还能有个照应，因此也不反对。

数日后，兄弟两人出发上路。出发前，陈孜问到底要去哪儿。实际上，当时的陈子昂也没有确切的目的地，他想了一会儿，对陈孜说："先去峨眉山白水寺吧。"

陈子昂之所以要去峨眉山白水寺，是因为他想起两年前入长安时，半途遇到的那个叫释怀一的僧人。释怀一曾说，会在峨眉山白水寺挂单，让陈子昂去找他。陈子昂心中始终有个疑问想要得到他的解答——为什么当初释怀一会暗示自己考不中进士？

无论陈孜说要去哪儿，陈孜都不会反对，于是，陈子昂与陈孜朝着峨眉山进发。

陈家兄弟没有走水路，各自骑一匹马沿着成都官道向西前进。成都官道是一条横穿巴蜀的古路，往东走可以抵达巴国腹地开州，往西走则直通成都。从射洪到成都，三百多里路程，兄弟二人边游边走，得五六天才能到。

第二天下午，陈子昂来到了铜山县。

铜山县隶属梓州管辖，几十年前，这里还是一个小地方，后来当地发现了铜矿，开始变得繁荣起来。贞观二十三年（649），朝廷在此地建置铜监署，设铸钱官，铜山成为大唐帝国的"财源"之一。但是好景不长，唐调露元年

（679），朝廷撤销了铜山的铜监署，改置铜山县。从那以后，铜山昔日的繁华景象便开始逐渐褪色。

当陈子昂来到铜山县城时，只见城中街道宽广、阁楼林立，但行人稀少，商铺闲置，所幸铜山县境内有官道通过，来往客商为地方上增加了不少人气，不至于显得太过破落。

陈子昂、陈孜找了一家邸舍住下，二人连日赶路，浑身乏累，随便吃了点饭便睡下了。大概三更时分，邸舍后院突然传出阵阵惊呼，陈子昂被吵醒，竖起耳朵一听，听见外面有人喊："着火了！快来救火！"他顿时清醒，叫醒还在酣睡的陈孜，穿好衣服跑到后院去帮忙救火。

后院中，一辆拉着绢帛的牛车上着了火。好在火势并不大，货主、店主和陈家兄弟轮番从水缸中取水救火，不一会儿就扑灭了明火。

灭火后，店主擦擦头上的汗，心有余悸地说："多亏我有半夜巡查的习惯，发现得早，要不然，不止这一车货保不住，我的店也得烧个精光。"

货主虽然损失了一些绢帛，但由于救火及时，保全了大部分货物，对店老板和陈家兄弟千恩万谢，还说要请三人喝酒。店老板说："这么一番折腾，搞得睡意全无，店里菜是没有了，但还有些干果子、熟肉，酒管够，咱们去喝几杯再睡也好。"

几人坐在一起边喝边聊，那货主人是成都商人，此番要到渝州去做生意，路过铜山县歇脚，没想到发生了这种事情。陈孜问："你拉了那么多绢帛，一定是做丝绸生意的吧。"货主摇摇头说，那些绢帛是用来和渝州商人"以物易物"使的，相当于"货款"。陈孜不谙世事，又问："既然是货款，为什么不用钱去买货？那多方便！"

货主道："现在这市面上，是货多钱少，大家手里都没钱，但是产出的货物又挺多，没办法，只好以货换货了。咱们四川的绢帛在全国都是很有名的，大家都认，所以本地商人们往往用绢帛代替钱财去外地换取货物，这也是无奈之举。"

店老板也说道："民间钱少的确是个麻烦事。当年朝廷在咱们本地设铜监署的时候，钱还不算少，那时候大家交易买卖都用铜钱，多方便。现在铜监署取消了，本地也没钱了，许多人来住店时，都想用粮食、绢帛来付账，可粮食有好坏、绢帛有优劣，也不好定价啊！再者说，我就是开邸舍的，收那么多粮食、绢帛也不好处理。如此一来，搞得生意很难做。"

货主道："你们坐地的买卖都受影响，更何况我们这些行商呢！交易起来更是困难重重。不是在下夸大，若市面上有足够的钱财流通，我能把咱们的蜀中特产卖到全国去！"

陈子昂问："既然缺钱，那朝廷为什么不多采铜铸钱呢？这不是利国利民的好事吗？"

货主说："朝廷怎么想的，咱们普通人哪里知道。"

陈孜说："是不是因为缺铜？没铜自然就没钱。"

店老板说："我看不是。就说咱们铜山县，地底下的铜难道全采光了吗？并没有。我听本地矿工说，咱们这里的铜再采十年也是够的。更何况，咱们附近剑南地区的这几个州，还有许多铜矿呢！现在呢，都荒废了！"

陈孜愤愤不平，说："明明有铜却不采，我看朝廷里那些人的脑子里都灌铜了吧。"

货主笑呵呵地说："我家世代做生意，听家里老人说，前朝的时候朝廷倒是爱铸钱。那隋炀帝为了铸造更多的钱，在铜里头掺铅、锡、烂铁这类不值钱的东西，搞得市面上铜钱泛滥，老百姓手里钱越来越不值钱，也是叫苦连天的。到了咱们大唐，朝廷废了前朝的五铢钱，发行开元通宝。这开元通宝的确好，含铜量足，不掺泥带水，老百姓们都认，可朝廷就是不愿意多造点钱，搞得大家手里都没钱。大家没钱，买卖自然也不好做。"

陈孜道："朝廷铸钱太多，百姓遭殃，铸钱太少，百姓也遭殃，到底铸多少钱才合适呢？"陈孜的这个问题着实难以回答，店老板和货主顿时被问住了，沉默不语。陈子昂思索一番，道："管仲曾说，刀币者，沟渎也。就是说，钱财乃货物流通的媒介。既然如此，那么如果市面上的货币与货物的价值相仿，可能就是最合适的。若货币多而货物少，则钱不值钱，百姓的财富会被国家攫取；若货物多而货币少，则货不值钱，百姓创造出来的货物不能换成钱，就会出现产出虽然可观，但百姓普遍贫穷的局面，这两种情况都是有害的。管仲又说，币重则民死利，币轻则决而不用，故轻重调于数而止。国家一定要根据货值的多寡调整钱币的数量，才是强国富民之道。"

陈孜由衷地说："这个管仲还真是个人才，不知道他现在是几品官，朝廷应该让他当宰相啊！"

陈子昂哈哈大笑，说："管仲是春秋时期的人物，死了一千三百多年了，谁能请得动他？"

陈孜挠挠头，说："那么久之前的古人都懂得的道理，现在这帮当官的怎么就不明白呢？"

店老板最善奉承贵客："管仲虽然不在了，但是咱们这位陈公子通今博古，要是将来当了宰相，也是个治国理政的良才哩！"

陈子昂赶紧摆摆手，自嘲道："我只不过是个落榜之后隐居山林的闲人，多看过几本闲书，随口卖弄罢了……"

几人又聊一会儿，夜深了，困意上涌，便各自回房休息。此后，陈子昂对铜矿产出多有留意，发现确实如那店老板所说，剑南地区产铜的地方很多，但大都"诸山皆闭"，至于铸币之事，更是"委废不论"。陈子昂眼看市面上铜钱紧缺，朝廷却有铜不采，导致货物流通不畅，百姓手中无钱，心中暗自想道："有朝一日我若能上达天听，必将扭转这等局面。"

从铜山县出来，再走几十里地，便离开梓州地界，来到益州的金堂县。金堂县以境内金堂山得名，金堂山是蜀中道教名山。此时的陈子昂自诩为"修道之人"，路过此地焉能错过？他对陈孜说："蜀中八仙之一的李八百曾在金堂县金堂山修道、炼丹，我们去看看仙人遗迹，如何？"

陈孜说："哥哥说去哪儿就去哪儿，不过，那李八百果真如人们所说，活了八百多岁吗？"

陈子昂道："据说李八百在金堂山上炼成了'九华丹'，有灵丹妙药的加持，最后活了八百岁。"

陈孜笑道："伯父也天天炼丹，要是他也能炼出仙丹，你们吃了长生不老，也有趣得很呢。"

陈子昂说："你也吃，吃了之后做个混迹人间的逍遥仙。"

陈孜摇摇头，说："我可不想长生不老，只盼望世间真有仙佛鬼神。那样的话，让我早点去见我父亲，我也是愿意的。"

陈子昂知道陈孜想念他父亲了，只是弟弟刚才说的这番话未免也有点太不吉利，陈子昂不知道怎么回应，只好沉默不语，心中闷闷不乐。

第五节　偶遇巡察使　愤离金堂山

陈子昂与陈孜骑马来到金堂山下。只见山高路窄，骑马难上，便决定把马匹寄存在附近乡民家里，徒步上山。

陈子昂敲开一户乡民的柴门，屋里走出一个老妪，颤颤巍巍走过来说："二位公子，来我家做什么？"

陈子昂道："我们上金堂山去，想把这两匹马拴在您家篱笆上，等下山后我们自取。"说罢，陈子昂从怀中取出五文钱递给老妪，道，"您老把钱收下，过一阵子找点水喂喂它。"

老妪并不伸手接钱，说："公子，不是我不帮忙，要是往日，就算你不给钱，我也能帮你照料它们几天，可是今天，说是有个什么什么史的官要上山游玩，县里头的差役老早之前就来过我家，叫我儿子去给当官的抬肩舆，那帮人还在金堂山前前后后搜了一遍，说是怕有歹人藏在里头。这些都是县里头的官老爷在我家院里喝水的时候说的。现在上山，你不是给自己找事吗？"

陈孜愤愤不平地说："这个什么什么史是个什么官？好大的排场！"陈子昂则笑眯眯地把钱塞进老妪手中，说："老婆婆，我们都是好人，当官的也不能把我们怎么样，您就放心吧。"老妪说："我说不住你们，不过娃儿你可晓得，官要欺负起人来，哪管你好人坏人！"陈子昂不知道怎么接话，只好笑笑说："婆婆放心，没事儿的，那这两匹马就麻烦您了。"说完带着陈孜沿着山路向上走去。

走进金堂山，果然是个重峦叠翠、幽深清静的神仙地方，山路上空无一人，陈家兄弟拾阶而上，寻找着传说中的仙人洞府。走了没多久，忽闻山上传来一阵嘈杂声。抬头望去，只见一大队人正浩浩荡荡要下山。陈孜说："这恐怕就是那位史大人了！好大的阵仗！"

山路狭窄，陈子昂和陈孜二人避无可避，只好继续向前走，没几步就与下山的队伍相遇了。陈家兄弟立于道旁，史大人的队伍浩浩荡荡从眼前走过。只见队伍中有一人，身穿绯色官服，佩银鱼袋，坐在民夫抬的肩舆上，优哉游哉。陈子昂小声对陈孜道："这位姓史的官是五品大员。"

陈孜说："五品算什么大员了，总共九品官，五品不就是个中下等吗？"

陈子昂道："说是九品，可一二品的官儿能有几个？宰相们都是三省之首，也大都只有三品，五品的官还小？"

陈孜咋舌，说："没想到今天还碰上位大人物。"

兄弟二人说话间，有个给上官抬肩舆的民夫突然脚底下一滑，险些摔倒。再看那位上官，好像是被闪了一下，顿时失去平衡，险些从高处跌落，惊得他"哎呀"一声，坐稳之后赶紧扶了扶帽子。

上官虽然没说什么，但一旁负责此次出行"保卫工作"的金堂县县尉急了，他先是命令队伍停止前进，让民夫把上官放下来，然后上前殷勤探望，似乎将上官当成了个小婴儿，闪一下就会伤筋动骨似的。慰问过上官后，县尉立刻换了一副嘴脸，凶神恶煞地走到刚才脚滑的民夫面前，二话不说就是一脚，民夫被踹倒在地，县尉还不解气，举起手中的鞭子抽在民夫腿上，大声骂道："你个瘸腿驴，摔跟头也不看时候，要是把陆巡察摔个好歹，叫你屋里头妈老汉儿来给你收尸吧！"

陈子昂这才知道，原来这位上官不姓史，而是朝廷派到本地的巡察使。巡察使是朝廷派到地方巡视的官员。唐太宗时期，将天下分为十道。所谓的"道"，其实就是根据道路交通的连接情况划分的地理区域。之所以要如此划分，为的是方便朝廷派官员到各地巡查。之后，唐太宗派了十三位巡查使，去往各道巡查。天下共有十道，为什么要派十三位巡察使呢？原因很简单，有些道涉及的区域面积太大，一个人忙不过来，便派两人。比如陈子昂的家乡四川，属于剑南道，由于剑南道地方太广，后来便细分为剑南东川道和剑南西川道。由于巡察使是中央派到地方考察官员、体察民风、体恤民情的"朝廷大员""天子使臣"，因而权力非常大，所到之处的地方官无不小心应对、费心巴结。县尉之所以会如此刁难那名抬肩舆的脚滑民夫，正是为了巴结巡察使。

县尉在这儿打骂民夫，再看那边的巡察使，竟似充耳未闻，站在路边与身边的大小官员品评金堂山风物。陈子昂见状，心中不平，站出来对那县尉说："莫再打了，打伤了他，谁抬上官下山呢？"

县尉一惊，说："你是何人，在此多嘴！"

陈孜在一旁道："我们也是为你好，打伤了民夫，你自己去抬肩舆。"

县尉见二人年轻，衣着华丽、气度不凡，定是富家子弟，要是往日，遇到这样的人物他还得掂量掂量，但是今日仗了巡察使的势，县尉脾气见长，提着鞭子就冲了过来，想要教训教训两个不知天高地厚的年轻人。

那巡察使注意到这边的口角，见县尉欲鞭打路人，才终于开口："赵县尉，莫动气，这两个年轻人说得也有些道理，我还有公务，咱们下山去吧。"那赵县尉恶狠狠瞪了陈家兄弟一眼，转过头去瞬间笑脸相迎，把巡察使扶到肩舆上，一群人浩浩荡荡下山去了。

陈家兄弟继续朝山上走去。一路上，陈孜还在为刚才的事情愤愤不平，大骂县尉凶残，没有人性，还说："巡察使看起来倒挺和善，比那个什么狗屁赵县尉强多了。"陈子昂不知道该说什么好。经过刚才的事情，他的心情大受影响，没有了游山玩水的兴致，于是便对陈孜说："不想再走了，咱们下山去吧。"

陈家兄弟原路下山，去往老妪家牵马。当他们来到老妪家的篱笆墙外时，看见老妪正在院子里给一个青年男子抹药，一边抹药一边抹泪。那青年男子不是别人，正是刚才被县尉殴打的民夫。老妪看见陈子昂兄弟，隔着篱笆墙说："两位公子回来了？你们把马牵走吧，我刚才已经给它们喂过水了。家中有事，就不送你们了。"

那青年男子抬头看见陈子昂二人，显得很意外。他赶忙站起身来，对老妪说："老妈，他们就是刚才替我求情的那两位好人。"说罢一瘸一拐朝陈子昂走过来。

陈子昂和陈孜赶忙迎上去，说："莫动莫动，小心伤口。"

年轻人说："没关系的，皮外伤，县尉的鞭子好毒！"

陈孜更愤怒了，说道："狗县尉！下手如此歹毒！"

年轻人心里头气也不小，顺着陈孜的话头大骂县尉。他还说，当地县衙这几年频繁征集民夫，要么是修路、搭桥迎接上官来本县游山玩水，要么是赶车运粮送往边疆，百姓的日子过得越来越苦了！陈子昂见年轻人伤得不轻，便拿出一些钱送给老妪，让她去买药、买米，老妪感激不尽。

离开乡民家后，陈家兄弟纵马朝金堂县而去。来到金堂县，只见城内打扫得极其干净，只是街面上人很少。陈子昂找了一家邸舍安顿好，向老板打听这金堂县里哪家饭馆最有名气。老板说，金堂县最好的饭馆叫仙客来，但是今天不营业。陈子昂问其故，老板答道："据说今天县官要在仙客来招待巡察使，但他们也不知道巡察使什么时候用餐，所以就将仙客来包了两天，两天之内，旁人都不许进去。"

陈孜笑道："有大人物包场，仙客来的老板估计高兴坏了吧。"

邸舍老板说："高兴？哭都来不及！两天没生意做，还得准备好山珍海味招待上官，哪个买卖人能笑出来？"

陈子昂问："县衙不给钱吗？"

邸舍老板说："给钱，但可能是今年给，也可能是明年给，说不定哪年给。"

陈子昂默然，陈孜又是一阵义愤填膺。当晚，二人在邸舍随便吃了点东西便去休息。第二天一早，他们离开金堂县，快马加鞭朝成都方向进发。

两天之后，陈家兄弟抵达成都。

成都是大唐帝国最为繁华的城市之一，若单论经济影响力，在很长一段时间里，成都只比扬州稍弱一点，是帝国第二大经济中心，故有"扬一益二"的说法。尤其是成都出产的蜀绣、蜀锦，更是天下第一，全国的贵族都以穿蜀地丝绸料衣服为荣。

来到成都以后，陈家兄弟眼前一片繁华景象。陈孜问陈子昂："哥哥，你曾到过长安、洛阳，成都与这两座城市比起来如何？"

陈子昂道："若论城市大小，成都不如长安，但是说市井繁华，长安不如成都。"

陈孜美滋滋地说："就是，要说安居乐业，还得是咱们的巴蜀之地。"

陈子昂深以为然。

陈家兄弟在成都城里停留了两天，游览了武侯祠，也走街串巷地找到了许多好玩的地方。在大慈寺附近的茶馆里喝茶时，他们还从邻桌的当地人口中听到了一个有趣的故事：

益州长史李崇真的官邸院中有一棵橘子树，去年，这棵橘子树上结了一颗硕大无比的果实，上面还有一个针眼儿大的小孔。李崇真的幕僚见橘子长得非同寻常，便建议说把这颗橘子送给皇帝。李崇真没有听幕僚的话，自己把橘子摘了下来，剥开橘子，发现里面竟然藏着一条赤练蛇。

讲完这个故事后，有当地人说："龟儿子赤练蛇，为什么不机灵点，从橘子里头出来之后咬他（李崇真）一口！"

还有人说："要是李崇真把橘子给皇帝送去就好了，皇帝发现李崇真送来的橘子里头有蛇，一定砍了他的坏脑壳！"

陈孜是个自来熟，他听当地人如此痛恨这个叫李崇真的益州长史，忍不住回身问道："李崇真做了什么坏事？你们这么恨他。"

邻桌的当地人面面相觑，不知道该如何回答他，有个老者试探着问："年轻人，你们是哪里人？干什么的？"

陈孜说："我们是梓州射洪县人，不干什么，路过而已。"

老者看陈孜是个没心机的直爽人，便道："你是外乡人，与你说说也无妨。这益州长史李崇真上任之后，对朝廷说，吐蕃人要攻打松州，需提前备战。于是朝廷便下令，在巴蜀各地征调军粮，运往松州。"

陈孜说："这也没错啊，既然敌人要来打，提前做好准备不挺好吗？"

老者道："可问题是，那吐蕃人根本就没打算打松州，咱们这边都备战三四年了，连个吐蕃人的影子也没见过。"

陈孜说："那可能是李崇真情报有误。"

旁边另一位中年人说："不是情报有误，而是他谎报军情！"

一旁的陈子昂忍不住说："谎报军情？对他有什么好处？"

中年人说："征调军粮运往边疆这件事情，由李崇真负责，他从中不知道能克扣多少粮饷呢！"

又有一人道："我听说啊，松州的驻军只有一万来人。按道理说，每年有七万石粮草足够了，可是你们知道吗？仅仅去年一年，那帮人就征调了十几万石粮食。为了运送这些粮食，还征用了十六万民夫，老百姓能有好日子过吗？"

老者说："可不是嘛，把粮食都运到松州去了，其他地方都缺粮，去年米价最贵的时候，一斗米要四百钱，多少人连饭都吃不起了！"

话头打开之后，众人你一言、我一语地聊起了关于李崇真和边疆战事的小道消息，虽然有些消息是捕风捉影，但也不全是空穴来风。陈子昂与陈孜听了一阵子，见天色不早，便回邸舍休息了。

第二天，陈家兄弟离开成都，改走水路向南出发，行船两百里后，终于抵达峨眉山附近。二人又寻访一番，来到释怀一挂单的白水寺。陈子昂这趟没有白来，那释怀一果然还在白水寺。

见到陈子昂，释怀一似乎并不十分意外，双手合十道："陈施主，你果然来了。"

陈子昂道："怎么，大师知道我要来吗？"

释怀一道："来去随缘，该来的总会来。"

陈孜笑道："这位释怀一大师说的话可比晖上人难懂多了。"

"晖上人？"释怀一问，"是玄奘大师门下、普光师父的弟子圆晖吗？"

陈子昂道："正是。"

释怀一道："久闻圆晖佛法高深，只是无缘相见。"

陈孜嘻嘻地说："缘分这不就来了吗？我哥哥是晖上人的好朋友，你和我们一起去射洪县，就有缘得见喽。"

陈子昂也说："是啊，大师跟我们走吧。"

释怀一略一思索，说："你们先在这儿住两天吧，去射洪县的事儿咱们再商量。"

那两日，陈家兄弟便住在了白水寺，白天到峨眉山附近走走看看，晚上与释怀一参禅论道。言谈间，陈子昂问释怀一："三年前相遇之时，你是否就已经知道我会落榜？"

释怀一回答说："每年有成千上万考生进京赶考，最终只有几十人能够上榜，不知多少怀才之士被埋没在考场之中，所以即便你陈子昂天纵英才，也未必一考便中。更何况，你在长安、洛阳都籍籍无名，考官们又怎会垂青于你呢？"

陈子昂默然，释怀一看他情绪低落，便宽慰道："陈公子已经去过长安了，凭你的才学，想必已经在长安城赢得了一些名声，但这一点点名声还不足以让考官对你高看一眼。下次再去，必要搞出些声势来，唯有如此，才能在科举考试中一鸣惊人。"

陈孜说："大师，出家人应该不务虚名才对，你怎么教我哥哥沽名钓誉的那一套？"

释怀一道："你哥哥不是出家人，我也没有教你哥哥一味去沽虚名，而是希望他可以由虚务实，先成名，再立功。年轻人，你要晓得，如今是个无名则无功的世道。"

陈孜挠着头想了想，说："大师说的有道理，就算我哥哥是块宝玉，不先发点光出来，恐怕那些有眼无珠之徒也认不得。"

释怀一抚掌大笑，说："你这番话说得也太生动，比我的长篇大论强。"

陈孜对释怀一说："大师，你也帮我谋划谋划，将来做什么好。"

释怀一盯着陈孜看了良久，双手合十道："已是人间逍遥仙，何必劳心问凡尘?"

第三章　登科入仕显风骨

第一节　才子二进京　王朝三易主

陈家兄弟在峨眉山盘桓了两三日后，准备启程回家。临行前，二人再次力邀释怀一同去射洪。

释怀一本就是个游方僧人，四海为家，在陈家兄弟的盛情邀请之下，他便应允，随陈家兄弟一同前往射洪县。

回去的路依旧很长。一路上，陈子昂仔细考察了蜀中各州的风土人情。到过的地方越多，接触的人越多，陈子昂就愈发觉得：生而为人，应先尽人道，再修天道，正所谓天道远，人道迩，只有先顺人情，才能后合天理。

如何才是"顺人情"？陈子昂思来想去，觉得用两个字就可以概括——安人。如他所见，普天下的黎民百姓所追求的不过就是一个"安"字，只要能安定、安宁地生活，过安稳、安闲的日子，就是人们最大的愿望。可是，上有天灾下有人祸，人们想平平安安度过一生，也没那么容易，若能凭自己的才华去匡国安人，便是"顺人情、尽人道"，不也是一种修行吗？想通了这一层后，陈子昂决定二次北上，考取功名。

回到射洪县，陈子昂先将释怀一安顿在了真谛寺，并介绍他与晖上人相识。

这两位当世高僧一碰面，便有谈不完的佛法、言不尽的禅机。

安顿好高僧，陈家兄弟回到家中，陈宅自然又是一番热闹。第二天，陈子昂来到后宅，现在那里已经成为陈元敬的"炼丹场"，一只铜鼎摆在当院，两个家仆坐在鼎旁小心扇风，而陈元敬则在房中打坐。

陈子昂推开门走进父亲房间，陈元敬睁开眼，说："过来坐。"陈子昂小心翼翼走到父亲对面的蒲团边，脱下鞋子落座。陈元敬问："此次远行，可有所得？"

"有所得，但见黎民受苦，天下积弊甚多。"陈子昂回答道。

陈元敬笑了笑，说："世人皆以为上见苍天难，实际上下看凡尘更难。你能悟到这一层，就没白出去一趟。"

陈子昂低下头，说："我可能不是修道的材料。"

陈元敬道："你才二十岁出头，现在说是不是材料还为时尚早。不过，为父倒是希望你不要年纪轻轻就一心求仙道，先在人道里走一圈，才是由凡入圣的正途。"

陈子昂很高兴，说："您也支持我再考一次？"

陈元敬点点头，道："我看天下时运，似乎圣人将出、盛世将开。上古有周文王，开创了五百年的周天下。周朝末年，世道大乱，即便是老子、孔子这样的人物，也无力改变时局。乱世历经四百年，到了汉朝又重新归于一统，大汉朝国祚四百年，汉末天下复乱。先是分三国，战火连年。三国归晋之后没几年，又到了南北朝，更是征战不止。从汉末到如今，也正好经过了四边多年的时间，该由大乱转为大治了。大丈夫生逢盛世，正当有所作为。我是老了，你要长点志气啊！"

听完父亲的话，陈子昂顿时有了些壮怀激烈的豪情，道："父亲所言甚是，那我立秋之后便启程北上，争取在冬季来临前赶到长安。"陈元敬点头说好。

弘道元年（683）秋，陈子昂收拾行囊，再度踏上北上赶考的道路，释怀一与他同行。

释怀一在真谛寺住了两个多月，听说陈子昂要北上长安，便要一同前往。释怀一对陈子昂说，自己在长安城认识几位要好的朋友，数年未见，甚是想念，想去看看。漫漫长路得智者相伴，陈子昂自然乐意，所以他没带孙二，只与释怀一僧俗二人上路。

走过的路又走了一遍，陈子昂的心态已经完全不同。当年，他意气风发、自信满满，大有"欲揭闻见，抗衡当代之士"的豪情。而如今，他已经意识到很多时候自己并不能完全掌握命运的轨迹，若想实现目标，必须竭尽全力向命运发起挑战。他对自己的才华依旧充满自信，但已经变为经过沉淀和洗礼的自信，少了几分张扬，多了些许沉稳。

入冬之前，陈子昂抵达长安城。十月二十五日，陈子昂去户部注册，注册成功后，才有资格参加来年二月的科举考试。之后，陈子昂与释怀一赶往洛阳，因为明年科考依旧在洛阳举行。

来到洛阳安顿好后，释怀一提出要去嵩山一游。陈子昂本来不愿意去，但释怀一坚持邀他一同前往，并说"嵩山之上有高人"。陈子昂追问高人是谁，释怀一却说"去了便知"，于是，陈子昂跟随释怀一前往嵩山。

来到嵩山，释怀一带着陈子昂走进了一处名为"精思院"的道观中。陈子昂问："你所说的高人就在这观中？"

释怀一反问道："你猜这是谁的修行处？"陈子昂摇头不知，释怀一说："潘师正潘天师在此修行。"

陈子昂当然知道潘师正是谁，永隆二年（681）时，他还在长安国子监读书，就听说皇帝邀请潘师正在东都会面。据说，当时皇帝对潘师正非常尊敬，还主动向他行礼呢！皇帝问了潘师正一些关于三洞、七珍的奥义，潘师正一一作答，皇帝连连称是。此次会面后，皇帝封潘师正为"天师"，还请他为皇城之内新建的几所道观命名。

陈子昂很高兴，问释怀一："难道你说的高人就是潘天师？咱们有缘拜见这位老神仙吗？"

释怀一道："潘天师已经快一百岁了，轻易不见外人。我和他的入室弟子司马承祯颇有交情。这司马承祯也是当世高人。邀你走百里路来见一见这位高人，不算亏吧。"

陈子昂道："那是自然。"

说起这司马承祯，也很不简单，此人是晋朝皇室司马家族的后裔，虽然年纪轻轻，但已经修道多年。他拜潘师正为师后，颇得器重，被收为入室弟子。

除了道法高深之外，司马承祯还是位了不起的书法家，自成一派，独创"金剪刀书"，被世人所推崇。此外，司马承祯还与当时许多名人逸士来往甚密，释怀一之所以要将陈子昂引到嵩山，也是希望他能借此拓宽人际关系。

释怀一的良苦用心最终没有白费，通过司马承祯，陈子昂结识了不少京都名士。而后几年，陈子昂、司马承祯、释怀一、赵贞固、卢藏用、杜审言、宋之问、毕构、郭袭微、陆余庆这俱有"方外之情"的十个人经常聚会，一起作诗、论道，在社会上产生了一定的影响，所以时人称他们为"方外十友"。年轻的陈子昂与这些在京城一带颇有名望的人物齐肩而立，也的确增强了他在文坛的影响力。这是后话。

那日，陈子昂、释怀一、司马承祯三人对谈许久。司马承祯是道教上清派的宗师，陈子昂则是修道世家的子弟，兼之他天资聪慧，因此二人谈起道法来，倒颇为投机。

谈到尽兴处，陈子昂感慨道："我也曾想过终生隐居山林，寻仙问道，但始终不能超脱凡心，不能像您二位一样远离俗尘，神游物外。"

司马承祯道："修行看的是心境，不是环境。你有向道之心，天下无处不是道场。"

陈子昂说："可是人在俗世中，难免被俗事左右。"

司马承祯笑了，说："最近我写了一首《坐忘歌》，讲给你听听，不知道是否对你有所帮助。"

陈子昂洗耳恭听，司马承祯开口诵道：

> 常默元气不伤，少思慧烛内光。
>
> 不怒百神安畅，不嗔心地清凉。
>
> 不求无谄无曲，不执可圆可方。
>
> 不贪即是富贵，不苟何惧公王。
>
> 味绝灵泉自降，志定真息自长。
>
> 气漏形归厚土，念漏神趋鬼乡。
>
> 心死方得神活，魄灭然后魂昌。
>
> 至精潜形恍惚，大道偶于混茫。

转物难穷妙用，应化不离真常。

造化若知规矩，鬼神不测行藏。

节饮节食少寐，便是真人坐忘。

司马承祯念罢，陈子昂刚要击节称赞，忽听得门外有人说："庄周有云：'隳肢体，黜聪明，离形去智，同于大通，是谓坐忘。'司马道兄这首《坐忘歌》，深得道家精髓啊！"

众人闻声望去，只见门外走进来一个人，此人相貌不俗，身材高大，气质出众。司马承祯笑道："宋师弟，你也来了。"来人姓宋，叫宋之问，东台详正学士宋令文之子，上元二年（675）进士，现任崇文馆学士，负责掌管经籍图书。永隆元年（680），宋之问拜潘师正为师，与司马承祯以师兄弟相称，二人过从甚密。

宋之问进屋后，看见陈子昂和释怀一，道："原来今日有贵客，倒显得我孟浪了。"

司马承祯笑道："这是我师弟宋之问，是个我行我素的人物，不过他的五言诗写得极好，当今天下恐怕无人能出其右。"

陈子昂心想："那恐怕是因你还没读过我写的五言诗。"

司马承祯又对宋之问说："这二位打蜀地来。这位是释怀一大师，这位是陈子昂。"

宋之问对释怀一行礼，说："久闻大名。"到陈子昂这儿则说："我在京城曾听说过你的名字，也读过你写的几首诗。刚才司马道兄说我的五言诗写得还不错，要是在旁人面前，我自然是一点也不用谦虚的，但是陈子昂在这儿，我倒有点脸红。"陈子昂连连自谦，司马承祯心里也很惊讶，他知道宋之问极为傲气，目空天下英雄，但今日对陈子昂如此服气，看来这陈子昂的诗一定写得极好。

那日，四人相聊甚欢，陈子昂与释怀一干脆在嵩山上住下。接下来三天，陈、释、司马、宋四人每日相聚，均有相见恨晚之感。当陈子昂、释怀一决定离开嵩山返回洛阳时，司马承祯与宋之问依依惜别，并相约来年春天时再聚。

回到洛阳城，释怀一去了天宫寺挂单，陈子昂则开始闭门读书，为来年的科考做准备。不知不觉，数月已过，马上就要到春节了，洛阳城里处处张灯结彩，百姓们张罗着置办年货，准备迎接新年。谁曾想，腊月二十七晚，皇城里传出消息——皇帝李治驾崩了！

李治驾崩于洛阳紫微宫贞观殿，洛阳人当天夜里就得到了皇帝驾崩的消息，他们连夜将街上、家中的彩灯、彩旗换成黑白色。第二天早上，当陈子昂走上大街时，发现昨日还张灯结彩的洛阳城变成了黑白世界，不禁感慨皇权威严。同时，陈子昂心中也在想："皇帝死了，科考还会如期举行吗？会有什么影响吗？"

在陈子昂为自己的命运担忧时，处在大唐帝国权利最顶端的那几个人的命运也开始大起大落。旧皇已死，新皇当立，李治和武则天总共生了四个儿子，长子李弘八年前猝死，民间有传言说是被他的母亲武则天所害；次子李贤三年前犯下谋逆之罪，被贬为庶人，流放到了巴州。所以，李治驾崩之后，他与武则天的第三个儿子李显就顺理成章地成为大唐帝国的第四位皇帝。

李显即位后，尊武则天为"皇太后"，垂帘听政。皇帝知道，自己虽然号称皇帝，但帝国真正的掌舵者，是帘子后面的那个女人。虽然这个女人是自己的母亲，但李显还是感到如芒在背，他不想当傀儡皇帝。

为了壮大自己在朝中的影响力，李显开始重用皇后韦氏的家人。先是把岳父韦玄贞由普州参军提拔为豫州刺史，不久后又欲将韦玄贞擢升为侍中（宰相之一）。这一命令遭到了辅政大臣裴炎的反对，李显勃然大怒，说："让韦玄贞当宰相怎么了？就算把天下给他，我也愿意。"

裴炎无言以对，转头把这句话告诉了武则天，武则天大动肝火，直接把李显这个"纸糊的皇帝"废了。此时，距离李显登基才过去五十五天。

李显被废后，他的弟弟李旦被武则天扶上了皇帝宝座。有了前车之鉴，李旦知道与母后作对没什么好下场，便一心一意地当起了"傀儡皇帝"。至此，大唐帝国的权柄已尽在武则天的掌握之下，时间也来到了嗣圣元年（684）二月。

二月，也是举行科举考试的时间，在经历了两个多月的权力斗争之后，朝廷的局面终于趋稳，科举考试得以如期举行。陈子昂怀着复杂的心情，又一次走进考场。

在考试开始前的一段时间，陈子昂总会忍不住去想：动荡的政局会给自己带来何种影响？事实上，不止他有这种想法，所有考生都在想：新的掌权者究竟喜欢什么样的文章、诗赋？有些考生在考试之前的好几个月，就开始研究皇帝和主考官的偏好，但他们万万没想到，短短两个月的时间，老皇帝死了，新皇帝换了两个。与此同时，各部官员也换了不少，毕竟一朝天子一朝臣嘛。许多考生的"准备工作"成了无用功，大家似乎都在黑暗里摸索着前行，倒是也公平了不少。

两天之后，考试结束，陈子昂走出考场，长舒一口气，他对自己的文章很满意，但结果究竟如何，是他无法控制的，现在只能等。

闲暇时，陈子昂会到洛阳的繁华场所逛一逛。这一日，他正在大街上行走，忽然听见背后有人叫："伯玉兄，是你吗？"陈子昂回头一看，原来是高邵，忙拱手道："原来是高邵兄，正是区区在下。"

高邵拍着陈子昂的肩膀道："几时来的洛阳？怎么也不来找我。"

陈子昂忙道："刚来数日，还去了趟嵩山，因此还没来得及拜访老友。"

高邵非常热情，说既然遇见了，就别走了，正好到附近的酒馆小酌一杯，陈子昂无事可做，没有不应允的道理。二人在小酒馆里推杯换盏，聊了一些近两年来发生的奇闻轶事。旁边坐着一桌飞骑兵，十来个人正在那里豪饮。

飞骑兵乃羽林军中的士兵，负责守卫皇城、护卫帝王。唐太宗时期，皇帝从大户人家中挑选出健壮青年组建飞骑营，隶属禁军。后来，飞骑营的地位不断提高，成为宿卫宫禁的主要力量之一。

那十来个飞骑兵，在市面上耀武扬威惯了，喝酒划拳、旁若无人，酒越喝越多，说的话也越来越不过脑子。其中有一人大声说道："入宫废皇帝这件事儿，咱们哥几个都是出了大力的。"一旁几人纷纷附和。

他说的"入宫废皇帝"，指的是前不久武则天废掉李显这件事。当时，武则天提前部署飞骑营控制了整个皇城，等李显去上朝的时候，武则天又亲自带着飞骑营的人把皇帝从龙椅上揪下来软禁起来。在这场政变中，飞骑营扮演了非常重要的角色。今天在酒馆喝酒那几位，看样子都直接参与了这场宫廷政变。只不过，政变结束后，飞骑营的人没有得到任何奖赏，因而飞骑兵们普遍心有怨恨。

趁着酒劲儿，刚才说话那人又接着抱怨道："早知入宫废皇上无勋赏，不如事奉庐陵王。"他口中的庐陵王指的就是李显，被废之后，武则天改封李显为庐陵王。此人这番话的言下之意就是，早知道帮武则天对付李显没有任何好处，还不如当初帮着李显收拾武则天！

陈子昂和高邵听到有人口出悖逆之言，心中一惊，高邵悄悄地说："不知死活的东西！口无遮拦，定要惹下大祸。"陈子昂点点头，说："酒这东西，还是要少喝。"

此时，那桌飞骑兵中有一人猛然站起身来，把高邵和陈子昂都吓了一跳，以为刚才说的话被此人听到了，要来找麻烦。但只听得那人对其他飞骑兵说："小弟最近身体有恙，喝了几杯酒之后愈发难受，先行告辞了。"说罢就要走。其他同僚挽留了一番，见他去意已决，也就让他走了。

高邵和陈子昂放下心来，继续喝酒聊天。没过多久，突然听到酒馆外传来一阵嘈杂的脚步声，紧接着，一大队禁军闯进来，直奔喝酒的飞骑兵而来。

飞骑兵们个个大惊失色，有人问禁军："兄弟，这是干什么？"

禁军首领冷笑一声，说道："你们嘴上没有把门儿的，还来问我？"众人这才醒悟过来：原来，刚才那个提前离开的同僚并非身体不适，而是去告密的！刚才在酒桌上说的那番话，恐怕已经传到了武则天耳朵里。飞骑兵们不敢抵抗，任由禁军带走。

陈子昂忍不住感叹道："即便是一起喝酒吃饭，日日朝夕相伴的同僚，也靠不住啊！"

高邵则说："怨就怨那些人太过招摇，即便是同僚不去告密，来来往往这么多人，也难免会有其他告密者。刚才那些飞骑兵，除了告密者，恐怕都难逃一死喽。"

陈子昂惊讶道："这么严重？"

高邵笑道："你若不信，咱们数日之后再看结果。"

陈子昂默然片刻之后对高邵说："告密者不过是个小军官，他怎么能在片刻之间就把话递到皇太后那儿去？"

高邵说："咱们大唐为了让臣民有上言或者申诉重大冤情的机会，在西朝堂设登闻鼓，在东朝堂设肺石。言诉者若击鼓立石，其情可直达天听。而如今，这登闻鼓和肺石成了告密者的好手段，只要去敲响登闻鼓，所告之秘就会很快传到皇太后耳朵里。"

陈子昂摇摇头，道："依我看，鼓励民众告密并非明智之举，一来容易扰乱纲纪，二来容易滋生诬告。"

高邵做了一个禁言的手势，说道："陈兄不要再说了，皇城之内的事，岂是你我可以随便评论的？若我是告密者，你现在已经惹上大麻烦了。哈哈哈！"

陈子昂讪笑几声，止住了话题。

第二节　良心上谏书　义愤摔名琴

那日，陈子昂与高邵偶遇，到酒馆中饮酒，本来兴致挺高，但遇到禁军抓人，顿感大煞风景，又随便聊了一会儿便告别。没过几日，高邵主动来寻陈子昂，邀他到高正臣家中宴饮。

在高正臣家，除了故交老友之外，陈子昂又见到了高球之女高清禅。原来，高球到宛丘县当县令后不久，他的妻子宇文氏病逝，女儿高清禅伤心过度，大病了一场，痊愈之后说什么也不想留在宛丘县，执意回到洛阳城，住在爷爷家里。

高清禅的爷爷是高正臣的堂兄弟，由于她素来喜欢作诗、读诗，高正臣又经常组织当时有名的诗人举行诗会，所以高清禅每每听说高正臣又组织诗会，便会跑到高正臣家里凑热闹。

此时的高清禅，已经十六七岁，唐朝女性一般在十六岁之后便会嫁人，高清禅也到了出阁的年龄，因此高正臣经常打趣她说："侄孙女，你也到了要嫁人的年龄，要不要我帮你寻个好人家？"

高清禅倒也不害羞，说："我嫁人有两个条件，不是才子不嫁，不是进士不嫁。"

高正臣思忖半天，说："你这要求好过分，才子要年轻有为，老头儿当然不能算才子，进士要功成名就，可是天底下年纪轻轻就能考中进士的，又有几个？"

高清禅说："那我不管，大不了一辈子不嫁！"

高正臣假装板起脸，说："那怎么可以？我们高家的女儿，就算要求再高，也一定能找到如意郎君。"

此次诗会上，阔别洛阳两年多的陈子昂再度出现，引起了众人的关注，故交旧友们纷纷上前致意，自然免不了一番推杯换盏。众人从陈子昂身边散去后，高邵凑了过来，悄悄对陈子昂说："你知道那天被抓的那些飞骑兵最后怎么样了吗？"

"怎么样了？"陈子昂问道。

高邵说："那个口无遮拦的家伙，被判了个斩立决！其他人也被绞死了！"

陈子昂大惊，说："前者被定罪还算事出有因，旁人只不过同桌共饮，犯了什么罪？竟然也都被杀了！"

高邵说："其他人的罪名叫'知反不告'。朝廷说他们明知道有人要造反，却不报告，因而一股脑全都绞死了。"

陈子昂一脸的不可思议，不知道该说什么好，高邵又说："你知道告密的那人最后怎么样了吗？"

陈子昂摇摇头，高邵说："直接从九品升为了五品，一步登天啊！"

陈子昂探口气，说："不告密者重罚，告密者重奖，长此以往，告密之风恐怕难以遏制。"

高邵也点点头，说："以后啊，跟谁说话都得小心点喽，人人自危，人人自危啊。"

二人说话间，高正臣拉着高清禅走了过来，问陈子昂："伯玉，今年科考你参加了吗？"

陈子昂恭敬答道："参加了。"

高正臣说："皇太后从本月丁卯日开始临朝称制，她素来喜欢有才学的人，尤其对诗文佳者另眼相看，以你陈子昂的才学，一定能脱颖而出！"

陈子昂说了一番承蒙吉言之类的客气话。高正臣转而对高清禅说："你说，陈子昂算不算才子？"

高清禅红着脸，说："当然。"

高正臣又说："那要是他考上了进士，你就嫁给他吧！"

高清禅没想到高正臣会当着陈子昂的面说这种话，满脸红晕跑开了。陈子昂一脸茫然，高正臣见状，道："这妮子说了，一要嫁才子，二要嫁进士，伯玉，等你考上了进士，我给你们两个做媒如何？"

陈子昂赶紧说道："那怎么高攀得起。"

高正臣道："你陈子昂文采过人，将来必定闻名天下，有什么高攀不起的？"

那日，从高家回来之后，陈子昂的脑海中总是不由自主地闪过高清禅的身影，他心里暗骂自己："陈子昂啊陈子昂，你想得太多了！人家说了，非进士不嫁，你考得上吗？"

考得上！

三月初三，科举放榜。陈子昂来到端门前看榜，这一次榜上有名！

陈子昂出奇地平静，连他自己也不知道为什么会如此平静。他一言不发挤出人群，走在洛阳城的大街上。从前，陈子昂是这座城市的过客，现如今，他将以这座城市为起点，走上一段新的人生旅程。走在皇城墙角下的大街上，陈子昂朝紫微宫望去，他的目光似乎能够穿过厚厚的城墙，看到城中的乾元殿——那里是帝国的心脏、权力的中心。

科举榜单不仅会贴在皇宫城墙上，朝廷还会派人专人把榜单送到全国各个州府。正所谓"十年寒窗无人问，一举成名天下知"。数月之后，天下人都会知道今科进士都有谁。

几日后，陈子昂领到了朝廷颁发的"泥金帖子"，即考中进士的"凭证"。与此同时，陈子昂还得知，自己获得了一个"将仕郎"的散官称号。所谓将仕郎，是文官官阶的第二十九阶，即最低等的文官，从九品下，有官阶而无实职。即便如此，朝廷每年也会给将仕郎发五十石禄米和十八贯钱，另外，在京城的将仕郎还能分到二百亩地，一年又能收入五十多石的地租。朝廷还会给将仕郎派两个"执衣"，就是供官员使唤的劳役。这些人实际上就是普通百姓，他们除了每年交地租之外，还要给官府免费干活。

最后，吏部的官员告诉陈子昂，过几日，会有专人收回"泥金帖子"，然后由驿卒快马加鞭送到进士的老家，如果考生想要给家里写信的话，也可以随"泥金帖子"一起寄回去。陈子昂写了一封家书，信中说了一些不负所望，终成正果之类的话，还说会在洛阳城长住，等待朝廷的差遣。

家书和"泥金帖子"寄出去后，先是被火速送到了射洪县县衙。县里得知有本县考生中了进士，也是欢欣鼓舞，毕竟这也算"教化有方"，是一项大大的政绩。县衙专门组织了一支报喜的队伍，县尉刘启明骑着高头大马走在最前面。一路上吹吹打打，声势浩荡地前往陈元敬家中报喜。

事实上，在大张旗鼓的报喜之前，县衙已经把陈子昂中举的消息提前告诉了陈家人，所以当报喜的队伍来到陈宅时，陈家也已经做好了迎接的准备。只见陈宅门前张红挂绿，陈元敬和家人站在门口，报喜的队伍一到，陈元敬赶紧走上去将大家请到家中。酒席已经摆好，不仅报喜的人有份，就连街坊四邻也都收到邀请，前来参加宴会。陈家在当地人缘好，来的人着实不少，满满当当坐了一院子。

接下来的一个多月，每天都有附近的乡绅、名流到陈家贺喜，陈元敬虽然已经"半隐"，但遇上儿子中进士这种好事，还是欢天喜地、抛头露面地接待四方宾朋，着实折腾了一个多月。

考中进士后的这一个月，陈子昂在洛阳城中也是宴饮不断。高正臣得知陈子昂中了进士，专门邀请他到家中庆贺。席间，高正臣又提起了要把高清禅许配给陈子昂的事情。这一次，他的态度显得很严肃。陈子昂这才意识到，之前高正臣屡次"撮合"自己与高清禅，并不是随口说说，而是真有此意。

陈子昂对高正臣说："承蒙厚爱，只是婚姻乃人生大事，需要双方父母首肯才能做决定。"高正臣则很豪爽地表示，高清禅的父亲高球那边没问题，只要你陈子昂有意，陈家父母没意见，这件事情就水到渠成了。

此后，陈子昂又去过高家好几次，屡次遇见高清禅。高清禅知道家长有意将她许配给陈子昂，而陈子昂也正是她心目中的如意郎君，所以再见陈子昂，难免羞羞答答，和从前那个爽朗的丫头判若两人。

陈子昂已经二十四岁了，属于"大龄未婚男青年"，面对长相秀丽、性格讨喜、家世显赫的高清禅，他也的确动了心。陈子昂给家人写了一封信，讲述了高家欲将女儿许配给自己的事情。陈元敬很快就给他回了一封信，信中说："你已经长大成人，又独处异乡，人生大事自己做决定就好，父母定当鼎力支持。"有了父母这封信，陈子昂松了一口气，因为现在他与高家小姐的事，全凭二人"自决"，再无其他阻力。

在这段时间里，陈子昂还做了一个决定——搬出邸舍，租住到了一处民房里。之所以要从邸舍里搬出来，是因为陈子昂现在成了在京城"守选"的散官，需要等待吏部的调遣。一般来讲，守选时间短则一两年，长的三五年、七八年都有。这么长的时间，老是住旅馆就不合适了，必须要有个比较固定的居所，因此陈子昂决定先租一处宅子住下。当时来看，这只是陈子昂生活上的一个小小改变，但实际上，这一决定所造成的影响超乎想象——正是通过这次搬家，陈子昂结识了卢藏用。二十年后，此人费尽千辛万苦去收罗陈子昂的诗文，并编成《陈子昂集》十卷。若没有卢藏用，陈子昂许多名作将会失传，他在历史上的光辉也会暗淡许多。

卢藏用就住在陈子昂租住的民房隔壁，二人成了邻居，难免要走动走动。一聊天才知道，卢藏用和自己一样，是今年的进士，而且两人年岁相仿，卢藏用还比陈子昂小两岁，有了这层"同年之谊"，二人的来往愈加频繁，对彼此的了解也愈加深入。这卢藏用是范阳卢氏的子弟，先祖乃三国时期著名人物卢植。卢藏用的父亲叫卢璥，曾担任魏州司马。最为关键的是，卢藏用文采了得，还热衷于求仙问道，因此陈、卢二人言语甚是投机，兼之两人都在等待朝廷任用，无所事事，所以整日结伴而游，很快就成了非常要好的朋友。

那段时间，陈子昂虽然是无职无权的闲人一个，但对国家大事非常关心。大行皇帝李治驾崩之后，好几个月都没有下葬，因为当时的大臣们分成了两派，一派说应该把大行皇帝的灵柩送回长安下葬，另一派则说应该就地在洛阳安葬。提议葬大行皇帝于长安的那一派人数多、势力大，但皇太后武则天更支持把大行皇帝安葬在洛阳，属于后一派。

两派争论不休，朝廷上下鸡飞狗跳。最终，武则天不得不妥协，同意将大行皇帝的灵柩运回长安安葬。最终决定后，朝廷下了通告，将此事告知全国。

看到朝廷的通告后，陈子昂深感不妥，他对卢藏用说："将大行皇帝的灵柩运回长安，一路上不知道要耗费多少人力物力。另外，在长安修建皇陵，又要征用长安附近许多民夫，消耗关中许多财富，那里前几年刚刚遭遇过大饥荒，人民怎么受得了如此盘剥？"

卢藏用叹口气，说："是啊，可朝廷已经做了的决定，咱们又能怎么办呢？"

陈子昂腾地站起来，说："上疏！奏呈利害得失，让朝廷收回成命！"

卢藏用赶忙摆手，说："不可不可！你我都只是小小的将仕郎，人微言轻，上疏也没用。更何况，万一言语不当，触动了掌权者的逆鳞，前途尽毁！"

陈子昂长叹一声，不再说话。

那日夜晚，陈子昂躺在床上，心中思绪万千，他似乎又回到了长安城的大街上，看见了三年前看见过的，那一张张因为营养不良而面带菜色的脸。陈子昂心中默默想："朝堂之上的那些人个个都会讲道理，但讲来讲去，都是他们自己的道理，关中饥民们的道理谁来讲？"

"我来讲！"陈子昂似乎下定了决心，他跳下床，点燃蜡烛，在微弱的光影里写就了《谏灵驾入京书》：

梓州射洪县草莽愚臣陈子昂谨顿首冒死献书阙下：臣闻明主不恶切直之言以纳忠，烈士不惮死亡之诛以极谏。故有非常之策者，必待非常之时；非常之时者，必待非常之主。然后危言正色，抗议直辞，赴汤镬而不回，至诛夷而无悔，岂徒欲诡世夸俗，厌生乐死者哉！实以为杀身之害小，存国之利大，故审计定议而甘心焉。况乎得非常之时，遇非常之主，言必获用，死亦何惊，千载之迹，将不朽于今日矣。伏惟大行皇帝遗天下，弃群臣，万国震惊，百姓屠裂。陛下以徇齐之圣，承宗庙之重，天下之望，喁喁如也，莫不冀蒙圣化，以保余年，太平之主，将复在于今日矣。况皇太后又以文母之贤，协轩宫之耀，军国大事，遗诏决之，唐虞之际，于斯盛矣。

……

臣又闻太原蓄钜万之仓，洛口积天下之粟，国家之宝，斯为大矣。今欲舍而不顾，背以长驱，使有识惊嗟，天下失望。倘鼠窃狗盗，万一不图，西入陕州之郊，东犯武牢之镇，盗敖仓一杯之粟，陛下何以过之？此天下之至机，不可不深惟也。虽则盗未旋踵，诛刑已及，灭其九族，焚其妻子，泣辜虽恨，将何及焉。故曰：先谋后事者逸，先事后图者失。然而国之利器，不可以示人，斯言不徒设也。愿陛下念之。臣西蜀野人，本在林薮，幸属交泰，得游王国。固知不在其位不谋其政，亦欲退身岩谷，灭迹朝廷。窃感娄敬委辂，不非其议，图汉策于万全，取鸿名于千古，臣何独怯而不及之哉！所以敢触龙鳞，死而无恨。庶万有一中，或垂察焉。臣子昂诚惶诚恐，顿首顿首，死罪死罪。

最后一个字落笔，陈子昂如释重负，他把心中的话都写在了文章里，一吐为快。至于这篇文章呈上去之后会带来何种后果，那是他难以预料的。陈子昂做好了最坏的打算，只要能用手中的笔替关中百姓发出点声音，即便是前途尽毁、身陷险境，也在所不惜。

陈子昂并不是一个合格的政治家，年轻时候不是，后来也不是，但他是个有才华、有良心的文人，这是毋庸置疑的。第二天，陈子昂来到皇城前，敲响登闻鼓，将自己的文章呈了上去。上书后，陈子昂一直在等消息，可等来的结果——五月，丙申日，唐高宗灵驾西还。

不过，陈子昂的上书与朝廷的决定相左，但也没有人因此来追究他的责任。陈子昂知道，强烈的反对意见之所以没有招来祸患，不是因为朝廷宽宏大量，而是因为他人微言轻——你陈子昂无论是反对或支持，都没人在乎。

那天，陈子昂独自一人走在大街上，意志消沉。对于他而言，最难以接受的结果或许并不是因言获罪，而是被别人视若无物，那是最严重的轻蔑。走着走着，陈子昂突然发现街市一群人在围观一个卖琴的老头。陈子昂不由地停下脚步，加入到围观人群中。

老头手中拿着一把胡琴，傲然而立，人群中有来的早的看客问他："老头，听说你这把胡琴要卖一千缗，卖得出去吗？"陈子昂大惊，心想："怪不得这么多人围观，原来这把胡琴值一千缗！够在洛阳城里买两处挺好的宅子了。"

那老头对看客道："我的胡琴是名家造的古琴，卖得出去值一千缗，卖不出去也值一千缗！"

又有看客说了："我看没人会买你的琴，你就留着自己弹吧。"

老头也不还口了，抱着胡琴，微闭双眼，一副气定神闲的模样。

围观的人虽然不买琴，但也不愿意离开，那把价值一千缗的胡琴似乎有某种魔力，牢牢吸引着众人目光。陈子昂心中却想："一把胡琴，就算再好，也是个死物，在好琴师手中可以弹出美妙的音乐，在糟糕的琴师手下弹出的声音照旧糟糕。但就因为它出身高贵，便引得人们趋之若鹜，着实可悲！当今世道也是如此。人们不以才华、品行论英雄，而是以名声、背景去识人！"想到此处，陈子昂一股热血涌上头来，挺身而出对那老头儿说道："你的琴，我买了。"

在场众人无不惊呼，老头也猛地睁开眼，用不可置信的语气对陈子昂说："我的琴卖一千缗。"

陈子昂点点头道："我知道，但是我没有那么多铜钱，用黄金等价支付，可以吗？"

老头不住地点头："更好，更好。"

陈子昂叫老头与自己回家取钱，临行前对围观的众人说道："想必大家都想听听这把琴的声音到底有多美妙，这样吧，明天到我家里来，我弹给大家听。"他把住址告诉众人后，便带着老头离开了。

陈子昂成为"千缗古琴之主"的事很快传遍了洛阳，第二天，有许多人拥到陈子昂家中，想要听一听这把昂贵乐器发出的天籁之声，其中不乏洛阳城的名流。陈子昂见来人不少，便从容走出房门，对众人说道：

"我陈子昂是四川人，带了一百篇好文章来到长安城，结果却无人赏识，这胡琴不过是卑贱的乐工玩耍作乐的工具而已，我怎么会演奏它呢？大家还是看看我的诗文吧。"说完，陈子昂当着长安名流的面，把价值百万的胡琴当场摔碎，然后把自己的诗文分发给了在场的人。

原来，陈子昂在买琴的时候就想好了今天这一出。他这样做，一来是想借此扬名，二来也是想给那些"拜物者"们提个醒——世间最宝贵的东西并不是物，而是人的创造力。

第三节　武后钦点官　子昂登仕途

陈子昂冒着极大的风险给朝廷上谏书，却也没能改变大行皇帝李治灵柩西归的现实，他以为那封谏书里的金玉良言最终落了个对牛弹琴的下场，因而有些失望，甚至有些愤懑。可事实上，《谏灵驾入京书》呈上去之后，很快就被摆在了武则天的书案上。

武则天坐在宽大的书案后，将陈子昂的上疏看了一遍，然后递给了一旁侍奉的上官婉儿，说："这是一个叫陈子昂的今科进士所写的，你看如何？"

上官婉儿是罪臣上官仪的孙女。当年，唐高宗李治见武则天权势滔天，甚至威胁到了自己的皇位，便想要将武则天贬为庶人。他将上官仪招进宫中，让上官仪起草废后诏书。武则天得知此事后，向李治申诉辩解，李治断了废后的念头，还对武则天说："是上官仪教我的。"武则天因此深恨上官仪，安排手下心腹诬陷上官仪勾结废太子谋反，上官仪及儿子上官庭芝因此被处死。

爷爷和父亲被害时，上官婉儿刚出生。作为罪臣的后代，还在褓褓中的上官婉儿随母亲一起被配没掖廷为奴。所谓掖廷就是皇宫中宾妃们居住的地方，上官婉儿从小就在后宫中当奴婢。虽为奴，但母亲没有放松对上官婉儿的教育，她自小熟读诗书，不仅能吟诗著文，而且明达吏事，聪敏异常。

十四岁那年，武则天听说后宫中有个叫上官婉儿的小姑娘不仅长得美貌，人也极其聪明，便将她招到跟前，当场出题考校。上官婉儿文不加点，须臾而成，且文意通畅，辞藻华丽，语言优美。武则天大悦，当即下令免其奴婢身份，让其掌管宫中诏命。从此之后，上官婉儿成了武则天身边最受信任的女官。

像上官婉儿这样巾帼不让须眉的奇女子，往往都是一身傲骨，等闲之人难入法眼，可是当她看到陈子昂的文章后，内心还是忍不住暗自叫好，但她不敢表露出来，因为还不知武则天的真实看法。因此，她小心翼翼地对武则天说："此文章一气呵成，文笔通畅，也算难得。"

"此人文称伟晔，自不必说。更难的是，言之有物、言之有理！"武则天道。

上官婉儿见武则天认同文章中的内容，心里头有底了，说道："可惜他只是个进士，并无实职，要是能让他与朝中那些支持大行皇帝灵枢西行的老臣们辩论一番，说不定能扭转局面。"

武则天笑道："辩论是没用的，你以为那些老家伙坚持把皇帝葬在长安，是为了他们口中所说的'祖宗家法''朝廷纲常'？不是的！只是因为他们的根在长安，想借此机会把朝廷搬回长安罢了。利益在哪儿，道理就在哪儿，辩有什么用？"

上官婉儿道："太后所言极是，不过臣认为，道理这个东西，说明白总比不说明白好，有人说总比没人说好，就算改变不了那些人的心意，也最起码能让他们有所收敛。"

武则天闻言，沉思许久。此时，她虽然已经掌握了这个国家的至高权力，但毕竟她还是在以"皇太后"的身份监国，大唐帝国仍然姓李。朝堂之上许多权臣、贵族效忠的依然是李氏王朝，野心勃勃的武则天显然不愿如此局面持续下去。为了巩固自己在朝中的力量，她已经重用了许多武氏亲属，如侄子武承嗣等，但这些举动也引起了许多大臣的不满，武则天也总不能把武家的男女老少一股脑儿都扶到重要的位置上去吧！因此，她想要从民间提拔一些新人，来充实自己的力量。想到此处，武则天转过头对上官婉儿说："等大行皇帝的灵柩返回长安后，让陈子昂进宫见我！"

五月初十，正当陈子昂因不被朝廷重视而闷闷不乐时，突然接到了皇太后召见的诏书，这着实让他感到无比惊讶。登天子堂是每个读书人的追求，而如今，陈子昂真的获得了一个"登天子堂"的机遇。

五月初十那天，陈子昂早早来到皇城门外。把皇太后的诏书交给守城侍卫后，他被领到了一间房子里，等待召见。陈子昂从来没有经历过如此煎熬的等待，内心中似乎充满期待，又好像极度惧怕，复杂的情绪在大脑中翻涌，让他根本就感受不到时间的流逝。不知过了多久，皇城内的礼仪官来了。他让陈子昂跟着他走，还嘱咐陈子昂不要东张西望。一路上，礼仪官给陈子昂强调了许多觐见皇太后时需要注意的礼仪，陈子昂默默记在心里。

最终，陈子昂随礼仪官来到了一座大殿前。陈子昂走进大殿，跪在地下，高声说道："将仕郎陈子昂拜见皇太后！"

"平身吧。"殿上传来一个威严的声音。

陈子昂站起身来，抬头望去，只见大殿之上，皇太后武则天端坐上方，她身后站着一位面容姣好、气度非凡的女官。她正是上官婉儿。几个身穿绣花绿锦袍的千牛卫端着象笏肃立在皇太后两侧，为武则天增添了几分威仪。

武则天坐在大殿之上，也在观察殿下站着的年轻人。只见此人其貌不扬，少了些风度，倒多了几分野气。她问了陈子昂几个经邦治国方面的问题，才发现此人一旦开口说话，侃侃而谈、自信从容的气度立刻就显现出来。当时的武则天正是用人之际，她见陈子昂的确才华横溢，便当场下诏：擢陈子昂为秘书省正字！所谓"擢"，有破格提拔之意。

那天的陈子昂，从进入大殿之后，脑子里便恍恍惚惚的，与皇太后对答时恍惚，得知自己被擢升为正字的时候恍惚，走出皇城的时候还是恍惚。他抬起头望了望空中的太阳，强烈的阳光照得他睁不开眼，然后他闭上了眼睛，许久之后再睁开，这才似乎又重新回到现实世界。陈子昂又想起了父亲对自己说的那番话："我看天下时运，似乎圣人将出、盛世将开……大丈夫生逢盛世，正当有所作为。"陈子昂不由得将父亲所说的"圣人将出"与皇太后武则天联系起来，他心中确信：提拔自己的武则天就是圣人，自己将随圣人一道开启盛世！

回到家中，卢藏用已经在陈子昂门口等了许久。一见到陈子昂，他便焦急地问道："怎么样？皇太后和你说什么了？有没有给你个差事？"

陈子昂把今天在皇城里发生的事情如实告诉了卢藏用，最后说："皇太后擢升我为秘书省正字。"

卢藏用看起来十分激动，拍着陈子昂的肩膀说："好差事，好差事，一步登天了！"

陈子昂笑道："正字不过九品官，岂敢说什么一步通天。"

卢藏用出身官宦世家，对官场里的门道很在行。他告诉陈子昂，进士出身的人，若能当上校书郎、正字这类的官儿，是最好不过的。别看官小，但是距离国家的权力中心很近，于前途非常有利。卢藏用还说："在朝廷里当正字可比派到外地当县尉强多了，人们管那种官儿叫'杂途''流外'，往往被京官们所轻视，想要升迁难上加难。"

陈子昂道："这里头还有这么多门道，我之前倒是从来没听说过。"

卢藏用说："不管怎么说，你算是在京城里扎根了，可喜可贺！"

卢藏用说得没错，陈子昂的确在京城扎根了。他不再是一个无所事事的候选散官，而是成了秘书省的正字。秘书省是管理国家藏书的中央机构，秘书省正字主要负责校正书籍，这个职位的日常工作很清闲，一个月到秘书省去个两三趟就行，剩下的时间可以自己支配。

在陈子昂进入秘书省的三个多月之后，也就是光宅元年（684）的九月，武则天下令将秘书省更名为"麟台"，所以陈子昂的官职名也变成了"麟台正字"。巧的是，新上任的麟台监叫李峤，正是那位十几岁就考中进士，传言是神龟转世的李峤。此人也是当时有名的诗人，因此对善于写诗的陈子昂也很是关照。

陈子昂因上《谏灵驾入京书》而被皇太后破格提拔的消息，也在后来传遍洛阳。洛阳人都想看一看，到底是什么样的锦绣文章可以得到武则天的垂青？当时，很多人传抄《谏灵驾入京书》，甚至有人把这篇文章当成商品出售。陈子昂顿时蜚声洛阳、誉满学林。人们都在说："那个摔胡琴的陈子昂，狂得有些道理。"

跻身官场又扬名文坛，让陈子昂成了洛阳城最受欢迎的宾客之一，许多达官贵人们邀请陈子昂参加诗会。一天，武则天堂姐的儿子、时任"太子司直"的宗秦客，在金谷亭摆下酒宴，陈子昂也应邀出席。除了陈子昂之外，许多洛阳名流参加了此次宴会，其中包括殿前红人上官婉儿。

众人饮酒至酣处，上官婉儿提议大家以桌上食物为题作赋。宗秦客醉意盎然地说："今天宴会，若论美食要数鹿尾最佳；若论文才，伯玉最佳。伯玉，你就以'鹿尾'为题，作赋一首，可好？"

陈子昂欣然同意，不多时，便写下了一首《麈尾赋》：

> 天之浩浩兮，物亦云云。性命变化兮，如丝之棼。或以神好正直，天盖默默；或以道恶强梁，天亦茫茫。此仙都之灵兽，固何负而罹殃。始居幽山之薮，食乎丰草之乡。不害物以利己，每营道而同方。何忘情而委代，何代情之不忘。卒眾网以见逼，受庖割而罹伤。岂不以斯尾之有用，而杀身于此堂？为君雕俎之羞，厕君金盘之实。承主人之嘉庆，对象筵与宝瑟。虽信美于兹辰，讵同欢于畴昔。客有感而叹者。曰：命不可思，神亦难测。吉凶悔吝，未始有极。借如天道之用，莫神于龙，受戮为醢，不知其凶。王者之瑞，莫圣于麟，遇害于野，不知其仁。神既不能自智，圣亦不能自知。况林栖而谷走，及山鹿与野麋。古人有言，天地之心，其间无巧。冥之则顺，动之则夭。谅物情之不异我心。又何兢于猜矫。故曰天之神明，与物推移。不为事先，动而辄随。是以至人无己，圣人不知。子欲全身而远害，曾是浩然而顺斯。

众人看罢陈子昂写的文章，纷纷叫好，宗秦客说："'此仙都之灵兽，固何负而罹殃？'看罢这句话，我倒后悔起来了，不应该杀鹿取肉啊！"

有宾客道："现在后悔也晚了，我看您刚才吃得很香呢！"

宗秦客道："哎，饕餮之徒就是这样，一遇到美食，便没了节操。"众人大笑。

众人皆欢，只有一旁的上官婉儿心里头不太高兴，刚才宗秦客说，"若论文才，伯玉最佳"，她心中却想："我上官婉儿未必就弱于他了，只不过因我是女流，这些人便低看了我。"抱着这种心思，上官婉儿开口说道："陈伯玉的文章却有过人之处，只是好像少了些'绮错婉媚'，甚是可惜！"

上官婉儿口中的"绮错婉媚"，正是"上官体"的特点。所谓上官体，就是由上官婉儿的爷爷上官仪开创的诗体，后来由上官婉儿发扬光大。在当时，上官体备受推崇，被许多诗人所效仿，是"主流"。

上官体的长处是属对工切，写景清丽婉转，短处则是形式大于内容，讲究一味追求辞藻、声律、用典，题材、内容贫乏雷同，思想空虚，这恰恰是陈子昂最为不齿的，因此，他趁着酒兴对上官婉儿说："我认为，诗文最重要的是'骨气端翔，音情顿挫，光英朗练'，当下浮靡的诗风，应该被扭转。"

此言一出，许多人心中都是"咯噔"一下，他们知道上官婉儿是想用爷爷创立的上官体来压一压陈子昂的势头，可陈子昂居然说"绮错婉媚"的创作追求属于"浮靡诗风"，这岂不大大得罪了上官婉儿？

宗秦客见势不妙，打圆场道："伯玉啊，你从蜀中偏远而来，还没有体会到都城的精致典雅，以后在我们洛阳待久了，自然也就学会'绮错婉媚'了。"

陈子昂此时也自知酒后失言，可能得罪了上官婉儿，但即便如此，他也不愿意违心地否定自己的观点，只好说道："我这身土气是骨头里带出来的，恐怕难改啊！"

第四节　驾前陈弊病　一心为安人

那日在宗秦客处回来之后，陈子昂遇到了卢藏用，卢藏用请他到家中小坐。谈话间，陈子昂对卢藏用讲述了宴会上发生的事情。

卢藏用听罢后，叹了口气，说："伯玉兄，其实你大可不必因为这种事去得罪上官婉儿，她现在是皇太后身边的红人，惹不得啊！有些事心里知道就好了，何必讲出来呢？讲出来也就罢了，宗秦客给了你台阶下，你顺势下来就好，何必要过分执着呢？"

陈子昂道："子潜兄（卢藏用字子潜），你觉得我所秉持的文风如何？"

卢藏用道："自然是对的。六朝以来，文人大都追求'俪采百字之偶，争价一句之奇；情必极貌以写物，辞必穷力而追新'的创作风气。其实这也没错，但错就错在，人们只顾在遣词造句上下功夫，却忘了'文以载道'的重任。所以我看许多人写的诗，就好像在看一面精雕玉琢的大鼓，外表很精致，里头却空空如也！伯玉兄的文章、诗赋，皆言之有物、言之有理、言之有情，这是我所敬佩的。"

陈子昂道："既然你也觉得我有道理，那我把道理讲出来，又有什么错？"

卢藏用道："伯玉，你现在不仅是个文人，更是仕途中向上攀登的官员，不能只讲道理，不讲情理啊。"

陈子昂很严肃地说道："正因为我是个官员，所以我才要说对社稷有利的话！"

卢藏用不解，问："文风和社稷有什么关系？"

陈子昂道："越是国家昌盛之时，文风便越雄壮，体裁也越丰富，更重要的是，盛世文章中往往可见芸芸众生、天地广大。而每逢国家祸乱之时，文坛便会被那些躲在温柔乡里、吟诵些风花雪月的御用诗人所把持，这些人惟务雕虫，专工翰墨，青春作赋，皓首穷经，正是诸葛武侯所不齿的小人之儒。子潜兄，文风就是国运，所以太宗皇帝才说要'用咸英之曲，变烂漫之音'。"

听了陈子昂的话，卢藏用默然许久，最后终于开口说道："伯玉，你所言令我眼界大开，但我还是提醒你，切莫因为一时意气，去得罪那些三言两语便能决定你前途命运，甚至生死存亡的人。"

陈子昂知道卢藏用是为他着想，便道："我知道了，感谢兄台一片好意。"

那晚回到家中，陈子昂怎么也睡不着，坐在书桌前，他写下了《答洛阳主人》：

平生白云志，早爱赤松游。

事亲恨未立，从宦此中州。

主人亦何问，旅客非悠悠。

方谒明天子，清宴奉良筹。

再取连城璧，三陟平津侯。

不然拂衣去，归从海上鸥。

宁随当代子，倾侧且沉浮。

　　他将这首诗送给了卢藏用，意在告诉这位好朋友，自己不想做一个庸庸碌碌的人，希望可以建功立业。如果最后没有好的结果，就拂衣而去，隐居山林。

　　说起隐居山林，实际上卢藏用的归隐之心比陈子昂更为热烈。他年纪轻轻就考中了进士，眼看着同届进士如陈子昂等都得到了朝廷的任用，而自己却始终赋闲在家、无所事事，便有些心灰意冷，屡次与陈子昂说自己要到山林中潜心修道。陈子昂知道卢藏用有心修道后，一方面劝他耐心等待，说不定朝廷的任用书马上就会下来；另一方面也经常带着卢藏用与释怀一、司马承祯、宋之问等"方外之人"聚会。后来，又有毕构、陆余庆、杜审言、赵贞固、郭袭微等人加入到他们的"方外聚会"中。

　　说是方外聚会，但除了司马承祯和释怀一这一道一佛之外，其他人都并不是严格意义上的方外之人。

　　杜审言是咸亨元年（670）的进士，京兆杜氏后人，曾任隰城县县尉。他少年成名，曾与李峤、崔融、苏味道合称"文章四友"。

　　陆余庆也是进士，极善言辞，现任阳城县县尉。

　　毕构是朝中大臣毕憬的儿子。六岁做文章，弱冠中进士，曾任九陇县主簿，后来家中亲人去世，悲伤不止，隐居在偃师。偃师位于洛阳城和嵩山之间，所以陈子昂等人去往嵩山与司马承祯相聚时，经常中途到他家里歇脚。

　　赵贞固出身儒学世家。父亲赵礼舆是颍县县丞，他自己曾经当过宜禄县县尉，但只当了一年，便觉得官场无趣，辞职隐居了。

　　郭袭微是郓州司马郭肃宗的儿子，虽然出身官宦之家，但无心仕途，一心求仙问道。

　　这十人，都是当时的名士，陈子昂、宋之问、杜审言、卢藏用的文学才华，几乎代表了那个时代的最高成就。杜审言和司马承祯还是当时最顶尖的书法家，尤其是杜审言，他曾经说："我的文章嘛，水平一般，但是我的书法水平，只有王羲之比我强。"这句话虽然狂妄至极，但若没有真才实学，也不敢说这种话。此外，司马承祯、宋之问、赵贞固还特别善于弹琴，所以，当众人提起陈子昂把一把价值一千缗的琴摔坏时，此三人不约而同地流露出痛心疾首的表情，赵贞固更是开玩笑地说道："古有焚琴煮鹤，今有子昂摔琴。"

正如之前所说，十位洛阳城名流的频繁聚会，在当时社会上引起了很大反响，人们将这十人合称为"方外十友"。虽然陈子昂在后世的影响力是这十人中最高的，但在当时来看，他的名气远不如司马承祯、宋之问、毕构等人，加入到这样一个"明星团队"中，无疑使陈子昂的知名度进一步提升。

陈子昂积极参加"方外聚会"的同时，对社会上发生的一些重要事件也依旧保持着高度的敏感。有一次，武则天昭布天下，征询"何道可以调元气"，请贤才献计献策。陈子昂得知这一消息后，马上写了一篇《谏政理书》，敬献给皇太后。

《谏政理书》在陈子昂的所有文学作品中，占据着非常重要的地位。陈子昂通过这篇奏疏，第一次详细阐述了自己关于"安人"的政治主张。这一主张是他政治思想的集中体现。他在《谏政理书》中说道：

> 月日，梓州射洪县草莽愚臣陈子昂，谨冒死稽首再拜献书阙下：臣子昂，西蜀草茅贱臣也，以事亲余暇得读书，窃少好三皇五帝王霸之经，历观丘坟，旁览代史，原其政理，察其兴亡。自伏羲、神农之初，至于周隋之际，驰骋数百千年，虽未得其详，而略可知也，莫不先本人情而后化之。过此已往，亦无神异。独轩辕氏之代，欲问广成子以至道之精，理于天下，臣虽奇之，然其说不经，未足信也。至殷高宗，亦延问傅说，然才救弊，未能宏远。自此之后，殆不足称。臣每在山谷，有愿朝廷，常恐没代而不得见也。岂知沾沐圣化，未夭天年，幸得游京师，睹皇化，亲逢大圣之诏布于天下，问于贤士大夫曰："何道可以调元气？"贱臣孤陋，诚未足知，然臣窃观自古帝王开政之原备矣，未有能深思远虑，独绝古今，如陛下者也。故贱臣不胜区区，愿竭固陋，以闻见言之。虽未足对扬天休，然或万

一有可观者，敢冒昧阙廷，奏书以闻，伏惟皇太后陛下少加察焉。

臣闻之于师曰："元气者，天地之始，万物之祖，王政之大端也。"天地之道，莫大乎阴阳；万物之灵，莫大乎黔首；王政之贵，莫大乎安人：故人安则阴阳和，阴阳和则天地平，天地平则元气正矣。是以古先帝代，见人之通于天也，天之应乎人也。天人相感，阴阳相和，灾害之所以不生，嘉祥之所以迭作。则观象于天，察法于地，财成天地之道，辅相天地之宜，以左右人。于是养成群生，奉顺天德，故人得安其俗，乐其业，甘其食，美其服。阴阳大和，元气以正，天瑞降，地符升，风雨以时，草木不落，龟龙麟凤在郊薮矣。泊颛顼、唐、虞之间，不敢荒宁，亦克用理。故其书曰："百姓昭明，协和万邦，黎人于变时雍，乃命羲和，钦若昊天，历象日月星辰，敬授人时。"和之得也。至夏德衰亡，殷政微丧，桀纣昏暴，乱于天道，杀戮无罪，放弃忠良。遂竭天下之力，殚天下之货，作为瑶台，起乎琼室，极荒淫之乐，穷耳目之玩。倾宫之女，至数千人，奇伎淫巧，以亿万计；信巫鬼，听谗邪，遂为糟丘酒池，炮烙之刑，一朝牛饮者三千人。龙逢不胜其忧，谏而死；箕子不堪其愤，囚为奴。是以阴阳大乖，天地震怒，山川鬼神，发见灾异，疾疫大兴，妖孽并作。而桀、纣不悔，卒以灭亡，和之失也。逮周文、武创业，顺天应人，诚信忠厚，加于百姓，德泽休泰，兴乎颂声。成康之时，刑措三十余年。天人之道始和矣。幽、厉之末，复乱厥常，苛慝暴虐，诟黩天地，百川沸腾，山冢崒崩，人以愁怨，疾厉为作。故其诗曰："昊天不佣，降此鞠凶；昊天不惠，降此大戾。不先不后，为虐为瘵。"天地生人之理，复悖于兹矣。呜呼，岂不哀哉，岂不哀哉！

……

然臣窃独有私恨：陛下方欲兴崇大化，而不知国家太学之废积岁月矣。堂宇芜秽，殆无人踪，诗书礼乐，罕闻习者，陛下明诏，尚未及之，愚臣所以有私恨也。臣闻天子立太学，可以聚天下英贤，为政教之首，故君臣上下之礼于是兴焉；揖让樽俎之节于此生焉。是以天子得贤臣，由此道也。今则荒废，委而不论，而欲睦人伦，兴礼让，失之于本，而求之于末，岂可得哉？况君子三年不为礼，礼必坏；三年不为乐，乐必崩，奈何天子之政而轻礼乐哉！臣所以独窃有私恨者也。陛下何不诏天下胄子，使归太学而习业乎？斯亦国家之大务也。臣愚蒙，所言事未曲尽者，恐烦圣览，必陛下恕臣昏愚，请赐他日，别具奏闻。

他想通过这道上疏对武则天说明一个道理：圣明的君主，最大的功劳便是"安人"，让百姓"安其俗，乐其业，甘其食，美其服"，应该是所有政治活动的根本目的，这与今人所提倡的"以人为本"之理念高度相似。

陈子昂在文中具体阐明了"安人"的措施：一是加强教育，培养人才；二是要鼓励农业生产；三是要近贤臣、远小人，赏善罚恶；四是要加强社会福利，由政府出面扶养失去生计的弱势群体。

陈子昂还将自己这套理论和汉代董仲舒"天人感应"的思想结合到一起，试图以此来打动掌权者武则天。

武则天看到《谏政理书》之后，圣心大悦，对身边的上官婉儿说："陈子昂果然是个人才，堪当大用！"

上官婉儿听武则天的意思，似乎是想重用陈子昂，继续提拔，便拿起《谏政理书》装模作样看了一遍，才对武则天说道："这篇文章中有句话说：'为大唐建万代之策，恢三圣之功，传乎子孙，永作鸿业。'三圣即高祖、太宗、高宗，皇太后与高宗皇帝共同开创盛世，这陈子昂却只言高宗皇帝，不提皇太后，足见他对政事一知半解。"

武则天沉吟片刻，说："不管怎么说，这陈子昂的才华确实显而易见，他的文章犹如一柄利剑，直击要害。"

上官婉儿眼珠子一转，说："陛下，既然是利剑，与其将它悬于高处，不如藏在匣中，等关键时刻再亮剑锋。"

武则天被上官婉儿说动了，说道："言之有理，那就再磨砺他一段时间吧。"

上官婉儿连夸"皇太后圣明"。

在皇城之外的陈子昂并不知道，自己的命运曾在须臾之间上下翻飞，最终因上官婉儿作梗，又回到了原点。

因为不知道，所以也没烦恼，初入仕途的陈子昂迎来了自己人生中最为快乐的一段时光——考场得意、仕途顺遂，朋友越来越多，名气越来越响，更值得高兴的是，他和高清禅要成亲了。

陈子昂与高清禅的婚事，得到了高家人的支持，因此二人的关系发展很快。光宅元年（684）十月，陈子昂擢升麟台正字的五个月以后，他请来一位媒人，带大雁一只，到高家"纳彩"，也就是求亲。高家人自然不会为难媒人，纳彩的过程很顺利。最后，高家人把一张写有高清禅生辰八字的庚帖交给媒人，媒人带着庚帖回到陈子昂处，找了个算命先生象征性地算了算二人有没有相冲相克的地方，算是完成了"问名"的仪式。

之后，媒人又来往于陈子昂家与高家，协助两家人确定了婚礼的日期——十月十五。日子定下来之后，陈子昂让卢藏用担任"函使"，交给他一个长一尺二寸、宽一寸二分、木板厚二分、盖厚三分、内宽八分的楠木盒子，盒子用五彩线扎缚，里面装着"通婚书"。卢藏用带着通婚书和好几个负责抬彩礼的劳役，浩浩荡荡朝高家走去。一般来讲，"函使"需由陈子昂的兄弟担任，但他身在洛阳，举目无亲，所以只好由最好的朋友卢藏用代劳了。那时候的陈子昂心里暗自想："要是陈孜在就好了，他一定很高兴。"

陈子昂准备的彩礼有两匹马、一顶轿子、绸缎、食物、各种珠宝。几个月前，陈子昂就把即将成亲的消息写信告诉了家人，陈家人高兴坏了，但路途遥远，不能亲至，只好给陈子昂汇了一大笔钱，让他把婚礼办得体体面面的。陈子昂不仅用这笔钱置办了彩礼，还买了一所大宅子作为新房，地点距离租住的民房不远。

卢藏用把通婚书和彩礼送到高家，高清禅的父亲高球拿出一封答婚书交给卢藏用，让他交给陈子昂。至此，"纳征"仪式也就顺利完成了。

十月十五那天下午，陈子昂身着绛红色的婚服来到高家迎亲，又经过了一番繁复的礼节，将头戴花钗、身穿青质连裳、脚踩翘履的新娘子高清禅迎回家中。至此，二人正式结为夫妇，余生同舟共济。

第五节　朝堂获恩遇　御前奏国事

陈子昂婚礼后一个多月便是春节。春节过，新年到。时间来到了垂拱元年

（685）。"垂拱"二字出自《尚书·武成》"惇信明义，崇德报功，垂拱而天下治"，意思就是垂衣拱手、无为而治。不过，这个"无为"可能是武则天说给皇帝李旦听的。李旦虽然名义上是皇帝，但早就被武则天软禁在宫中，国家大事他根本就无从过问，可不就是"无为"吗？反观武则天，倒是有为得很。她的野心正在迅速膨胀，已经不满足于垂帘听政，正在为登基称帝做准备。

此前，历史上从来没有过女皇帝，武则天想要打破这一钢铁般坚硬的成规，就必须取得一些傲人的政绩，才有机会让天下人心服口服。这一年的武则天非常活跃，推出了不少新政策。恰巧，这一年也是陈子昂政治热情最为高涨的时候，金榜题名、荣登仕途、洞房花烛等一系列好事接踵而至，使他整个人都充满了积极向上的激情。所以，虽然陈子昂只是一位勘正文字的低级官员，但却经常上疏，奏呈军国大事，根本就不顾"不在其位，不谋其政"的所谓"职场潜规则"。

工作之余，陈子昂依然和他的"方外之友"们保持着密切的来往。某日，"方外十友"在偃师毕构家中聚会。席间，毕构谈起了他年轻时的一段经历：

某年冬天，毕构从徐州赶往亳州，当时天气很冷，他骑在马上缓慢前行，被冻得够呛。半路途中，毕构遇到几个人，围着一团火相对而坐。他很高兴，赶紧下马，对那些人说："让我也烤烤火吧。"

那几人连头也不回，背对着毕构点头表示同意。毕构上前烤火，可是，当他将手伸到靠近火堆处时，却发现明明剧烈燃烧的火焰非但不暖，还有阵阵冷气传来，毕构转头说道："火为什么不热呢？"此时，他看见那几人脸上都蒙着一块布，只是耸肩而笑，却不说话。毕构心想："不好，遇到鬼怪了！"于是便赶紧离开。

走了几里地后，毕构看见一户人家点着灯，便去求宿。期间，他把路上的经历与那家人说了。那家老人道："本地经常有鬼怪作祟，遇到的人大都死了，您竟然安然无恙，将来一定能否极泰来。"

毕构讲完这个故事，众人都道不可思议，但旁边一个十二三岁的孩子却说："您恐怕被人骗了。"

毕构很惊讶，问："被谁骗了？"

孩子说道："就是那个老人家啊。"

毕构又问："你怎么知道？"

孩子说："那老人家说以前看见鬼的人都死了，试问，既然见过鬼的人都死了，他怎么知道那些人见过鬼？"

陈子昂大笑道："言之有理！言之有理！隆择兄（毕构字隆择），那老人家是说些好话讨你欢心呢！"

毕构也笑了，说："没错，我才醒悟过来，不过路上遇到的那些蒙面人可是真的，不热之火也确有其事。"众人又就此事议论了一番，均不得其解。而那个少年，见众人不再讲故事，略感无趣，不知道跑哪儿玩去了。

司马承祯问毕构："刚才的少年是你儿子吗？"

毕构说："正是，犬子毕炕。"

听到毕炕这个名字，众人很好奇，问毕构为什么要给儿子起名一个"炕"字。毕构解释说，他发明了一种叫"五行相生法"的命名方法。由于他自己名字中有个木字旁，木生火，便要在儿子的名字中加一个带"火"字旁的字，想来想去，想出个炕字。陈子昂在一旁说道："《说文》中有言，炕，干也。这是个阳气极盛的字，想必贵公子的生辰为极阴。"毕构点头称是。

卢藏用说："你是木，木生火，所以你儿子是火，火生土，那你的孙子辈儿名字中应该有土字。"

毕构笑道："毕炕是我大儿子，我还没孙子，但将来有了孙子，名字中确实会带土。"

毕构发明的这种"五行相生法"，对后世的影响很大，宋代的朱熹、秦桧家族，乃至明朝皇室都采用该法为子孙后代命名。这是闲话。

毕构素来听说释怀一颇有慧眼，能知将来事，既然说起了儿子的名字和生辰，他便顺着话头问释怀一："大师，你看我这儿子前途如何？"

释怀一道："生在你毕构家中，还怕没有好前途吗？"

毕构说，这毕炕虽然有些聪明劲儿，但十分顽劣，自己只是想知道儿子将来能成为什么样的人。释怀一道："小孩子贪玩有什么要紧的，将来一样可以成为栋梁之材。我看毕炕这孩子一副赤胆，必能建功立业、标榜史册。"

释怀一这番话的确有些先见之明，毕炕后来担任广平太守。安史之乱时，大书法家、平原太守颜真卿起兵讨贼，毕炕响应，贼酋安禄山派蔡希德引兵围广平，毕炕与士兵同甘苦，坚守城池，不稍懈怠，最后英勇牺牲，名垂青史。

杜审言见毕构为子孙问前程，他也有些心痒痒，问释怀一到："大师，您说我家子孙有没有能成器的。"

释怀一说："你们杜家文运昌盛，将来必有大才。"

杜审言道："可我那几个儿子，杜闲、杜并等，皆才具平庸，恐怕连我也赶不上。"

司马承祯道："你太过心切，大才多需磨砺才能显现光芒，何必急于一时呢？"

杜审言道："那就承二位吉言了。"实际上，他对自家几个儿子的认识是比较到位的，杜闲等人的确算不上才华横溢。直到七八年以后，杜闲的儿子杜甫出世，杜家才算真正"文运昌盛"了。

此次聚会之后，陈子昂由偃师回到洛阳。回家后，陈子昂得到一个非常好的消息——妻子怀孕了。好事接踵而至，陈子昂倍感兴奋。这是他第一次当准父亲，所以格外上心。从那以后，他便不再出远门了，花许多时间留在家中陪妻子。

待在家中，陈子昂也没有闲着，他写了许多关于治国理政的建议，呈送给了武则天。武则天越来越觉得陈子昂这个人既有才华，也能实心用事，是当下需要的人才，于是，垂拱元年十一月十六日，武则天在皇城召见了陈子昂。

一个九品小官，能得到皇太后的召见，自然是极其荣耀的。召见中，武则天还赐陈子昂纸与笔，让他以"天下利害"为题作文。陈子昂文不加点、一挥而就，写下了《上军国利害事》。

一般来讲，君前奏对的文章重在一个"稳"字，尤其是小臣突然被掌权者召见询问国事，更是战战兢兢如履薄冰，多数人在此情况下，要么说一些歌功颂德的话趁机取悦献媚，要么是说一些无关痛痒的话敷衍了事。总之，不求有功但求无过——这便是所谓的稳。可陈子昂却不是前两种人，他心中暗想："既然皇太后给了我直言呈奏的机会，我就要把想说的话说出来！"所以，在他写的《上军国利害事》中，除了再一次阐述"安人"的政治主张之外，还指出了国家的三条弊病。

第一条，朝廷派出去的使臣不合格。陈子昂在文中写道：

今陛下使犹未出朝廷，行路市井之人，皆以为非任，朝廷有识者亦不称之。夫天子之使未出魏阙，朝廷之人皆以轻之，何况天下之众哉。夫欲黜陟求瘼，岂可得也？陛下所以有此失者，在不选人，亦轻此使非天下之大任，故陛下遂大失至于此也。宰相复以为常，但奉诏而行之。苟以出使为名，不求任使之实，故使愈出而天下愈弊，使弥多而天下弥不宁。其故何哉？是朝廷轻其任也。轻其任则不择人，不择人则其使非实，其使非实则黜陟不明，刑罚不中，朋党者进，贞直者退。徒使天下百姓修饰道路，送往迎来，无益于圣教耳。臣久为百姓，实委知之。陛下欲令天下黎庶知陛下夙兴夜寐，忧勤政化，不可得也。故臣以陛下大失在于此也。夫欲正其末者，必先端其本；清其流者，必先洁其源：自然之符也。国家兹弊，亦已久矣。今陛下若不重选此使，贵得其人，天下黎元，必以为陛下尚行寻常之政，不能革此弊也。则贤人必不出，贪吏必得志，惸独必哀吟，天下百姓无荷赖于陛下此使也。臣不胜有愿，愿陛下与宰相更妙选朝廷百官，使有威重名节为众人所推者。陛下因大朝见，亲御正殿，集百寮公卿，设礼仪，以使者之礼见之。于是告以出使之意，殷勤儆戒，无敢或怨，遂授以旌节而发遣之，先自京师而访豺狼，然后揽辔登车以清天下。若如是，臣必知陛下圣教，不旬月之间，天下家见而户习也。昔尧、舜氏不下席而天下理者，盖黜陟幽明能折中尔。今陛下方开中兴之化，建万代之功，天下瞻望，冀见圣政。此之一使，是陛下为政之大端也。谚曰："欲知其人，观其所使。"不可不慎也。若陛下必知不可得其人，则不如不出使。出使烦数，无益于化，但劳天下之人，是犹烹小鲜而数挠之尔。伏惟陛下察照。

从这条建议就可以看出陈子昂的确不是一个"合格的政治家"，他用短短数百字，既否定了武则天的一些作为，还得罪了不知道多少朝中的重臣。陈子昂在文中指出，武则天在派出使者巡视各地时，存在用人不当的问题，造成了使者越多天下越不安宁的问题，建议武则天慎重选择使者，还说如果没有合适的人选，还不如不派使者。陈子昂在写这些内容时，心中想必是想起了金堂县遇见的那位巡察御史吧！

第二条，许多刺史和县令不合格。陈子昂在文中说：

臣伏惟陛下当今所共理天下，欲致太平者，岂非宰相与诸州刺史县令邪。陛下若重此而治天下乎，臣见天下理也。若陛下轻此而理天下乎，臣见天下不得理也。何者？宰相陛下之腹心，刺史、县令陛下之手足，未有无腹心手足而能独理者也。臣窃观当今宰相，已略得其人矣；独刺史、县令，陛下犹甚轻之，未见得其人。是以腹心虽安，而手足犹病，而天下至今所以未有大利尔。臣窃惟刺史、县令之职，实陛下政教之首也。陛下布德泽，下明诏，将示天下百姓，必待刺史、县令为陛下谨宣之。故得其人，则百姓家见而户闻；不得其人，但委弃有司而挂墙壁尔。陛下欲使家兴礼让，吏勖清勤，不重选刺史、县令，将何道以致之邪？愚臣窃见陛下未有舟楫而欲济江河，不可济也。臣比在草茅，为百姓久矣，刺史、县令之化，臣实委知，国之兴衰，莫不在此职也。何者？一州得贤明刺史，以至公循良为政者，则千万家赖其福；若得贪暴刺史，以徇私苛虐为政者，则千万家受其祸矣。夫一州祸福且如此，况天下之众，岂得胜道哉！故臣以为陛下政化之首，国之兴衰，在此职者也。

臣伏见陛下忧勤政理，欲安天下百姓，无使疾苦，然犹未以刺史、县令为念，何可得哉。臣何知陛下未以刺史、县令为念？窃见吏部选人，补一县令如补一县尉尔，但以资次考第从官游历即补之，不论贤良德行可以化人而拔擢见用者，纵吏部侍郎时有知此弊而欲超越用人，则天下小人已嚣然相谤矣。所以然者，习于常而有惊怪也。所以天下庸流，莫能得为县令，庸流一杂，贤不肖莫分。但以为县令庸流，资次为选，不以才能任职，所以天下凌迟。百姓无由知陛下圣德勤劳夙夜之念，但以愁怨，以为天子之令遣如此也。自有国来，此弊最深，而未能除也，岂不甚哉！昔汉宣帝有言曰："朕之所共理天下者，岂非良二千石乎？"故宣帝之时，能委任矣。伏愿陛下与宰相深知妙选，以救正此弊，使天下之人稍得以安。臣有计，然甚鄙近，未能著于书。愿陛下兴念，与明宰相图之，以安天下。幸甚幸甚。

这一条建议又得罪了一大批人，陈子昂说想要百姓安宁，就必须挑选有才有德的人担任地方官。他还说，自己当平头百姓的时间很长了，刺史、县令是什么德行，他非常清楚。这句话，恐怕要把家乡的父母官得罪惨了。此外，陈子昂还说："自有国以来，此弊最深，而未能除也。"这句话的言下之意是，自打大唐建国到现在，就没有几个好刺史、好县令，不仅一棒子打死了许多地方官，还把国家的用人制度说的一无是处。

第三条，朝廷用兵太多，导致天下不安。陈子昂是这样说的：

臣闻天下有危机，祸福因之而生，机静则有福，机动则有祸，天下百姓是也。夫百姓安则乐其生，不安则轻其死，轻其死则无所不至也。故曰：人不可使穷，穷之则奸究生；人不可数动，动之则灾变起。奸究不息，灾变日兴，叛逆乘衅，天下乱矣。当今天下百姓，虽未穷困，军旅之弊，不得安者，向五六年矣。夫妻不得相保，父子不得相养。自剑以南，爰至河陇秦凉之间，山东则有青徐曹汴，河北则有沧瀛恒赵，莫不或被饥荒，或遭水旱，兵役转输，疾疫死亡，流离分散，十至四五，可谓不安矣。幸得陛下以仁圣之恩，悯其失业，所在边境有兵战之役，一切且停。遂使穷困之人，尚得与妻子相见，父兄相保，各复其业，获以救穷，人心稍安，殆半年矣。天下可谓幸甚。愚臣窃贺陛下得天下之机，能密静之，非陛下至圣大明，不能如此也。愚臣今所以为陛下更论天下之危机者，恐将相有贪夷狄之利，又说陛下以广地强武为威，谋动甲兵以事边塞。陛下或未知天下有危机，万一听之，臣惧机失祸构，则天下有不可奈何也。诗不云乎："人亦劳止，汔可小康。惠此中国，以绥四方。"故臣愿陛下垂衣裳，修文德，去刑罚，劝农桑，以息天下之人，务与之共安。然后使遐荒蛮夷自知中国有圣人，重译而入贡。愚臣窃以为当今天下之大计也，伏惟陛下念之。近者隋炀帝不知天下有危机，自以为威德广大，欲建万代之业，动天下之众，殚万人之力，兵役相仍，转输不绝，北讨胡貊，东伐辽人，于是天下百姓穷困，人不堪命，机动祸构，遂丧天下。此是不知天下有危机，而信贪佞之臣，冀收夷狄之利，卒以灭亡者也。隋氏之失，可以殷鉴，岂不大哉！伏惟陛下察之。国家所伐吐蕃，有大失策，中国之众，半天下受其弊。

然遂事不谏，当复何言。陛下不以臣愚，刍荛可采，一赐召臣至玉陛，得以口论天下，幸甚。

要知道，就在召见陈子昂的前几天，武则天刚刚任命天官尚书韦待价为燕然道行军大总管，目的就是为讨伐吐蕃国做准备。陈子昂说人民之所以不安宁，与朝廷大肆用兵有关系，这不是在质疑武则天的决策吗？

实际上，陈子昂也知道自己的这些话恐怕会引起武则天的不满，所以在文章的最后，他写道：

臣子昂言：臣本下愚，未知大体。今月十六日，特奉恩敕，赐臣纸笔，遣于中书言天下利害。天之降命，敢不对扬。而孤负圣恩，万一无补，死罪死罪。谨率愚见，封进以闻。尘听玉阶，伏阙累息。臣子昂诚惶诚恐，顿首顿首，谨言。

言下之意就是，我也知道有些话不该说，但既然您让我说话，我就必须说真话。话说完了，您看着办吧。

第四章　直言进谏埋祸端

第一节　醉意写修竹　冬月生贵子

陈子昂在武则天面前写下《上军国利害事》，言辞犀利，甚至有些不留情面，武则天看罢此文后，沉吟良久。

武则天在历史上有诸多争议，但不可否认的是，她是属于那种比较能听得进去逆耳忠言的政治家。陈子昂的文章比较尖锐，不过也确实切中要害地指出了许多实际性的问题，武则天看罢并没有生气。她思索片刻，露出笑容，褒奖了陈子昂一番。

这场纸面上的君前奏对终于结束，陈子昂那颗悬着的心也放下了。他心满意足走出皇城，大有知遇之感。

陈子昂离开后，武则天问身边的上官婉儿："你觉得陈子昂的文章怎么样！"

上官婉儿不假思索回答道："雄文！应该让官员们都传阅一番，让他们知道什么叫一心为国。"

武则天点点头道："言之有理。"

上官婉儿之所以褒奖陈子昂，还建议让所有官员传阅陈子昂的文章，倒不是因为她对陈子昂的看法改变了，而是因为她知道：只要这篇文章被公开出去，陈子昂就会成为许多官员，尤其是巡察御史、州刺史们的眼中刺、肉中钉，得罪了这些身居要职的人物，即便是得到了武则天的赏识，陈子昂恐怕也难以有所作为了。

在上官婉儿眼中，陈子昂就是一个不谙世事的天真文人，心中充满了理想主义的抱负和追求，但终究会不容于官场、不容于京都。"这样的人，不用我去扳，他自己会倒的。"上官婉儿心想。

陈子昂当然不知道上官婉儿背后的阴谋，那时候的他，正急切地盼望着自己的孩子出世。卢藏用见他每天在家待着也是无聊，便邀请他一同去朋友家做客，陈子昂不好拒绝，只得一同前往。

卢藏用的这位朋友姓解，行三，因此人称解老三，也是一位文士，陈、卢、解三人聊的也尽是与文学创作有关的话题。言谈间，解老三说道："前不久，左史东方虬在宴会上写了一篇《咏孤桐篇》，我觉得很妙，便抄录了下来，请二位品评一番。"说罢将抄录的《咏孤桐篇》拿给陈、卢二人看。

二人看罢该诗后，忍不住大声叫好，陈子昂更是说道："此文有阮籍、嵇康等古时名家的遗风，建安风骨跃然纸上，音情顿挫，光英朗练，似有金石之声。"

卢藏用也道："论文风，东方左史与伯玉似乎遥相呼应，若建安诗人知道后世有人能写出此般文字，一定会相视而笑！"

解老三拿出酒，说："此诗一出，东方左史可以与前朝诗人张茂先（名华，字茂先）、何敬祖（名勋，字敬祖）相提并论。雄文下酒最美，今日你我就着这篇文章，可以浮一大白。"三人痛饮。

那日回到家中，陈子昂愈发兴奋，虽然他与东方虬并不相熟，只是有所耳闻，但看了对方的诗作后，却有种高山流水遇知音的感觉。就如同一个独行朝圣的人，历经孤独之后，半路遇到了另一个和自己同样虔诚的朝圣者，陈子昂心中想到四个字——大道不孤。借着酒意，他决定写一首诗送给东方虬，表达自己的心意。

提起笔来，陈子昂先写了一篇序，说明自己为何要写这首诗：

东方公足下：文章道弊五百年矣。汉、魏风骨，晋、宋莫传，然而文献有可征者。仆尝暇时观齐、梁间诗，彩丽竞繁，而兴寄都绝。每以永叹，思古人常恐逶迤颓靡，风雅不作，以耿耿也。一昨于解三处见明公《咏孤桐篇》，骨气端翔，音情顿挫，光英朗练，有金石声，遂用洗心饰视，发挥幽郁。不图正始之音，复睹于兹，可使建安作者相视而笑。解君云："张茂先、何敬祖，东方生与其比肩。"仆亦以为知言也。故感叹雅制，作《修竹诗》一篇，当有知音以传示之。

在这篇序中，陈子昂提到了两个重要的创作原则——兴寄与风骨，陈子昂一贯认为，咏物的目的是抒怀，此为"兴寄"；同时他指出，诗，不应该只写儿女情长、风花雪月、歌功颂德之类的内容，当代诗文更应该提倡刚健遒劲的格调、端直骏爽的意气。他做的这首《修竹诗》，便很好地体现了这一创作原则：

龙种生南岳，孤翠郁亭亭。
峰岭上崇崒，烟雨下微冥。
夜闻鼯鼠叫，昼聆泉壑声。
春风正淡荡，白露已清泠。
哀响激金奏，密色滋玉英。
岁寒霜雪苦，含彩独青青。
岂不厌凝冽，羞比春木荣。
春木有荣歇，此节无凋零。
始愿与金石，终古保坚贞。
不意伶伦子，吹之学凤鸣。
遂偶云和瑟，张乐奏天庭。
妙曲方千变，箫韶亦九成。
信蒙雕斫美，常愿事仙灵。
驱驰翠虬驾，伊郁紫鸾笙。
结交嬴台女，吟弄升天行。
携手登白日，远游戏赤城。
低昂玄鹤舞，断续彩云生。

永随众仙去，三山游玉京。

"龙种生南岳，孤翠郁亭亭"看起来是在咏物，实际上是陈子昂对于自己出身的隐喻，用生长在南方山林、品种优良的"修竹"，来比喻出身西蜀山乡的自己。"岁寒霜雪苦，含彩独青青"，意思是说我陈子昂不管在什么样的条件下，都不会改变自己的本色。"不意伶伦子，吹之学凤鸣"中的"伦子"，是上古时期制作乐器的高手，陈子昂说自己如同竹子，被"慧眼识才"的高手发现，终于变成了可以吹奏出美妙音乐的乐器，言下之意便是：武则天慧眼识才，发现了自己的才华，并给自己施展才华的机会。最后一句"永随众仙去，三山游玉京"，意识是陈子昂愿意追随朝中栋梁，去创造太平盛世。

《修竹诗》创作于陈子昂这一生中最为得意的时候，所以，从诗中也不难看出，此时的他充满期冀。这种期冀，一方面来自他对于自身前途命运的乐观预期，另一方面也可能是因为他的第一个孩子即将出生——这个阶段的男人，会不自觉用充满希望的态度看待周遭的世界。

《修竹诗》问世后，陈子昂将诗篇送到解老三家，请他转交给东方虬。回到家中，婢女急急慌慌地对他说："夫人产下一子！"陈子昂一拍额头，道："我天天在家等，这小子也没动静。今天我只出去几个时辰，他便不等我了！"这是因为没能第一时间看到儿子降世而懊悔呢。

陈子昂为儿子取名"陈光"，光明正大的光。

陈光出生于垂拱元年（685）年末，不久后便是春节。时间来到了垂拱二年（686）。

三月，武则天出台了"瓯函制度"，命令侍御史鱼承晔之子鱼保家制造了一个大铜瓯，放到了皇城外面。这铜瓯从外观来看，就是一个大铜箱子，但里面却分为四室，每一室的顶上都有一条缝隙，人们可以把上疏从缝隙中放到铜瓯中。根据内容的不同，上疏要分别放到不同的"室"内：歌功颂德的上疏，就放到东边的"延恩"室内；伸张冤屈的上疏，放到西边的"伸冤"室内；建言献策的上疏，就放到南边的"招谏"室内；报告天灾人祸、谋反暴乱的上疏，放到北边的"通玄"室内。与此同时，如果有人到京城来往铜瓯中上疏，地方官员不得阻拦，还要给配备马匹，沿途的驿站为上疏者按照五品官员的标准提供食物，不管是什么身份的人，都可以进京上疏，即便是上疏的内容不对，也不追究责任。

陈子昂知道此事后，对卢藏用说："依我看，所谓的匦函制度，到头来一定成为告密制度，这样的风气盛行开来的话，必然会人人自危。"

卢藏用说道："或许这正是皇太后的本意呢？"

陈子昂惊讶问道："何出此言？"

卢藏用说："自从皇太后掌权之后，皇帝沦为傀儡，多少效忠于皇室的大臣心生不满。前年，就是咱们两个进士及第的那年，皇太后把洛阳城由东都改名为神都，还在这儿给武氏家族建庙，便引发了许多人的反对。后来，徐敬业等人在扬州造反，说是要辅佐庐陵王重登帝位，虽然这次叛乱仅仅一个月就被平息了，但皇太后已经起了疑心，总是怀疑还有人要造反。如今，她制定这个匦函制度，恐怕就是为了广开门路、打探消息，压制潜在的反对者。"

陈子昂点点头，说："言之有理，可是徐敬业他们造反固然不对，也不能因此就大张旗鼓地鼓励告密啊！这样做终究会导致世风日下、人心惶惶，不知道多少人会被诬告，也不知道多少品格低下的告密者将登堂入室、掌握权力。"

卢藏用深以为然，但却说道："这是皇太后的旨意，你我这种九品的小官，又能怎么样呢？"

陈子昂默然，但心里却打定了主意，一定要上疏言明利害，或许可以改变武则天的决定。

就在陈子昂构思上疏的那段时间，西北边境传来了一个更糟糕的消息——金微州（故地在今蒙古人民共和国肯特省一带）都督仆固始叛乱，南下掳掠，边境地区的人民惨遭荼毒。

自从唐高宗驾崩，武则天掌权之后，她将大部分精力都用在对付国内的反对势力上，对外政策比较松弛。因此，北方的一些游牧部落开始不安分起来。如今，叛军已经蹬鼻子上脸了，武则天自然不能坐视不管。她决定派两路大军去讨伐叛乱，东路军由金山都护田扬名统领。西路军由左豹韬卫将军刘敬同统领，左补阙乔知之以代理侍御史的身份监军。

乔知之是同州刺史乔师望的儿子，他比陈子昂大十岁，写得一手好诗。陈子昂与乔知之在一场诗会上相识，二人意气相投，虽然来往不算多，但交情不错。

得知乔知之担任监军之后，陈子昂心想："或许我也可以随乔知之一同出征。"

陈子昂虽然是个文人，但自少年时就喜欢舞刀弄剑，也有沙场立功的愿望。更何况，大唐文人普遍尚武，朝廷也最重视军功，许多出身寒门的进士想要快速升迁，便去从军报国，一旦有了战功，往往能平步青云。所以，为了实现抱负，也为了能在仕途中更进一步，陈子昂找到乔知之，提出想要随他出征。在乔知之的引荐下，陈子昂被招到西路军中，担任幕僚。

三月中，陈子昂告别妻儿，跟随西路军由长安出发，奔西北而去。部队行军的速度自然要比旅人行路快得多，也辛苦得多，但第一次出征的陈子昂只觉得来到了一个新世界，充满了新鲜感，一路上兴致颇高。

当时离夏天不远，但北方的天气依然春寒料峭，而且越往北走温度越低。向西北走一千五百多里，大军渡过黄河，陈子昂眼前的景象也骤然变化——树木越来越少，草原越来越辽阔。出生在西南巴蜀之地的陈子昂，第一次看到了风吹草低见牛羊的北国风光，他的心境也似乎随之宽广起来。

等大军来到张掖河附近时，已经是四月中旬，北方的苍茫大地上也呈现出些许绿意。陈子昂在河边的沙洲发现了许多"仙人杖"。这是一种药食同源的植物，吃了之后可以强身健体、祛湿消寒。陈子昂采来许多，拿回去给乔知之以及同行的王无竞吃。

王无竞是仪凤二年（677）的进士。及第后，先是去栾城县当了几年县尉，后调回京都，担任秘书省正字，陈子昂擢升秘书省正字的时候，王无竞已经在那儿工作了一年多，算是陈子昂的"职场前辈"。没过多久，王无竞升任为右武卫仓曹，负责管理军粮仓库，因而随军出行。

陈子昂把仙人杖给乔知之和王无竞吃。乔知之只是尝了尝，便不再吃了。王无竞却好像捡到宝一样，接连吃了半个月。后来，军中一个北方老兵告诉王无竞："这不是仙人杖，叫白棘，只是一种普通的植物，并无强身健体的功效。"

王无竞顿时无言，他找到陈子昂"兴师问罪"，说："伯玉，你给我吃的那不是仙人杖，是普通的白棘，害我吃了半个月野草！"乔知之在一旁哈哈大笑，说："我就知道陈伯玉不识草药，你还真信他的鬼话！"嘲讽了一番还不满足，乔知之甚至写了首《采玉篇》，来加大嘲讽的力度。诗中说陈子昂如同一个蹩脚的玉工，把顽石当作美玉，还如获至宝。

陈子昂则坚持那就是仙人杖，说他曾经见父亲吃过，绝不会有错。为了回击乔知之作诗嘲讽的行为，他写了一首《观荆玉篇》，序言中说：

> 丙戌岁，余从左补阙乔公北征。夏四月，军幕次于张掖河。河州草木无他异者，惟有仙人杖，往往丛生。幽朔地寒，与中国稍异。余家世好服食，昔尝饵之，及此役也，而息意兹味。戍人有荐嘉蔬者，此物存焉。鞬尔而笑曰："始者与此君别，不图至是而见之，岂非神明嘉惠，欲将扶吾寿也！"因为乔公昌言其能。时东莱王仲烈亦同旅，闻之大喜。甘心食之，已旬有五日矣。适有行人自谓能知药者，谓乔公曰："此白棘也，公何谬哉！"仲烈愕然而疑。亦曰："吾怪其味甘，今果如此。"乔公信是言，乃讥予作《采玉篇》，谓宋人不识玉而宝珉石也。予心知必是，犹以独见之故，被夺于众人，乃喟然而叹曰："嗟乎！人之大明者目也，心之至信者口也。夫目照五色，口分五味，玄黄甘苦，亦可断而不惑矣。而路傍一议，二子增疑，况君臣之际，朋友之间。自是而观，则万物之情可见也。"感《采玉咏》，作《观玉篇》以答之，并示仲烈，讥其失真也。

> 鸱夷双白玉，此玉有淄磷。
> 悬之千金价，举世莫知真。
> 丹青非异色，轻重有殊伦。
> 勿信工言子，徒悲荆国人。

这首诗以"玉"做比，指出人们往往颠倒黑白、不辨真假，而核心意思就是劝王无竞不要听信乔知之的"谣言"。这种幕府文人间的戏谑之作，为枯燥的军旅生活增添了不少乐趣。

大军在张掖城驻扎了半个多月，开始往东北方向进发，目标是一千五百多里之外的同城。同城就是汉朝时的居延城，历来是中原王朝与游牧民族对战的第一线。

"居延"是匈奴语，意为"天池"。在同城不远处，有一个巨大的内陆湖泊，便是匈奴人所谓的"天池"，中原人则称之为居延海。当时，居延海以北是突厥人的领地，大唐帝国经过多年战争，征服了大多数突厥部落，但有不少突厥人依然有反叛之心，此次发动叛乱的仆固始，就是突厥仆固部落的首领。

一个月后，陈子昂终于随大军赶到同城。这座边塞古城历史上遭遇了太多的兵乱、浩劫，虽然历经岁月侵蚀，但战争的遗迹仍然随处可见。如今，大唐又在此地修筑了许多堡垒，戍边战士终日守在这片荒凉的土地上，保护着身后那个偌大的帝国。

陈子昂行走在城中，几乎每行几步，就能看到一个身有残疾的军人，那是残酷战争留给他们的创伤。城中多是军属，在这个荒凉的地方生活，多数人处在贫穷困顿之中，许多士兵的遗孤在大街上以讨饭为生，亦有许多老年军士为国家奉献一生，到头来却落下个衣食无着的下场。

由于同城以北战事不断，所以许多突厥老百姓也迫不得已来到同城避难。陈子昂向突厥人询问草原上的情况。他们对陈子昂说，由于战争和自然灾害，人们所饲养的牛马都死光了，为了活命，只好挖老鼠洞，与老鼠抢粮食；老鼠洞都挖完了，就吃草，甚至"人相食"，这一路走到同城，半道上不知道饿死多少人！

边疆百姓们凄惨的生活状态再次刺痛了陈子昂的内心。回到军帐内，他忍不住提笔写下《感遇》（三）：

苍苍丁零塞，今古缅荒途。
亭堠何摧兀，暴骨无全躯。
黄沙漠南起，白日隐西隅。
汉甲三十万，曾以事匈奴。
但见沙场死，谁怜塞上孤。

但见沙场死，谁怜塞上孤！陈子昂心中不断默念着这两句诗，此时此刻，陈子昂虽然还没有见识到真正残酷的战场，但是心中关于战争的那些理想化认识也被颠覆了一大半，始真正明白"兵者，凶器也"这五个字的真正含义。

第二节　感时思报国　拔剑起蒿莱

虽然陈子昂认识到战争的残酷性，但身在军中，就必须要为可能到来的军事行动做好准备，也必须随大军一道全力争胜。在同城的那段时间，陈子昂经常参与军事行动，奔走在茫茫大漠上寻找敌人的踪迹。

这一日，陈子昂随大军来到了峡口山。山那边，就是敌人经常活动的区域，穿过峡口，很可能会与敌人遭遇、交战。风云难测的战场之上，烽烟起时，生死难料。陈子昂并不感到畏惧。他不喜欢战争，反对穷兵黩武，但也绝对不是个软弱的避战者。他希望能够通过正义的战争击碎侵略者的野心，还边疆以安宁。所以，在翻过峡口山之前，陈子昂写下了《度峡口山赠乔补阙知之王二无竞》，记录眼前所看到的场景，勉励友人英勇出击、建功立业，诗曰：

> 峡口大漠南，横绝界中国。
>
> 丛石何纷纠，小山复翕赩。
>
> 远望多众容，逼之无异色。
>
> 崔崒乍孤断，逶迤屡回直。
>
> 信关胡马冲，亦距汉边塞。
>
> 岂伊河山险，将顺休明德。
>
> 物壮诚有衰，势雄良易极。
>
> 逶迤忽而尽，决溆平不息。
>
> 之子黄金躯，如何此荒域。
>
> 云台盛多士，待君丹墀侧。

可惜的是，那次出兵并未找到敌人的踪迹。此后，大军分兵几路，向更远的大漠深处四处搜寻。陈子昂只是军中一个幕僚，因而没有与主力军队同行远征，只在同城周边活动。那段时间，陈子昂广泛地考察了北部边疆的地形、敌情、民心等情况，对大唐帝国的北方形势有了深入的了解。

朋友远行，自己一个人身处在荒凉、苦寒的破落边城，陈子昂难免感到孤独，望着天边扬起的风沙遮天蔽日，他想起了故乡那郁郁葱葱的山林，在思乡之情的催动下，陈子昂写下了《居延海树闻莺同作》，诗曰：

> 边地无芳树，莺声忽听新。
> 间关如有意，愁绝若怀人。
> 明妃失汉宠，蔡女没胡尘。
> 坐闻应落泪，况忆故园春。

其实，陈子昂所见到的荒凉景象属于一种极端现象。当时，北方地区遇到了几十年一遇的干旱，许多地方寸草不生。以游牧为生的叛军没有足够的水草做补给，牛羊大批死亡，力量极大削弱。当大唐军队找到他们时，叛军的战斗力已经非常弱了，一击即溃。只有小股残敌还在东躲西藏、负隅顽抗。

不久之后，前线取得大胜的乔知之回到了同城，陈子昂为他接风洗尘。陈子昂以为，通过此战之后，乔知之会因战功加身而获得升迁、奖赏。谁承想，朝廷非但没有褒奖乔知之，还有朝中大臣上书指责乔知之办事不力、监军不严，当时已经年近半百的乔知之因此情绪低落。陈子昂为了安慰乔知之，写下了《题居延古城赠乔十二知之》，诗曰：

> 闻君东山意，宿昔紫芝荣。
> 沧洲今何在，华发旅边城。
> 还汉功既薄，逐胡策未行。
> 徒嗟白日暮，坐对黄云生。
> 桂枝芳欲晚，薏苡谤谁明。
> 无为空自老，含叹负生平。

乔知之的遭遇让陈子昂义愤填膺，他一贯认为朝廷在官员的任用上存在很大问题，乔知之的遭遇更证实了一个现象——当小人把持了权力之后，他们不会去想如何建功立业，也没有建功立业的本事，而是一心去诋毁那些有所作为的人。只要把别人的功劳抹杀了，他们就可以安然立于朝堂之上，对远在边疆风餐露宿的有功之臣指手画脚。陈子昂越想越气，忍不住写下《题祀山烽树赠乔十二侍御》一诗，抨击朝廷中的奸臣，为白首戍边的乔知之鸣不平，诗曰：

> 汉庭荣巧宦，云阁薄边功。
>
> 可怜骢马使，白首为谁雄。

这首诗对于当朝者的指责是非常激烈的，也是陈子昂作品中第一篇以讥讽朝政作为主题的诗歌。可见他当时多么气愤。

时间来到七月，陈子昂要离开同城返回洛阳了，乔知之则还需驻守边疆、肃清余孽。通过这段时间的接触，他们二人在"文友"的基础上又加了一层"战友"关系，临近分别，依依不舍。临行前的酒宴上，乔知之与陈子昂弹琴吟诗，一唱三叹。兴致浓时，乔知之写下了《拟古赠陈子昂》：

> 悻悻孤形影，悄悄独游心。
>
> 以此从王事，常与子同衾。
>
> 别离三河间，征战二庭深。
>
> 胡天夜雨霜，胡雁晨南翔。
>
> 节物感离居，同衾违故乡。
>
> 南归日将远，北方尚蓬飘。
>
> 孟秋七月时，相送出外郊。
>
> 海风吹凉木，边声响梢梢。
>
> 勤役千万里，将临五十年。
>
> 心事为谁道？抽琴歌坐筵。
>
> 一弹再三叹，宾御泪潺湲。
>
> 送君竟此曲，从兹长绝弦。

泪别乔知之后，陈子昂启程南归，中途路过张掖，在那里停留了一段时间。在张掖城，陈子昂登高北望，他一个西南蜀地的人物，本来与北方边疆毫无瓜葛，但是现在不同了，北方边疆有他留下的足迹，有他牵挂的朋友，还有千千万万的受苦受难的大唐边民住在这片极北苦寒之地挣扎，陈子昂感觉自己与这片土地产生了某种联系，他决心要尽自己的绵薄之力，为平息北部边患贡献力量。为了明志，他在此写下《感遇》（三十五）：

> 本为贵公子，平生实爱才。
> 感时思报国，拔剑起蒿莱。
> 西驰丁零塞，北上单于台。
> 登山见千里，怀古心悠哉。
> 谁言未忘祸，磨灭成尘埃。

最后两句"登山见千里，怀古心悠哉。谁言未忘祸，磨灭成尘埃"，言下之意是说，从古至今北方边疆都战乱不止，但人们似乎忘记了当地人民所遭受的灾祸，苦难如同尘埃一样被磨灭、遗忘了。

从城中高处下来之后，陈子昂在张掖城集市上闲逛，突然迎面走来一人，越看越面熟。对方先认出了陈子昂，口称"伯玉兄"，快步走到陈子昂近前。陈子昂这才认出，此人原来是自己在洛阳城中结识的文友韦虚己，他很惊讶，问："韦五（韦虚己在家排行老五），怎么会在这儿碰见你？"

韦虚己说："我随田扬名将军带领的东路军出征，大胜而归，到张掖修整。"

陈子昂这才知道，原来韦虚己和自己一样，在军中担任幕僚。他乡遇故知，心情自然十分欢畅，二人回到住所长谈。陈子昂从韦虚己处得知，东路军统领田扬名所率军队并非唐军，而是突厥十姓部落，这十个部落都早已归顺大唐，仆固部落叛乱后，十部为了表示对大唐的忠诚，主动加入平叛的队伍。如今战火逐渐消散，突厥十部的首领们纷纷从前线撤离，此刻都在张掖城中。

陈子昂知道韦虚己平日里最喜欢谈论军事，早有报国从军的志向，便说："你素来潜心军事，此次出征想必也立功了吧？"韦虚己点点头，说："朝廷论功行赏，随军出征的官兵大都有份。"见老友春风得意，陈子昂也替他高兴，写下了《还至张掖古城，闻东军告捷，赠韦五虚己》一诗：

孟秋首归路，仲月旅边亭。

闻道兰山战，相邀在井陉。

屡斗关月满，三捷虏云平。

汉军追北地，胡骑走南庭。

君为幕中士，畴昔好言兵。

白虎锋应出，青龙阵几成。

披图见丞相，按节入咸京。

宁知玉门道，空作陇西行。

北海朱旄落，东归白露生。

纵横未得意，寂寞寡相迎。

负剑空叹息，苍茫登古城。

韦虚己看着这首诗，爱不释手，说道："伯玉兄，你文采盖世，有你给我写的诗，我韦虚己恐怕也能名传后世了！"

临别时，韦虚己突然想起了什么，说道："明日田扬名将军要宴请突厥十姓部落的首领，你也出席吧，让那些草原上的糙人看看咱们大唐的文人气韵。"陈子昂说："这适合吗？"韦虚己道："这是军中，没有那么多繁文缛节，有什么不合适的？"

次日，陈子昂在韦虚己的引荐下，参加了田扬名与突厥十姓部落首领的宴会。突厥人常居北方草原，性格豪爽，最喜欢饮酒，喝起酒来无休无止。几轮酒下来，众人都有些醉意，彼此之间熟络起来。

一个突厥首领对田扬名说道："田将军，此次我们帮助大唐平息了叛乱，不求其他赏赐，只求能到神都洛阳，觐见大唐的皇太后。"其他首领也道："我等均有此意。"

陈子昂心想："这些首领愿意入京面圣，足见诚意，这是好事，想必朝廷也不会拒绝吧。"

田扬名却说："各位首领的愿望我明白了，但是如此大事，不是我能做主的，待我奏明皇太后，再做定夺吧。"十姓部落首领纷纷称是。

到最后，众人都喝醉了，十姓部落的首领兴致高涨，载歌载舞。唐时中原人也喜欢歌舞，就连大臣上朝的时候，都会用跳舞的方式来表达对皇帝的敬意，所以在场的唐朝官员也跟着跳起来，其乐融融。

数日之后，陈子昂再度启程。九月，回到了洛阳。

回洛阳后，陈子昂立刻就给朝廷上了一封奏疏，题为《为乔补阙论突厥表》，之所以要起这么个题目，可能是想告诉皇太后武则天：乔知之为边疆事宜尽心尽力，那些诋毁他的言论是不负责任的。在朝中有人想打压乔知之时替他伸张，肯定要冒一定风险，陈子昂怎么可能不知道？但他还是义无反顾，可见卢藏用后来评价陈子昂的那句话"尤重交友之分，意气一合，虽白刃不可夺也"，是非常贴切的。

在《为乔补阙论突厥表》中，陈子昂阐述了关于"大定北戎"的三条计划：

首先，抓住突厥部落内讧的良好时机，趁着北方旱灾严重，反叛部落力量大损的机遇，派一支强大的军队深入漠北草原，毕其功于一役，彻底解决北方的叛乱势力，断绝叛乱者南下骚扰劫掠的念头，还边疆百姓一个安宁世界。陈子昂在奏疏中说：

> 臣窃惟先圣时，卫公李靖，盖中国之一老臣，徒藉先帝之威，用庙胜之策，当颉利可汗全盛之日，因机逐便，大破虏庭，遂系其侯王，裂其郡县，六十年将于今矣。使中国晏然，斥堠不警，书之唐史，传之无穷，至今天下谓之为神。况陛下统先帝之业，履至尊之位，丑虏狂悖，大乱边陲，皇天遗陛下以鸿基之时，陛下又得复先帝之迹，德之大者，其何以加。若失此机，事已过往，使李靖竖子独成千载之名，臣愚窃为陛下不取也。

其次，陈子昂认为居延海和张掖河一带的自然条件比较好，适合军垦屯田，发展畜牧业，养鱼产盐，应该充分利用起来。他说：

> 臣比住同城，周观其地利，又博问谙知山川者，莫不悉备。其地东、西及北皆是大碛，碛并石卤，水草不生。突厥尝所大入道，莫过同城，今居延海泽接张掖河，中间堪营田处数百千顷，水草畜牧，足供巨万。又甘州诸屯，犬牙相接，见所蓄粟麦，积数十万，田因水利，种无不收，运到

同城甚省功费。又居延河海，多有鱼盐，此可谓强兵用武之国也。陛下若调选天下精兵，采拔名将，任以同城都护，臣愚料之，不用三万，陛下大业，不出数年，可坐而取成。

最后，陈子昂认为边疆将士虽然辛苦，但是却存在训练不足、用人不善的问题，而敌人之所以敢侵犯疆界，就是因为他们认为边军不堪一击，因此助长了他们的嚣张气焰。因此他说：

> 臣比来看国家兴兵但循于常轨，主将不选，士卒不练，徒如驱市人以战耳。故临阵对寇，未尝不先自溃散，遂使夷狄乘利，轻于国威，兵愈出而事愈屈。盖是国家自过计于敌尔，故非小丑能有异图。臣窃以为陛下今日不更为之图，以激励天下忠勇，但欲以今日之兵、今日之将，冀收功于异域，建业于中兴，则臣之愚蒙，必以为未可得也。陛下即以突厥为万代之患，则臣所言愿少加察。若以夷狄荒服不臣，则微臣小人非所敢谏。臣今监领后军某等，取某月即渡碛去，计至某日及刘敬同谨当请按行碛，计至比已来地形及突厥灭亡之势，当审虚实，绩以闻奏。

第三节　雅州起兵祸　冒死进谏书

陈子昂的《为乔补阙论突厥表》呈上去很久，也没有得到任何回应。朝廷这种忽冷忽热的态度，让陈子昂不知所从，但他后来也想明白了，自己但凭良心说话足矣，至于朝廷的态度，那不是一个九品官员能左右的。

回到洛阳后不久，陈子昂又从同僚那里得到了一个消息：田扬名将突厥十姓部落首领想要进京面圣的意愿陈奏给了皇太后，但皇太后却不容许他们朝觐，原因是突厥十姓部落在平叛的时候，捎带攻打了回纥部落。可这完全是田扬名的责任，朝廷已经降罪于他了，为什么现在又要因此而责怪突厥十姓部落呢？

更令陈子昂感到不可思议的是，朝廷还下令，对于那些前来归顺大唐的突厥人，地方政府"不赡恤来降之徒"！陈子昂又想起了那些从北方拥入同城的突厥百姓，难道就因为他们是突厥人，便不能给他们一条生路吗？当然，陈子昂希望朝廷能够收留突厥人，不完全是因为同情心，他还深刻地意识到，如果那些人得到了大唐的收留，他们就可以成为大唐的子民，为大唐效力；相反，如果大唐不收留他们，这些走投无路，已经开始"人相食"的突厥流民，将会成为最可怕的流寇，给北方人民带来更多灾难！大唐有能力将他们拒于边境之外还好说，可问题是，现在大唐对于边境的控制力远远不足，流寇入边几乎成为定局！

陈子昂看到了潜在的危险，所以他不管不顾，再度上书，题为《上西蕃边州安危事三条》。如果说《为乔补阙论突厥表》是在向朝廷提建议的话，那么《上西蕃边州安危事三条》则是在直言不讳地批评朝廷的政策：

臣闻圣人制事，贵于未乱，所以用成功，光济天下大业。臣伏见国家顷以北蕃九姓亡叛，有诏出师讨之，遣田扬名发金山道十姓诸兵自西边入。臣闻十姓君长奉诏之日，若报私仇，莫不为国家克剪凶丑，遂数年之内，自率兵马三万余骑，经途六月，自食私粮，诚是国家威德早申，蕃戎得效忠赤。今者军事已毕，情愿入朝，国家乃以其不奉玺书，妄破回纥部落，责其专擅，不许入朝，便于凉州发遣各还蕃部。臣愚见窃为国家危之，深恐此等自兹成隙。何以言之？国家所以制有十姓者，本为九姓强大，归服圣朝，十姓微弱，势不能动。故所以命臣妾，为国忠良。今者九姓叛亡，北蕃丧乱，君长无主，莫知所归，回纥金水，又被残破，碛北诸姓，已非国家所有。今欲掎角亡叛，雄将边疆，惟倚金山诸蕃，共为形势。有司不察此理，乃以田扬名妄破回纥之罪，坐及十姓诸豪，拒而遣还，不许朝觐，臣愚以为非善御戎狄、制于未乱之长策也。夫蕃戎之性，人面兽心，亲之则顺，疑之则乱，盖易动难安，古所莫制也。今阻其善意，逆其欢心，古人所谓放虎遗患，不可不察。且臣昨于甘州日，见金山军首领拟入朝者，自蕃中至，已负其功，见燕军汉兵不多，颇有骄色。察其志意，所望殊高，与其言宴，又词多不顺。今更不许入朝谒，疑之以罪，与回纥部落复为大雠，此则内无国家亲信之恩，外有回纥报仇之患。怀不自安，鸟骇狼顾，亡叛沙漠，则河西诸蕃，恐非国家所有。且夷狄相攻，中国之福，今回纥已破，既往难追，十姓无罪，不宜自绝。今若妄破回纥，有司止罪扬名，在于蕃情，足以为慰。十姓首领，国家理合羁縻，许其入朝，实为得计。今北蕃既失，虏不自安，庙胜之策，良恐未尔，事既机速，伏乞早为图之。

……

臣伏惟吐蕃桀黠之虏，自为边寇，未尝败衄。顷缘其国有乱，君臣不和，又遭天灾，戎马未盛，所以数求和好，寝息边兵。其实本畏国家乘其此弊，故卑辞诈伪，苟免天诛。今又闻其赞普已擅国权，上下和好，兵久不出，其意难量。比者国家所以制其不得东侵，实由甘凉素有蓄积，士马强盛，以扼其喉，故其力屈，势不能动。今则不然，甘州仓粮，积以万计，兵防镇守，不足威边，若使此虏探知，潜怀逆意，纵兵大入，以寇甘凉。虽未能劫掠士人，围守城邑，但烧甘州蓄积，蹂践诸屯，臣必知河西诸州，国家难可复守也。此机不可一失，一失之后，虽贤圣之智，亦无奈何。臣愚不习边事，窃谓甘州宜便加兵，内得营农，外得防盗，甘州委积，必当更倍。何以言之？甘州诸屯，皆因水利，浊河溉灌，良沃不待天时。四十余屯，并为奥壤，故每收获，常不减二十万，但以人功不备，犹有荒芜。今若加兵，务穷地利，岁三十万，不为难得。国家若以此计为便，遂即行之，臣以河西不出数年之闲，百万之兵食无不足而致；仓廪既实，边境又强，则天兵所临，何求不得。管仲云："圣人用无穷之府，积不涸之仓。"似非虚言也。

这篇文章一开始，陈子昂便为那十姓部落说了一番好话，"臣闻十姓君长奉诏之日，若报私仇，莫不为国家克翦凶丑，遂数年之内，自率兵马三万余骑，经途六月，自食私粮，诚是国家威德早申，蕃戎得效忠赤"云云。从客观上来讲，陈子昂这番话说的是实情，此次平息叛乱，十姓部落的确起到了关键性的作用。但是陈子昂与那十姓部落的首领只见过一面，就敢在奏疏中断言"蕃戎得效忠赤"，也是政治上不成熟的表现——万一将来十姓部落中有人与朝廷做对，他恐怕难免会有"失察之责"。

接下来，陈子昂又指责朝廷不让十姓部落归顺，会导致他们"内无国家亲信之恩，外有回纥报仇之患。怀不自安，鸟骇狼顾，亡叛沙漠，则河西诸蕃，恐非国家所有"。陈子昂说的没错，在此次战争中，十姓部落已经得罪了回纥部落，如果大唐不能妥善安置他们，那么面对大唐的不接纳和回纥部落的报复，这些人一定会铤而走险，作出危害边疆的事来，到时候本来已经安定下来的北疆，恐怕会再起祸端。

另外，陈子昂还根据自己在边地的调查，建议朝廷加强河西诸州的边备，增加兵力，实行军屯，积蓄粮草，防止突厥南下，吐蕃东侵。

我们之前一再说陈子昂不是一个好的政治家，主要原因有二：一是他常常不掩饰自己的好恶，把是非对错看得太过分明，容易树敌；二是他说话时不太会给自己留余地，一旦授人以柄，就很难回旋。可我们也应该意识到：陈子昂虽然不是好的政治家，却称得上是出色的战略家，在许多问题上，他具有先知先觉的战略眼光，给出的对策也往往是正确的。尤其是经过长期深入基层、边疆的考察研究之后，他身上原先有的一些不切实际的理想主义甚至是空想主义，也被更具现实主义思想所替代。在那个时代，陈子昂是难得的、能够立足基层现实、提出上层战略的文人。

可是，即便陈子昂的战略是正确的，但毕竟人微言轻，也不太懂得"体察圣意"，所以他提出的许多战略方针经常被当权者无视。这次的《上西蕃边州安危事三条》又是如此，陈子昂的上疏并没能扭转武则天的决定。

卢藏用知道陈子昂北征归来，便择日摆下酒宴，为他接风洗尘。二人正在酒馆把酒言欢，陈子昂突然注意到隔壁桌上的另外两人，这二人长相各具特点，其中一人高鼻梁、深眼窝、卷头发，一看就不是中原人，另外一个人倒是汉人长相，极其英俊，只是气质阴沉。

卢藏用见陈子昂关注那二人，便小声说道："这段时间你不在洛阳，还不知道吧，这两位现在是皇太后眼前的大红人。"

陈子昂很惊讶，说："京城官员我几乎都见过，他们倒是眼生得很。"

卢藏用告诉陈子昂，这二人之前并非官员，胡人叫索元礼，武则天设立铜匦制度之后，他便经常去告密，武则天亲自召见了他，还提拔他当游击将军，命令他在洛州牧院推案制狱。汉人叫来俊臣，本来是长安城里一无赖，在长安赌博输得两手空空，只好流窜到和州讨生活。到了和州依然死性不改，又因为盗窃被抓进了和州大牢。武则天出台了铜匦制度以后，来俊臣对官府说他要去告密，让官府放他出去。当时和州刺史是唐太宗的孙子、东平王李续，此人最恨刁滑之徒，便问来俊臣你要去告什么状？来俊臣吭哧吭哧说不上来，李续命人打了他一顿，但也放了他。这来俊臣离开和州后，便来到了洛阳，跟着索元礼一起编造谣言、罗织罪证，四处告密。

陈子昂气愤道："果然不出所料，铜匦制度一定会演变为告密制度，多少进士苦熬数年，也不过是八九品的官，告密者一旦成功，便扶摇直上，成了五品的将军，以后大家都不要读书了，告密去吧！"

卢藏用见陈子昂情绪激动，赶忙小声说："噤声！此处不是说话的地方。"陈子昂无奈叹气，不再言语。

告密之风的兴起，意味着武则天开始全面清算朝中反对者，她这样做的目的也很明显——为日后荣登九五扫平障碍。在武则天的清算行动中，大唐皇室李家后人首当其冲。安南王李颖，是唐高祖李渊的曾孙，因被人告密诬陷，被武则天所杀，与他一起被杀的还有李姓宗室十二人。李广顺，是李贤的儿子，武则天的亲孙子，但也因为被奸人告密陷害，被自己的祖母杀死。

只要收到告密，武则天连孙子都不放过，更何况其他人呢？许多朝中大臣遭到诬陷，被杀的杀、贬的贬，搞得朝堂上下人心惶惶。那段时间，有些大臣在上朝之前都要和家人告别，因为他们也不知道自己能不能顺利回家。还有些大臣在路上碰见了，也不敢对话，"道路以目"的荒唐事在大唐重现。

对于陈子昂而言，他虽然早已预料到会出现如此局面，但当事情真的发展到这一步时，依旧痛心疾首，为了不惹祸上身，他也只能少说话。所以从垂拱二年（686）的下半年到垂拱三年（687）这段时间里，陈子昂再没有写任何一篇奏疏，甚至连一首诗都没写过。毕竟，因言获罪的事他这两年见过太多，即便耿直，也没有必要拿性命去触逆鳞。直到垂拱三年（687）的十一月，朝廷里发生了一件事，让陈子昂觉得自己必须要站出来说说话。

那年冬天，陈子昂得知，武则天想在雅州（今雅安一带）附近的群山中开辟一条通道，然后顺着这条路先去打羌族，再去征伐吐蕃。作为一个四川人，陈子昂立刻就意识到，如果朝廷真的这样做了，会给四川人民带来极其深重的灾难。首先，在群山中开辟一条可以行军的道路，工程浩大，一定会浪费四川许多民力、物力。其次，从四川出兵去打吐蕃，也会导致一贯安宁的巴蜀大地卷入到无休止的战争中——大唐今天可以开辟一条路去打吐蕃，将来吐蕃也可能会顺着你开辟的这条路打回来，好端端一个天府之国，可能会因此成为征战不断的祸乱之地。陈子昂又想起，当年仅仅是往松州运送军粮，就搞得四川百姓积贫积弱许久，如今又要开山、又要发兵，四川老百姓还有活路吗？想到此处，陈子昂心中怒火无处发泄，便吟诗一首（《感遇》二十九）：

> 丁亥岁云暮，西山事甲兵。
> 赢粮匝邛道，荷戟争羌城。
> 严冬岚阴劲，穷岫泄云生。
> 昏曀无昼夜，羽檄复相惊。
> 拳局竞万仞，崩危走九冥。
> 籍籍峰壑里，哀哀冰雪行。
> 圣人御宇宙，闻道泰阶平。
> 肉食谋何失，藜藿缅纵横。

在人人自危的局势之下，陈子昂发出"肉食谋何失"的哀叹，可见他当时对朝廷的决策已经失望透顶了。放下笔之后，陈子昂思考再三，他决定不管什么局势不局势的了，一定要采取一些实际的行动，于是，陈子昂连夜写了一篇《谏雅州讨生羌书》，呈送给武则天。

《谏雅州讨生羌书》开篇就对朝廷的政策提出了前所未有的严厉批评：

> 将仕郎守麟台正字臣陈子昂昧死上言：窃闻道路云，国家欲开蜀西山，自雅州道入讨生羌，因以袭击吐蕃。执事者不审图其利害，遂发梁、凤、巴蜒兵以徇之。臣愚以为西蜀之祸，自此结矣。

然后，陈子昂又指出：自从大唐立国以来，羌人从来没有骚扰过大唐的疆界。如果现在主动进攻他们，反倒会引起他们的反抗之心，那么大唐就会多了一个危害国土安全的敌人。陈子昂说：

臣闻乱生必由怨起，雅之边羌，自国初巳来，未尝一日为盗。今一旦无罪受戮，其怨必甚，怨甚惧诛，必蜂骇西山。西山盗起，则蜀之边邑，不得不连兵备守，兵久不解，则蜀之祸构矣。昔后汉末西京丧败，盖由此诸羌。此一事也。且臣闻吐蕃桀黠之虏，君长相信，而多奸谋，自敢抗天诛，迩来向二十余载，大战则大胜，小战则小胜，未尝败一队、亡一矢。国家往以薛仁贵、郭待封为虓武之将，屠十万众于大非之川，一甲不归；又以李敬玄、刘审礼为廊庙之宰，辱十八万众于青海之泽，身为囚虏。是时精甲勇士，势如云雷，然竟不能擒一戎，馘一丑，至今而关陇为空。今乃欲以李处一为将，驱憔悴之兵，将袭吐蕃，臣窃忧之，而为此虏所笑。此二事也。

陈子昂认为，蜀地四周群山环绕，是天然的边疆屏障，如果在屏障上打开一个口子，那么可能会遗祸后世。他从秦国入侵巴蜀说起：

且夫事有求利而得害者，则蜀昔时不通中国，秦惠王欲帝天下而并诸侯，以为不兼寳、不取蜀，势未可举，乃用张仪计，饰美女，谲金牛，因间以啖蜀侯。蜀侯果贪其利，使五丁力士凿山通谷，栈褒斜，置道于秦，自是险阻不关，山谷不闲。张仪跼蹐乘便，纵兵大破之，蜀侯诛，寳邑灭，至今蜀为中州，是贪利而亡。此三事也。且臣闻吐蕃羯虏，爱蜀之珍富，欲盗之久有日矣。然其势不能举者，徒以山川阻绝，障隘不通，此其所以顿饿狼之喙而不得窃食也。今国家乃撤边羌，开隘道，使其收奔亡之种，为向导以攻边，是乃借寇兵而为贼除道，举全蜀以遗之。此四事也。

紧接着，陈子昂又从经济层面否定了四川用兵的决策，而且还把李崇真当年祸害四川人民的事儿又拿出来讲了一遍：

臣窃观蜀为西南一都会，国家之宝库，天下珍货，聚出其中。又人富粟多，顺江而下，可以兼济中国。今执事者乃图侥幸之利，悉以委事西羌。得西羌，地不足以稼穑，财不足以富国，徒杀无辜之众，以伤陛下之仁，糜费随之，无益圣德，又况侥幸之利未可图哉。此五事也。夫蜀之所宝，恃险也；人之所安，无役也。今国家乃开其险，役其人，险开则便寇，人役则伤财，臣恐未及见羌戎，而已有奸盗在其中矣。往年益州长史李崇真将图此奸利，传檄称吐蕃欲寇松州，遂使国家盛军以待之，转饷以备之，未二三年，巴蜀二十余州，骚然大弊，竟不见吐蕃之面，而崇真赃钱已计巨万矣。蜀人残破，几不堪命。此乃近事，犹在人口，陛下所亲知。臣愚意者得非有奸臣欲图此利，复以生羌为计者哉？此六事也。

陈子昂认为四川人多年不打仗，战斗力比较低下，在四川征兵与吐蕃决战，恐怕难以取胜。他说：

且蜀人恇㤞，不习兵战，一虏持矛，百人不敢当，又山川阻旷，去中夏精兵处远。今国家若击西羌，掩吐蕃，遂能破灭其国，奴虏其人，使其君长系首北阙，计亦可矣。若不到如此，臣方见蜀之边陲不守，而为羌夷所横暴。昔辛有见被发而祭伊川者，以为不出百年，此其为戎乎。臣恐不及百年而蜀为戎。此七事也。

最后，陈子昂再次阐述了自己最主要的政治主张——安人，他认为，国君的职责是教化人民，而不是盲目发动战争、扩张领土。他说：

且国家近者废安北，拔单于，弃龟兹，放疏勒，天下翕然，谓之盛德。所以者何？盖以陛下务在仁，不在广；务在养，不在杀，将以此息边鄙，休甲兵，行乎三皇五帝之事者也。今又徇贪夫之议，谋动兵戈，将诛无罪之戎，而遗全蜀之患，将何以令天下乎，此愚臣所甚不悟者也。况当今山东饥，关陇弊，历岁枯旱，人有流亡。诚是圣人宁静思和天人之时，不可动甲兵，兴大役，以自生乱。臣又流闻西军失守，北军不利，边人忙动，情有不安。今复驱此兵，投之不测。臣闻自古国亡家败，未尝不由黩兵，今小人议夷狄之利，非帝王之至德也，况弊中夏哉！臣闻古人善为天下者，计大而不计小，务德而不务刑，图其安则思其危，谋其利则虑其害，然后能长享福禄，伏愿陛下熟计之。

陈子昂的奏折被送到了武则天的面前，武则天看过奏折的前两段后，心中不由得升腾起怒火，对上官婉儿说："这个陈子昂好大胆，说什么'执事者不审图其利害'，现在执事的是我！他的矛头分明也指向了我！"

上官婉儿在一旁道："如陛下之前所言，这陈子昂如同一把利剑，可依我看，他是把无主的利剑，不知谁能用他。"

武则天没有说话，继续看陈子昂的奏折，竟越看越觉得陈子昂说得有道理。看到最后，她竟然被陈子昂的言辞说服了，对上官婉儿说："陈子昂本是蜀人，对那里的情况了解得到底多一些，奏折所言不无道理。"

上官婉儿道："可是军队已经按照您的命令做准备了，难道要收回成命吗？"

武则天思考良久，说："开山修路的事儿先放一放吧，从四川出兵攻打羌人的计划也要再议。"

上官婉儿马上意识到武则天被陈子昂的话打动了。她回话道："既然如此，不如把陈子昂这封奏折公之于众，让人们知道皇太后为何会收回成命。"

武则天手眼通天，早知道上官婉儿对陈子昂抨击"上官体"的事耿耿于怀，她提议武则天公开陈子昂的奏折，也是为了给陈子昂树敌——毕竟，不知道有多少人等着从开山修路、边疆用兵这两件事儿上谋利呢！所以，武则天意味深长地看了上官婉儿一眼，说："这封奏折就不要公开了，陈子昂这个人虽然说话直，做事也有些褊躁，但为国为民的拳拳之心是显而易见的。这样的人，可以不用，但也没必要赶尽杀绝，你明白了吗？"

上官婉儿慌忙答道："明白，明白。"

关于陈子昂写的《谏雅州讨生羌书》，还有一句闲话似乎值得讲一讲，一千年以后，清朝的康熙皇帝读罢此文，对身边人说："子昂本蜀人，故言蜀用兵利害，警切动听。蜀恃险为固，险不可使通，良有远识。"这或许也证明了我们之前所说：陈子昂虽然不是一个好的政治家，但的确是一个出色的战略家。

第四节　进谏议国事　考核升参军

从垂拱三年（687）年末上《谏雅州讨生羌书》后，陈子昂着实沉寂了一段时间。垂拱四年（688），陈子昂几乎一整年都没有发出任何声音。

这一年，武则天正在为登基做最后的准备，古人讲究君权神授，为了证明自己是天选之人，武则天授意侄子武承嗣"创造"一些吉兆出来。

四月，武承嗣找人在一块石头上刻了"圣母临人，永昌帝业"八个字，又用紫色的颜料把刻痕填满，伪造出一副很古朴的样子。然后，他命令唐同泰谎称这块石头是从洛水河底找到的，要献给武则天。

武则天得到石头后，显得非常开心，将石头命名为"宝图"。传说，上古时期的伏羲氏继承王位时，有龙马背着一块大石头从黄河里现身，石头上画着八卦，当时人们称之为"河图"；后来大禹治水有功，洛水中有个神龟背着石头现身，石头上面写着"九畴"，人们称之为"洛书"。从那以后，中原人便认为从河里找到带字的石头，是圣人将出的标志。武则天搞了个"宝图"出来，就是想告诉世人——我是上天派下来的圣人，当皇帝名正言顺。

再说那个献宝的唐同泰，武承嗣之所以选他做这件事情，就是因为唐同泰这个名字起得好——"与唐同泰"，意思就是不管武则天建立什么王朝，都会和唐朝一样安泰、一起安泰。靠着一个好名字，唐同泰获得了献宝的资格，还因献宝有功被封为游击将军。

"宝图出世"骗过了不少人，陈子昂也在其中。他之所以会信，或许是因为陈元敬曾对他说，当世将有圣人出。在陈子昂看来，武则天就是那个圣人，有了这一先入为主的观念后，他会被"宝图出世"这种事情所蒙蔽，也就不奇怪了。一次，陈子昂与他的"方外之友"们聚会时，说起这件事，这些方外之人平素里最相信"天人感应"的那一套，因而大多数都深信不疑。只有毕构说："关于天降祥瑞，还发生了几件有趣的事儿呢。"众人问："何事？"毕构娓娓道来：

自从唐同泰因献宝而高升后，许多人也打起了歪主意。有一次，一个人献给武则天一块白石头，上面有红色的纹路，此人说那些红色纹路便是祥瑞。现场有官员问他这算什么祥瑞，他回答说："以其赤心。"言下之意就是这块石头赤胆忠心。一旁的李昭德听了这番鬼话后气不打一处来，说："天底下只有这块石头是赤胆忠心吗？其他石头都要谋反吗？"在场人无不大笑，献宝之人灰溜溜地跑了。还有一人，在乌龟腹部用红油漆写了"天子万万年"五个字，带到皇城门口献宝，正好又被李昭德看见了，他用刀子随便刮了几下，就把那几个字给刮掉了。李昭德认为此人有欺君之嫌，奏请武则天治罪，结果武则天说此人没有恶意，把他放了。

毕构说完这番话，众人都忍俊不禁，笑了好久。陈子昂道："李中丞（李昭德时任御史中丞）不仅为人正直，还很风趣呢。不过，即便有假的祥瑞，也不能说所有祥瑞都是假的吧？"

司马承祯道："信不足，有不信。既然你信，管别人怎么说呢？"

方外十友小聚两三日后，陈子昂回到了洛阳，当时是五月中旬，朝中传来消息：武则天下诏宣布，将要亲自到洛河，拜受宝图，并且下令要求诸州都督、刺史及宗室、外戚，在拜洛典礼前十日齐聚洛阳。

七月，武则天大赦天下，又将宝图更名为"天授圣图"，洛水更名为永昌洛水，还封洛水河神为"显圣侯"。

当年年底十二月十五，武则天带领群臣在洛水之滨举行了盛大的"拜洛受图"典礼。典礼结束后，大臣们上了热情洋溢的贺表，陈子昂也上表，不过他的贺表是替程处弼上的，因而题目为《为程处弼庆拜洛表》。

> 臣某言：臣粪土残魂，合窜荒裔，特蒙陛下施再生之德，赦万死之诛，起骨九泉，同列编户，臣诚万死，无以上答。况恩全贱命，生在帝乡。伏见陛下至德配天，化及草木。天不爱宝，洛出瑞图；地不藏珍，河开秘籙。陛下恭承天命，因顺子来，建立明堂，式尊显号，成之匪日，功若有神，万国咸欢，百灵同庆。元正肇祚，品物惟新。陛下郊祭旻天，总受群瑞，神灵庆戴，万福攸宜。斯实旷古莫闻，于今始见，啄飞蠕动，莫不欢心。臣以粪土穷骸，不合轭同朝贺，以古来大礼，莫盛于今，昔登封泰山七十四主，明堂布政无三数君，诚以陛下道冠古今，恩溢天地，昆虫草木，犹

或相欢。况臣久蒙驱策，今日又拔死为生，沟壑残骸而得再造，遂得恭闻大礼，侧听鸿名。臣伏惟宇宙之中，含气之类，蒙恩负德，独臣最甚。向非陛下慈造，曲被鸿私，臣已灰灭遐荒，肝涂边壤，岂得尚存骸骨，恭闻圣庆。臣所以匍匐冒死，不避诛戮，冀申蝼蚁之情，以同燕雀之庆。然臣自惟罪累，不可比人，在于礼经，尤宜自绝，所以屏营粪土，不敢先闻。今既万国礼终，百神庆毕，昆虫鸟兽，亦并欢宁，故臣蝼蚁之诚，始敢冒死上贺。臣伏知冒礼违法，罪合诛夷。臣生见明时，豫闻嘉庆，臣今即殒灭，实万死为荣。不胜欢踊戴贺之诚。

程处弼是大唐开国元勋程咬金的三儿子，与陈子昂素来关系不错。当时他因为侄子被人诬告谋反，被武则天问罪，被流放到了外地，陈子昂替他上表，自然有讨好武则天、助程处弼早日脱罪的用意。

"拜洛受图"典礼后不久，武则天又戴着天子的衮冕，手执天子的镇圭，祭祀天地和列祖列宗，称帝之心昭然若揭。

永昌元年（689）年三月，陈子昂突然得到武则天的召见。在皇城之内，武则天对陈子昂说："这次召你进宫，是想让你谈一谈'为政之要'，你只需指出要害问题就好了，不必引经据典地从三皇五帝一直说到现在，也不要说空话（毋言上古，角空言）。"

陈子昂见皇太后如此真诚地发问，顿时倍感荣幸。回到家中，他洋洋洒洒写下了《答制问事》：

臣今月十九日蒙恩敕召见，令臣论当今政要，行何道可以适时，不须远引上古，具状进者。微臣智识浅短，实昧政源，然尝洗心精意，静观人理。窃见国之政要，兴废在人，能知人机，顺而施化，趋时适变，静而勿动，政要之贤，可得而行。今陛下以应天命而受宝图，建立明堂，施布大化，勤恤人隐，存问高年，报功树德，顺时兴务，至公至仁，垂训天人，可谓典章大备，制度宏远，五帝三王所不及也。愚臣何敢有知政要？然天恩降问，贵采刍荛，谨竭愚直，悉心以奏，凡用贤之道未广，仰成之化尚劳。然则取士之方，任贤之事，故陛下素所深知，应亦倦谭亦倦听，不待臣更一二烦说也。

……

在这次上书中，陈子昂指出了八个当时的弊政，其中主要的内容是武则天用人方面的问题，例如里面有一句话说："贤人于国，亦犹食之在人，固不为一噎而绝粮粮，亦不可以谬贤而远正士。"其实指的是当时的名臣魏元忠、狄仁杰等人，他们虽深得武氏赏识，但也因为遭到小人诬陷而多次被黜，屡进监牢。陈子昂劝谏武则天，既然找到了贤能之人，就要给他们足够多的信任，不要总是听信谣言而降罪于他们。他挺不客气地对武则天说，"若外有信贤之名，而实有疑贤之心"，即使"日得百贤，终是无益"。除了指出武则天在用人方面的问题之外，陈子昂劝谏武则天，要少刑罚、少征伐。这些建议，终归还是出于"安人"的政治主张。

陈子昂依然是那个忠言直谏的陈子昂。武则天让他提问题，他便毫不留情地指出了诸多问题，而且都切中时弊，但也字字句句戳到了武则天的肺管子上，因此，《答制问事》递交给武则天之后，便又一次"石沉大海"了。

垂拱四年（688）年中，一年一度的考课开始了，百官又要面临来自吏部考功司的政绩考核。京官的考课由考功司的长官考功郎中主持。这一年的考课对于陈子昂而言非常重要，因为唐朝的考功制度规定：官员一年一小考，四年一大考。陈子昂文明元年（684）登科入仕，当年没有考课，从第二年开始每年一考，到今年正好四年。

四年大考决定了官员的前途，考课等级共分九等：上上、上中、上下、中上、中中、中下、下上、下中、下下，获得中上以上等级的官员，每进一等，加禄一季；获得中中者，保持本禄不变；中下以下等，每退一等，减禄一季。五品以下的官员，如果四年之内都获得了中中，就可以晋升一阶。四年中获得一个中上考，可以再晋升一阶；四年中获得一个上下考，则再晋升二阶。假如四年中有一个下下等，直接卷铺盖走人。前三年，陈子昂都是获得了"中中"等级，今年如果再获得中中等级，就算是熬了四年的"资历"，可以升官一阶；要是获得了中中以上的等级，最少升两阶，可若被评为中中以下，恐怕就要遭到申斥了，评为下下直接罢官。

陈子昂倒是不担心自己获得中中以下的等级。他乐观地认为：自己最近两年又是出征边关，又是建言献策，也算颇有政绩了，怎么着也能评个中中以上的等级吧，到时候连升两级，岂不快哉？

可最终，他还是只混了个"中中"，陈子昂非常气愤，因为中中等级的意思就是"政绩平平，工作一般"，他为国为民殚思竭虑，到头来和那些在衙门里混日子的平庸之辈画了个等号，岂非不公？可他又有什么办法呢？只能接受现实罢了。按照规定，四年连获"中中"评价，便只能升官一级，陈子昂从九品正字升为八品下的右卫胄曹参军。这个官职，主要负责管理禁军的兵器，还要在皇帝朝会出巡时，穿盔戴甲、手执兵器，充当仪仗兵的角色。这就是朝廷给他的"恩遇"！

陈子昂没有想到的是，自己之所以会有此遭遇，只是因为一句话。在《答制问事》这篇文章中，陈子昂写道："忠贤事君，必谏君失；好佞事主，必顺主情。"这句话不知道得罪了多少朝中的官员，在当时那种人人自危的情况下，能够直言上鉴的人毕竟是少数，大多数人为了保全自己，只能去"顺主情"。包括考功司官员在内的一些人看到陈子昂的奏疏后，心中难免会想："就你陈子昂是忠臣，我们都是佞臣？"如此一来，陈子昂在他们手底下怎么可能有好果子吃？

更可怕的是，陈子昂这封奏折还得罪了一个权势滔天的人物——武三思。

武三思是武则天的侄子，武则天把持朝政后，武家人鸡犬升天，武承嗣、武懿宗、武攸宁、武攸暨、武攸宜还有武三思，都被重用，成了朝中位高权重的大人物。武三思又是其中的佼佼者。自步入朝堂后，接连升为夏官、春官尚书，另外也负责监修国史。

武三思极其擅长阿谀奉承，为了讨好武则天不择手段。武则天有个男宠叫薛怀义。此人仗着武则天宠幸，素来飞扬跋扈，经常骑着马在大街上横冲直撞。每当薛怀义骑马出宫时，武三思就在旁边伺候，给薛怀义牵马执鞭不在话下，态度比薛怀义的奴仆还要恭敬。

武三思如此行径，自然被人看不起，就连他自己也知道人们会在背后议论自己，但仍然不改曲意逢迎的行径。只不过，他开始变得愈加敏感，总觉得人们在背后议论他。所以，当武三思看到陈子昂那句"忠贤事君，必谏君失；好佞事主，必顺主情"时，简直如芒在背、如鲠在喉，他甚至觉得陈子昂就是在影射自己。

武三思心中默默想："陈子昂，早晚有一天，我要让你知道我的厉害！"

第五节　酷吏多得志　怒上《谏刑书》

陈子昂仕途不顺，心情郁闷。再看朝堂之上的那些人：武家子弟寸功未立，便加官进爵；索元礼、来俊臣、周兴、傅游艺等人，都是些卑鄙小人，却能靠着告密而飞黄腾达，尤其是那索元礼，这两年已经成了武则天手下炙手可热的人物，就连当朝宰相见了他都客客气气的。

索元礼为人极其残忍，那个发明铜匦的鱼保家就惨死在他手下。当年，鱼保家为了讨好武则天，专门发明了"告密神器"铜匦献给武则天，他也因此得到了很丰厚的赏赐。可是好景不长，一封未署名的告密信投入铜匦。信中说：鱼保家曾为反贼李敬业设计制造过刀剑弓弩等武器，为李敬业的叛乱提供了方便，给很多朝廷平叛将士造成了伤亡。武则天勃然大怒，命令索元礼审问鱼保家。

鱼保家当然不承认告密信中的事，于是，索元礼便命人抬过来一个铁笼子，笼子顶部有一小口，正好可以把人的脑袋固定住。索元礼对鱼保家说："你如果不招供，我就用小木棍儿挨个钉入你的七窍之中！"鱼保家一看，这刑罚比死了还难受，便只好认罪。后来，鱼保家被判处腰斩，在大街上被索元礼手下的刽子手一刀两断了。

除了鱼保家之外，自索元礼得势之后，竟然有上千人死在他的手下，其中大多数是被诬告冤死的。而告密者不是别人，正是索元礼、周兴、来俊臣等人，他们组织了一帮地痞无赖，专门负责告密，想收拾谁，就让地皮无赖去诬陷此人，然后他们就可以"光明正大"地去抓人。大多数人被抓到诏狱之中，便难逃一死。这帮人把告密——抓人——审讯——杀人做成了"一条龙产业"。杀的人越多，他们的功劳就越大。

眼看告密之风盛行，陈子昂痛心疾首。在《答制问事》这篇奏折中，他就劝谏武则天说："诏狱推穷，稍复滋长。追捕支党，颇及远方。天下士庶，未敢安止。"还说："杀一人则千人恐，滥一罪则百夫愁！"可是他的忠言直谏，并没有得到武则天的重视。

永昌元年（689），秋官尚书张楚金、陕州刺史郭正一、凤阁侍郎元万顷、洛阳令魏元忠等人，都遭到了诬陷，被酷吏定为死罪。虽然武则天后来也觉得酷吏们的行为太过火，亲自复查诏狱，查出了许多冤假错案，上述几人也都得到了赦免，但告密风气依然没有从根本上得到遏制，武则天似乎也没打算遏制。陈子昂愤怒了，他冒着得罪酷吏的风险，写了一篇《谏刑书》上呈武则天。

陈子昂在开篇中说，"臣伏见陛下务太平之理，而未美太平之功"，语气非常不客气，言下之意就是皇帝虽然口口声声说要开启太平盛世，但实际上却总在做一些祸乱时局的事儿。接下来，陈子昂又从天人合一的角度，劝诫武则天说，每当世间有冤情的时候，上天就会降下灾祸；相反，每当您平反冤狱的时候，就会出现祥瑞气象。陈子昂说："圣人法天，天亦助圣，休咎之应，必不虚来。"意思就是劝诫武则天不要逆天而行。

最后，陈子昂言辞恳切地对武则天说，"夫狱吏不可信，多弄国权，自古败亡，圣王所诫"，这句话，把矛头直接指向了索元礼等人。

陈子昂以为，之前武则天亲自去平反冤狱，是因为意识到了酷吏当道、告密盛行的危害性，想要改变这一现状。但实际上，武则天的所作所为，只不过是在操弄权术罢了。她为了能够顺利登基称帝，需要索元礼、周兴、来俊臣这样的鹰犬爪牙来打击唐李宗室和反对者。至于亲自出面平反冤案，只不过是因为索元礼等人做事太过分，惹起了众怒，于是武则天站出来装好人，为的是收揽人心、平息众怒罢了。

陈子昂没有看清武则天的真实意图，直言上疏遭到了武则天的厌恶，从那以后，他的上疏被武则天弃如敝履。之后，陈子昂也察觉武则天对自己的态度越来越冷，意识到可能是因为自己总是批评武则天的执政手段，因而遭到"嫌弃"，所以，之后的一段时间，陈子昂不再上疏讨论诸如"吏治"这样的敏感问题，转而从经济方面为朝廷建言献策，《上益国事》就是在这样的背景下问世的。在这篇文章中，陈子昂指出：

臣闻古者富国疆兵，未尝不用山泽之利。臣伏见西戎未灭，兵镇用广，内少资储，外勒转饷，山泽之利，伏而未通。臣愚不识大体，伏见剑南诸山多有铜矿，采之铸钱，可以富国。今诸山皆闭，官无采铸，军国资用，惟敛下人，乃使公府虚竭，私室贫弊，而天地珍藏，委废不论。以臣所见，请依旧式，尽令剑南诸州准前采铜，于益府铸钱。其松潘诸军所须用度，皆取以资给。用有余者，然后使缘江诸州递运，散纳荆衡沔鄂诸州，每岁便以和籴，令漕运委神都太仓。此皆顺流乘便，无所劳扰。外得以事西山诸军，内得以实中都仓廪，蜀之百姓，免于赋敛。军国大利，公私所切要者，非神皇大圣，谁能用之。管仲云"圣人用无穷之府。"盖言此也。

臣某言：臣伏见神皇陛下恭已受图，遐想至理，将欲制御戎狄，永安黎元，不欲烦挠蒸人，故为无益。贱臣朝不坐，宴不预，军国大事，非臣合言。伏见松潘军粮费扰过甚，太平百姓，未得安居。臣参班一命，庶几仁类，不敢自见避讳，忍之不言。所以不惧身诛，区区上奏，冒越非次，伏待显戮。惶悚死罪死罪。

在写这篇文章时，陈子昂想起了当年在铜山县的所见所闻，他规劝朝廷：重新开采剑南地区的铜矿。如此一来，既可以增加国库收入，又可以提振地方经济，是富国强民、一举两得好事。陈子昂认为自己提出的建议非常合理，一定能得到采纳，但他等了很长时间，也没能得到朝廷的回应。

陈子昂一而再、再而三地给朝廷上书，首先是因为他有为国为民的政治抱负，另外，也是因为他直到现在，还觉得武则天是个贤明的执政者。陈子昂有这样的想法一点都不奇怪，原因有三：

其一，武则天是陈子昂踏入仕途的"伯乐"。若是没有武则天，此时的他恐怕和卢藏用一样，还在苦苦等待朝廷的任用。

其二，陈元敬"四百年圣人出"的预测对陈子昂影响很大。他认为武则天就是父亲口中的圣人，是天命所归的盛世之君。

其三，武则天执政期间，社会发展非常稳定。从显庆五年（660）武则天参决政事到现在，已经将近三十年了。这近三十年中，帝国百姓，尤其是农民们的生活得到了很大改善。上元元年（674），武则天提出治国的十二条建议，

第一条便是"劝农桑，轻徭赋"。垂拱元年（685），武则天亲自撰写《臣轨》一书，颁行全国，"令贡举者为业"。在《臣轨·利人章》中，有这么一句话："故建国之本，必在于农，忠臣之思利人者，务在劝导。家足人足，则国安自安焉。"可见，武则天对农业生产非常重视，认为只有把农业搞上去，人民才能富裕起来。为了促进农产生产、提高人们的生活水平，武则天把农业生产状况作为考核官吏升迁奖惩的依据，督促地方官吏关心民生、重视农业生产。垂拱二年（686），武则天又亲自组织撰写《兆人本业记》一书，这是一本指导农业生产的技术类书。她将此书颁行到各地，推广各种先进的农业技术。为发展农业生产，武则天还积极兴修水利，上元元年至上元二年（674—675），她下令让程处默引汶水入赵州宁晋城以灌溉田里，水经十余里，收到了"地用丰润，民食乃甘"的良好效果。垂拱四年（688），武则天又下令在巴县西利用旧渠道开广济陂，灌田万余亩；在涟水开新奇渠，通海州、沂州、密州。

总而言之，武则天时期，虽然朝堂之上血雨腥风，但是社会生产力，尤其是农业生产力得到了极大提高，人民也更加富足了。陈子昂一生都在追求"安人"，武则天的所作所为，与他的这一追求不谋而合。在陈子昂看来，武则天虽然施行了诸多弊政，但总体而言她算得上是个明君。他甚至认为，如果武则天能够扫除弊政，一定可以成为一位圣君。基于这样的认识，陈子昂虽然感觉自己越来越不被重视，参政议政的积极性大打折扣，但他还是对武则天的统治抱有希望。

永昌元年（689）年底接近春节时，陈子昂第二个儿子陈斐诞生，陈家欢天喜地地迎接又一个新生命的到来，而与此同时，一个旧王朝要暂时结束了。大唐永昌元年的次年九月，武则天改元天授，改国号为周。她不再是大唐的皇太后，而是成为武周的皇帝。

改朝换代历来是天翻地覆的转变，但是这一次由大唐改换武周，却似乎有点"水到渠成"的意思，天下人似乎也都不甚意外——毕竟，武则天想要称帝也不是一天两天的事儿，人们都知道迟早会有这么一天。

虽然谁都知道武则天想当皇帝，但在登基之前，她必须按照惯例演一出"我不想当皇帝，是你们非要让我当"的戏。

首先，一个叫傅游艺的河南小官，组织了几百名百姓，到洛阳去"请愿"：

希望武则天赶紧登基当皇帝，还希望武则天给傀儡皇帝改姓，以后别叫李旦了，叫武旦。武则天自然懂得"三让而后受"的"传统登基礼仪"，拒绝了傅游艺的请愿。但她还是亲自接见了傅游艺，并且擢升他为五品给事中。

这什么意思，不用多说了吧？

于是，又有人组织了一万多洛阳百姓，请求武则天登基，武则天再拒。

一万多人歇了几天，又开始第三轮请愿，而且请愿"群众"们表示，如果武则天还不同意当皇帝，就坐在皇城门口不走了。期间，加入请愿的人越来越多，许多官员都来了，陈子昂也赫然在列。到这时候，傀儡皇帝李旦也看出了眉眼高低，亲自站了出来，表示希望母后取代自己的位置，登基称帝。

武则天这才"不情愿"地登上了皇帝的宝座，改国号为周。

武则天称帝后不久，陈子昂来到洛阳南门，公开向武则天呈献《上武周受命颂表》和《武周受命颂四章并序》。

这两篇文章说的其实是一个意思：武则天称帝乃天命所归、万众所期。陈子昂为什么敬献这两篇洋洋洒洒一千多言的颂谀文章？或许是因为他从心底希望武则天能够名正言顺地掌管这个偌大的国家；或许是当时形势使然——许多人都在上文称颂，你陈子昂以文章著称，若是不有所表示，难道是对皇帝改朝换代有意见？

不管原因是什么，陈子昂的这两篇文章影响了他在后世的名望，《新唐书》中将他这一行为定义为"以媚悦后"。其实这并不奇怪，后世许多文人出于种种理由，将武则天视为篡唐乱政之人，为武则天登基大唱赞歌的陈子昂自然也就成为他们攻击的对象。实际上，当时给武则天上颂表的人不在少数，但由于唐史中对此讳莫如深、语焉不详，只有陈子昂等少数人的颂表流传后世，所以后来人就把"火力"都集中到了陈子昂等少数人身上。

与陈子昂同为"方外十友"的宋之问，也因为武则天称帝后的一些所作所为，遭到了后世之人的诟病，尤其是"龙门夺袍"一事，后来成了人们攻击武则天和宋之问的标志性事件。

此事发生在武则天称帝后不久，她和朝臣们到洛阳龙门游玩。期间命群臣赋诗，说好谁先写成赐锦袍一件。东方虬文不加点，很快就写了一首《咏春雪》：

春雪满空来，触处似花开。

不知园里树，若个是真梅。

上官婉儿是这场诗会的"裁判"，她见东方虬第一个写完，便宣布东方虬获胜，武则天将锦袍赐予东方虬。此时，"方外十友"之一的宋之问也写好了一首诗，上官婉儿上看了一遍宋之问的诗，说："宋供奉（宋之问当时担任左奉宸内供奉一职）虽然稍微慢了点，但他的这首诗写得很好，我念给大家听。"说罢，上官婉儿拿起来大声朗读起来：

宿雨霁氛埃，流云度城阙。

河堤柳新翠，苑树花先发。

洛阳花柳此时浓，山水楼台映几重。

群公拂雾朝翔凤，天子乘春幸凿龙。

凿龙近出王城外，羽从琳琅拥轩盖。

云罕才临御水桥，天衣已入香山会。

山壁嶄岩断复连，清流澄澈俯伊川。

雁塔遥遥绿波上，星龛奕奕翠微边。

层峦旧长千寻木，远壑初飞百丈泉，

彩仗蜿蜒绕香阁，下辇登高望河洛。

东城宫阙拟昭回，南阳沟膝殊绮错。

林下天香七宝台，山中春酒万年杯。

微风一起祥花落，仙乐初鸣瑞鸟来。

鸟来花落纷无已，称觞献寿烟霞里。

歌舞淹留景欲斜，石关犹驻五云车。

鸟旗翼翼留芳草，龙骑駸駸映晚花。

千乘万骑銮舆出，水静山空严警跸。

郊外喧喧引看人，倾都南望属车尘。

嚣声引飚闻黄道，佳气周回入紫宸。

先王定鼎山河固，宝命乘周万物新。

吾皇不事瑶池乐，时雨来观农扈春。

　　武则天听罢宋之问的这首诗，大为赞赏，便后悔将锦袍赐给东方虬，她竟然亲自把东方虬已经披在身上的锦袍扒了下来，转赐给了宋之问！这便是所谓的"龙门夺袍"事件。后来，许多人因此事批评武则天言而无信，宋之问阿谀奉承。

　　事实上，历朝历代的文臣大都写过歌颂帝王的诗篇，陈子昂和宋之问等人之所以会因为写这样的文章遭到后世诟病，说到底还是因为后人攻击、贬低武则天，而那些曾经歌颂过武则天的人，自然也会遭到牵连。

第五章　守制卸任归故里

第一节　噩耗自西来　守孝回故乡

或许是陈子昂所上的颂表打动了武则天，她登基之后，又几次召见陈子昂询问政事，陈子昂本色不改，依旧直言以对。武则天私下对上官婉儿说："我看了陈子昂的颂表，还以为他的臭脾气有所改观，没想到还是个蠢直之人。"

上官婉儿道："陈子昂的颂表说的都是好听的敷衍话，未必出于真心。"武则天不再言语，从那以后，便很少再召见陈子昂。

武则天登基后，那些通过告密获得擢升的小人们更加猖獗了，尤其来俊臣更是平步青云。原来，在武则天登基的前一年，当年打过来俊臣的东平王李续被诬告治罪。来俊臣一看，报仇的机会这不就来了吗？赶紧向朝廷告密，称李续有重大罪行，自己当年就想告他来着，但是被他痛打了一顿。武则天看到来俊臣的告密信，非常高兴，因为终于"坐实"了李续的罪名。不久后，李续遭到诛杀，而来俊臣则得到了武则天的接见。武则天认为来俊臣是个忠臣，封他为侍御史，加朝散大夫。从此之后，来俊臣成了告密派里最炙手可热的人物。

与前辈索元礼相比，来俊臣之残暴更胜一筹。他发明了许多逼犯人招供的酷刑，例如用木棒把人的手脚连起来吊在空中，还要让犯人旋转起来，这一别出心裁的酷刑叫"凤凰晒翅"；把犯人的腰固定在一个地方，然后将脖子上枷锁使劲儿向前拉，叫作"驴驹拔撅"；让人跪在地上捧着枷，在枷上放砖头，叫作"仙人献果"。来俊臣最残酷的刑罚是把犯人固定住，用铁圈罩住脑袋，然后在脑袋与铁圈之间加楔子，经常搞得犯人的脑袋裂开来，脑浆外流。

到最后，来俊臣抓到犯人都不用审问，只需要带着他们去参观参观刑具，犯人便吓得魂飞魄散，即便是清白之人，也常常自认有罪。当时，朝廷内畏惧来俊臣就如同畏惧虎狼一般。

这天，陈子昂与卢藏用在大街上行走，迎面走来一人。卢藏用与此人相识，二人客套了一番。待那人走后，陈子昂对卢藏用说："此人是谁？你怎么也不给我介绍介绍？另外，他既然是你朋友，为什么不邀请他与我们一起去喝几杯。"

卢藏用说："我怕你认识了他之后，会忍不住打他。"

陈子昂不解，问其故。

卢藏用说，刚才那人叫段简，娶妻王氏。酷吏来俊臣见王氏貌美，便对段简说："陛下已经把王氏许配给我了，我要带走她。"段简惧怕来俊臣，乖乖让来俊臣把王氏抢走了。

陈子昂听后气愤无比，说："来俊臣竟然荒唐到这种地步了吗？着实可恨！段简虽然软弱，但也是害怕来俊臣陷害，情有可原。我虽然不齿他的行为，但也是可以理解的。"

卢藏用说："你别急，听我说。来俊臣抢了段简的妻子后，对段简有了几分好脸色，这段简便认为遇到了巴结来俊臣的好机会，经常请来俊臣到家中喝酒。一天，来俊臣喝多了，对段简的一个小妾挤眉弄眼。段简见状，赶紧把小妾亲自送到了来俊臣府上。"

陈子昂愣了许久，说："段简竟然无耻到了这种地步，看他一眼都觉得污了自己的眼睛，你是怎么和他认识的？"

卢藏用叹口气，说："段简是个明经举人，虽然说三十老明经、五十少进士，但好歹也算是个读书人。他中举人后，便来到京城求官，可是你想想，京城里像我这样无官可做的进士都一抓一大把，他又怎么可能有出路？为了做官，这段简四处找门路，竟然找到了我大爹那里（卢藏用父亲卢璥的族兄卢谞曾任吏部郎中），那日我正好去我大爹家，遇到他，因而相识。"

陈子昂说："看来此人也是个蝇营狗苟之徒。"

卢藏用点点头。

数日后，陈子昂又到卢藏用家中饮酒，二人刚坐定，有家仆通报："门外有个叫段简的公子求见。"

卢藏用大惊，说："他来找我做什么？就说我不在！"

家仆说："段简问小人，刚才进去的是不是陈子昂。小人说走了嘴，告诉他公子今天约好与陈公子在家饮酒。"

卢藏用叹口气，说："好吧，那让他进来吧。"

不一会儿，段简从门外进来，一进门便自来熟地说："卢兄，那日一别甚是想念，今日特来叨扰，以叙旧情。"

卢藏用无奈，只好说："请坐，请坐。"

段简大大咧咧坐下，与卢藏用有的没的寒暄了一番，陈子昂讨厌此人的做派，所以一言不发。见陈子昂不说话，段简主动对陈子昂说："这位一定是陈参军吧，久仰大名，如雷贯耳。"

陈子昂象征性笑了笑，说："过誉了。"

段简看出陈子昂对自己有成见，便道："听闻陈参军二十二岁中进士，不久便得到了当今圣上的召见，擢升为麟台正字，当真前程似锦啊。"

陈子昂淡淡地说："承蒙圣上厚爱，感恩不尽。"

段简又说："不过，陈参军这两年好像升迁得有点慢，莫不是圣上忽略了参军的过人才华？"

卢藏用赶紧在一旁道："伯玉年纪轻轻便得圣上召见，恩遇非凡。近两年来圣上也曾多次召见他，可见圣恩。至于官职大小不重要，只要能为朝廷效犬马之劳已经足矣，这就比你我强了！"卢藏用之所以接过话头，是因为他知道陈子昂这个人说话直爽，生怕他在段简的误导之下说出什么抨击当今圣上的话来。段简此人最是卑鄙，又和来俊臣交情不一般，若陈子昂言语有失，恐怕招来大祸，因此他才主动插话，唱了一番高调，让段简挑不出毛病。

陈子昂虽然直，但是也在朝廷里做事多年了，卢藏用的用意他是懂的，不过，对于段简这种阴阳怪气、故设陷阱的行为，他还是感到非常气愤，便说道："我四年只升了一级，也着实不成器，不过好在我也没什么上进心，只求家宅平安、人丁俱全。"

段简知道陈子昂是在讥讽他把妻妾送人这件事情，顿时变色。一旁的卢藏用见状，心想："陈子昂啊陈子昂，你惹这种人做什么？"连忙插科打诨，转移了话题。

那天的酒宴最终草草收场。

时间来到天授二年（691）正月，这是武则天称帝之后的第一个春天，她效仿古代天子，举行了迎春祭神仪式，所有京城官员都参加。仪式结束后，天子、百官在洛阳宫东堂举行宴会。会上，武则天命令文人学士们赋诗助兴。给事中李峤写了《皇帝上礼抚事述怀》：

> 配极辉光远，承天顾托隆。
>
> 负图济多难，脱履归成功。
>
> 圣道昭永锡，邕言让在躬。
>
> 还推万方重，咸仰四门聪。
>
> 恭己忘自逸，因人体至公。
>
> 垂旒沧海晏，解网法星空。
>
> 云散天五色，春还日再中。
>
> 称觞合缨弁，率舞应丝桐。
>
> 凯乐深居镐，传歌盛饮丰。
>
> 小臣滥簪笔，无以颂唐风。

这是一首典型的应制诗，堆积华丽辞藻，引经据典地歌颂武则天功德无边。正如前文所言，陈子昂最讨厌此类诗歌，起初他并不打算"出头"。但上官婉儿却似乎盯上了他，大声说道："陈参军文采斐然，为何默默无闻？"

武则天这才想起了陈子昂，说："陈爱卿，你的诗呢？"

众人的目光齐刷刷地投向陈子昂。陈子昂避无可避，只好站起身来，走到书案前，提笔写诗。写成后，宫人拿起诗来，高声朗读：

奉和皇帝上礼抚事述怀应制

大君忘自我，应运居紫宸。

揖让期明辟，讴歌且顺人。

轩宫帝图盛，皇极礼容申。

南面朝万国，东堂会百神。

云陛旂常满，天廷玉帛陈。

钟石和睿思，雷雨被深仁。

读到此处，众人纷纷叫好，就连武则天也露出微笑。上官婉儿则心想："让你出个风头又如何？你不是说你最讨厌应制诗吗？今日不也写了吗？看你以后还敢说这样的话！"此时，宫人读到了陈子昂诗的后几句：

承平信娱乐，王业本艰辛。

愿罢瑶池晏，来观农扈春。

卑宫昭夏德，尊老睦尧亲。

微臣敢拜手，歌舞颂维新。

"愿罢瑶池晏，来观农扈春。"意思是说，与其大摆宴席、铺张浪费，不如把精力多用在促进农业生产之上；"卑宫昭夏德，尊老睦尧亲"的意思是应该像古代贤君学习，少修建一些富丽堂皇的宫殿，多一些节俭和仁爱。听到陈子昂的这几句诗，武则天心中略有不快，自从她称帝以来，可以说是三日一小宴、五日一大宴，而且还专门花费钱财无数修建高大"明堂"，用来举行各种典礼、仪式。陈子昂的诗中虽然也充满了歌功颂德的文字，但最后这几句明显有劝谏之意。武则天心中暗自想道："这个陈子昂，什么时候也不忘了给我添堵。"不过她也知道陈子昂一贯如此，并不怪罪，开口说道："还有哪位爱卿有诗献上？"

迎春祭神仪式后不久，地官尚书武思文带头上表，劝武则天封禅。陈子昂也随众人一起上表，写了《为赤县父老劝封禅表》：

臣闻帝功既乂，必昭告于上玄；元命攸尊，必升封于厚载。故七十二主，能恢万代之规；三五六经，以为百王之典。伏惟陛下，应天受命，握纪登枢，包括乾坤之灵，亭毒神明之化。故能开天宝，阐地珍，温洛所以升图，荣河由其荐箓。群神既赞，众瑞交驰，讴歌于是大归，礼乐以之咸备。陛下仰顺天意，允答神休，垂显号以居宸，建明堂而治物，百寮惟允，万国咸宁。然则嵩岳神宗，望玉銮而来禅；天中仙族，伫金驾而崇封。实大礼之昌期，膺告成之茂典。况神都为八方之极，太室居五岳之尊。陛下垂统紫微，大昌黄运，报功崇德，允协神心；应天顺人，雅符灵望。皇图盛业，实在于兹。臣等叨预尧封，久忘帝力。窃闻圣人封禅，天下所以会昌；山岳成功，皇寿由其配永。臣等既为陛下赤子，陛下又为万姓慈亲，实愿上报天功，下顺人望，勒成嵩岳，大显尊名。不胜庆幸之至。

所谓的"赤县"，指的是华夏大地，"为赤县父老劝封禅"意思就是陈子昂代表国人劝武则天封禅。果然，没过多久，朝廷里就传出了武则天决定到嵩山封禅的消息。一般帝王封禅都是到泰山，武则天却去嵩山，是因为周朝统治者崇拜嵩山，武则天认为自己是周朝王室的后裔，因而封禅嵩山，这在历史上是蝎子拉屎——独一份。另外，武则天封禅嵩山还产生了一个意想不到的结果——"方外十友"之一的陆余庆当时不正在阳城县当县尉吗？这阳城县位于嵩山南麓，武则天封禅时路过阳城，陆余庆负责办理与封禅相关的事务，很用心，于是武则天便擢升他为监察御史。这是题外话了。

这年春天，有一件事情让陈子昂感到非常开心——乔知之从同城回来了。当年陈子昂与乔知之一起出征，二人朝夕相处，成了非常要好的朋友。唐军取得初步胜利之后，作为幕僚的陈子昂便回到了洛阳，乔知之作为监军，还需留在前线紧盯战事，直到现在才回来。

乔知之一回到洛阳，陈子昂便去乔家拜访。老友相见，自然有说不完的话，喝不完的酒。喝到尽兴时，乔知之把自己的侍婢叫了出来，唱歌助兴。侍婢是乔知之从边疆带回来的，有胡人血统，长相极其美貌，而且歌声动人。乔知之给她取了个汉族名字叫"碧玉"。陈子昂笑他起名太俗，乔知之则说我华夏文化博大精深，就算取个好名字，这胡女也不能领会其中深意，倒不如俗一点的好。

那日，二人喝酒听曲，相谈甚欢。但过了没几天，老家射洪突然传来噩耗——陈子昂的继母过世了。陈子昂怀着悲痛的心情，辞去官职，携家带口南下回家。临走前，高清禅对陈子昂说："此去四川，不知道何年何月才能回来，我想去我母亲墓前祭拜一番。"陈子昂道："正该如此！"祭拜丈母娘时，陈子昂写下了《祭外姑宇文夫人文》和《上殇高氏墓志铭》。

当陈子昂回乡路上途经散关时，乔知之从洛阳给他寄来了一封信。信中说："本来打算去找你聚会，到了陈家却发现你走了，家中仆人对我说了你母亲去世的事，你要节哀顺变。原本以为这次回来可以与你携手同游，但现在也不知道你几时才能回来，非常遗憾。"

陈子昂走得急，没来得及和朋友们道别，收到乔知之的信之后，他心里很感动，便写了一首《西还至散关答乔补阙知之》，与回信一起寄给乔知之，诗曰：

> 葳蕤苍梧凤，嘹唳白露蝉。
> 羽翰本非匹，结交何独全。
> 昔君事胡马，余得奉戎旃。
> 携手向沙塞，关河缅幽燕。
> 芳岁几阳止，白日屡徂迁。
> 功业云台薄，平生玉珮捐。
> 叹此南归日，犹闻北戍边。
> 代水不可涉，巴江亦潺湲。
> 揽衣度函谷，衔涕望秦川。
> 蜀门自兹始，云山方浩然。

寄出这封信的时候，陈子昂说什么也想不到，短短数月之后，他将与乔知之天人永别。

乔知之是被武承嗣害死的。当武承嗣得知乔知之有个能歌善舞的侍婢后，色心大起。趁着乔知之不在家，带人强行闯入，抢走了侍婢。当时的武承嗣，官至文昌左相，其权力之大，仅次于武则天。而乔知之呢，则正处在最危险的时候，因为他的母亲庐陵公主，是唐高祖李渊的第九女、唐太宗的妹妹，所以乔知之虽然姓乔，但也算是李唐后裔，武则天正在大肆屠杀李唐后人，乔知之身份敏感，稍有不慎便会遭到迫害。

乔知之不敢对武承嗣怎么样，但他又不是段简，做不到唾面自干，无奈之下，他写了一首诗，悄悄送给碧玉。诗曰：

石家金谷重新声，明珠十斛买娉婷。

昔日可怜君自许，此时歌舞得人情。

君家闺阁不曾观，好将歌舞借人看。

意气雄豪非分理，骄矜势力横相干。

辞君去君终不忍，徒劳掩袂伤铅粉。

百年离恨在高楼，一代红颜为君尽。

这首诗其实是讲了一个故事——西晋时期，石崇有个爱姬叫绿珠，有个叫孙秀的看上了绿珠，便派人向石崇索取绿珠。那时石崇正在金谷园登凉台、临清水，与群妾饮宴，吹弹歌舞，极尽人间之乐。忽见孙秀差人来要索取美人，石崇将其婢妾数十人叫出让使者挑选，这些婢妾都散发着兰麝的香气，穿着绚丽的锦绣，石崇说："随便选。"使者说："这些婢妾个个都艳绝无双，但小人受命索取绿珠，不知道哪一个是？"石崇勃然大怒："绿珠是我所爱，不可能给你。"使者说："君侯博古通今，还请三思。"其实是暗示石崇今非昔比，应审时度势。石崇坚持不给。

使者回报后，孙秀大怒，便劝说当时晋国最有权势的赵王司马伦诛石崇。司马伦听信孙秀，派兵杀石崇。石崇对绿珠叹息说："我现在因为你而获罪。"绿珠流泪说："愿效死于君前。"说完突然从楼上跳了下去，当场摔死，石崇想拉却没来得及。

碧玉虽然有胡人血统，但在乔知之的调教之下，也知道许多华夏典故，看过诗后，她明白了乔知之的心意，便把写诗的绢布藏在身上，跳井自杀了。

武承嗣得知碧玉自杀，非常生气，他将碧玉的尸首从井里打捞上来，在碧玉身上找到了乔知之写的诗，顿时明白过来——是乔知之教唆碧玉以身殉情。武承嗣勃然大怒，命令来俊臣、周兴等人罗织罪名诬告乔知之，最终杀死了乔知之。据说，乔知之死后，洛阳河水暴涨，漫过堤岸，一路涨到碧玉投井处，填塞了这口井。

第二节　怀携万古情　忧虞百年疾

乔知之死时，陈子昂刚回到射洪县。游子归家，还带回妻、子，陈元敬虽然有丧妻之痛，但看到儿媳和孙子，也倍感欣慰。

时间转眼来到长寿元年（692），在射洪县潜居的陈子昂得知了乔知之的死讯，极度伤痛。他万万没想到，一位出身高贵、颇有功勋、才华横溢的大臣，竟然会像蝼蚁一般惨死在武氏子弟手下！这让陈子昂对朝廷失望透顶，他心中关于"圣人将出、盛世将至"的信念开始动摇。

长寿元年（692）五月十三，陈子昂的叔祖陈嗣去世。陈子昂心情沉重地写下了《梓州射洪县武东山故居士陈君碑》。

长寿二年（693）七月，陈孜去世。

陈子昂回到射洪县之后，就发现陈孜的身体大不如从前，一个当年那么英气勃勃的年轻人，显得格外萎靡。陈子昂以为陈孜只是暂时生病，等病好起来之后就没事了。可没想到陈孜的病情越来越重，与病魔相抗一年多后，还是英年早逝。陈子昂心中的伤痛已经无以复加，为纪念亡弟，他字字泣泪写下了《堂弟孜墓志铭》。

陈孜早年丧父，自幼由陈元敬抚养，与陈子昂一同长大。在陈子昂心中，这个弟弟是另一半的自己——那个没有考进士，没有入仕途，留在家乡逍遥洒脱、仗剑行侠的自己。陈孜去世之后，陈子昂甚至觉得自己一半的生命也随弟弟而去了。

短短两年之内，陈子昂屡遭丧亲、丧友之痛，叔祖和继母的慈爱、弟弟的热忱、朋友的笑容常常会浮现在他眼前，这更加深了他内心的悲痛。在负面情绪的不断袭扰之下，陈子昂的身体也每况愈下。

当时，消极避世的陈子昂为了从悲痛中解脱出来，开始更多在宗教中寻求栖心之所，他频繁出入真谛寺，与晖上人谈一些出世离尘的话题。陈子昂甚至动了遁入空门的念头，在《酬晖上人夏日林泉见赠》一诗中，他写道：

> 闻道白云居，窈窕青莲宇。
> 岩泉万丈流，树石千年古。
> 林卧对轩窗，山阴满庭户。
> 方释尘劳事，从君袭兰杜。

晖上人见陈子昂身体每况愈下，意志日益消沉，便提议二人到射洪周边的名山大川游历一番，陈子昂欣然同意。路途中，陈子昂遇到了徐州参军李崇嗣。

李崇嗣曾久居洛阳，因此与陈子昂相识。他近年来也仕途不顺，因此到蜀中出游散心。陈子昂邀请李崇嗣同行，与晖上人一起来到了独坐山。独坐山在射洪县东南二十五里，山上有寺庙。三人在寺庙中谈佛论道，陈子昂在此作诗两首：

酬晖上人秋夜独坐山亭有赠

> 钟梵经行罢，香林坐入禅。
> 岩庭交杂树，石濑泻鸣泉。
> 水月心方寂，云霞思独玄。
> 宁知人世里，疲病苦攀缘。

酬晖上人秋夜山亭有赠

> 皎皎白林秋，微微翠山静。
> 禅居感物变，独坐开轩屏。
> 风泉夜声杂，月露宵光冷。

多谢忘机人，尘忧未能整。

李崇嗣见陈子昂身心俱伤，写的诗也大有"世人皆忧，唯有自渡"的意味，便百般劝导他，希望他不要气馁，等守制结束后继续出仕，去实现自己的抱负。因为乔知之冤死，陈子昂已经对朝廷失望透顶，因而表示不愿意再走仕途，为了表达自己的心意，他写下《酬李参军崇嗣旅馆见赠》。诗云：

昨夜银河畔，星文犯遥汉。
今朝紫气新，物色果逢真。
言从天上落，乃是地仙人。
白璧疑冤楚，乌裘似入秦。
摧藏多古意，历览备艰辛。
乐广云虽睹，夷吾风未春。
凤歌空有问，龙性讵能驯。
宝剑终应出，骊珠会见珍。
未及冯公老，何惊孺子贫。
青云傥可致，北海忆孙宾。

"凤歌空有问，龙性讵能驯。"这两句诗，前一句可能是暗指自己曾经给朝廷上了很多书（凤歌），但真正能得到重视却很少（空有问）。后一句"龙性讵能驯"，出自一个典故，南朝诗人颜延年曾经说嵇康"龙性谁能驯"，指嵇康不肯依附司马昭，因而钟会说他是"卧龙"。嵇康是陈子昂最为推崇的古代诗人，因此他这句话的言下之意就是，我要像偶像嵇康一样，不再受制于权贵了！至于后面的"宝剑终应出，骊珠会见珍"两句，可能是说给李崇嗣的，宽慰他只要有才华的人，终究能够得到重用。

陈子昂与李崇嗣随晖上人在射洪周边游玩了几天，又到真谛寺小住了几日。李崇嗣毕竟还是朝廷的官员，不能在四川久留，便走了。临别时，陈子昂写了《夏日晖上人房别李参军崇嗣》送别朋友：

四十九变化，一十三死生。

翕忽玄黄里，驱驰风雨情。

是非纷妄作，宠辱坐相惊。

至人独幽鉴，窈窕随昏明。

咫只山河道，轩窗日月庭。

别离焉足问？悲乐固能并。

我辈何为尔？栖皇犹未平。

金台可攀陟，宝界绝将迎。

户牖窥天地，阶基上窅冥。

自超三界乐，安知万里征！

中国要荒内，人寰宇宙蒙。

弦望如朝夕，宁嗟蜀道行！

　　长寿二年（693）秋，陈子昂守制期满。古人说是要"守制三年"，其实官定的守制时间是二十七个月。守制期满后，陈子昂必须回到洛阳赴任。此时的陈子昂，身体不好，心情不佳，对朝廷官场也失去了信心，所以他极不情愿地踏上了北上的路。

　　行船至长江峡谷，望着眼前滔滔江水，陈子昂没有了年轻时那种壮怀激烈的豪情，多了一些"逝者如斯"的惆怅，他写了四句诗寄给家乡亲友："还期方浩浩，征思日骈骈。寄谢千金子，江海事多违。"（《万州晓发放舟乘涨还寄蜀中亲友》）"江海事多违"五个字，道尽了陈子昂对前途命运的悲观情绪，可见此时的他只想留在射洪县，对曾经万分向往的京城心灰意冷了。

　　走到宜都县，穿越巫峡时，陈子昂想到楚王梦遇神女的古老传说，又联想起洛阳城中传言的那些关于武则天的荒淫故事，陈子昂不禁对身边人说："荒淫足以亡国。"借此感叹，他连写两首感遇诗：

感遇（二十七）

朝发宜都渚，浩然思故乡。

故乡不可见，路隔巫山阳。

巫山彩云没，高丘正微茫。

伫立望已久，涕落沾衣裳。

岂兹越乡感？忆昔楚襄王。

朝云无处所，荆国亦沦亡。

感遇（二十八）

昔日章华宴，荆王乐荒淫。

霓旌翠羽盖，射兕云梦林。

朅来高唐观，怅望云阳岑。

雄图今何在？黄雀空哀吟。

长寿二年（693）年底，陈子昂回到了洛阳，并接到消息：朝廷擢升他为右拾遗。右拾遗是中书省下属官员，从八品上，主要的职责是"掌供奉讽谏"，就是专门待在皇帝身边，给皇帝提建议的官员。虽然品级不高，但却是天子近臣，地位不低。

命运总是特别善于捉弄人，当年陈子昂作为麟台正字、胄曹参军时，充满了建言上疏、讨论国事的热情，但由于职位所限，只能越职上奏。现在的陈子昂，意气消沉，对政治也很失望，本不想多言了，但朝廷却把他安排在了右拾遗这样一个专门负责上谏的职位上。不过无论如何，朝廷的重用还是在一定程度上冲淡了陈子昂的消极思想。

陈子昂回到洛阳后不久，朝廷里发生了一件朝野上下都很关注的事情：有告密者上书说，那些流放到岭南的人想要密谋造反。武则天很重视，派吏司刑评事万国俊去审理。这万国俊和来俊臣是一丘之貉，也是靠告密起家的酷吏，他和来俊臣还合写了一本书，叫《罗织经》，专门介绍如何罗织罪名、陷害杀人，属于酷吏中的极品。

万国俊来到岭南，不分青红皂白，杀了三百多流放者。但他仍然不罢休，回到洛阳后对武则天说："不止岭南的流放者想造反，全国地方的流放者都想造反。"武则天听信了他的话，不仅提升万国俊担任朝散大夫、肃政台侍御史，还派出王德寿、刘光业等酷吏分赴各地，审理流放者造反案件。

酷吏们见杀人越多、提拔越快，便在各地展开了"杀人比赛"，刘光业杀了九百多人，王德寿杀了五百多人。到最后，武则天也感觉这帮人杀人过甚，便降罪于他们。

酷吏们滥杀无辜之时，福建一带爆发了蝗灾，蝗虫连竹叶都啃光了。但当武则天降罪酷吏之后，蝗灾立刻就结束了，甚至连竹子都长出了新叶子。

陈子昂听闻此事后，认为这是"天人感应"的具体体现，便写了一篇《为朝官及岳牧贺慈竹再生表》上呈给武则天。

陈子昂认为，是因为酷吏滥杀无辜，所以上天才会降下蝗灾警示世人。而蝗灾之所以会突然消失、竹子之所以会长出新叶，就是因为武则天制止了酷吏的杀戮，实施了仁政。

这篇文章表面上是在称颂武则天，但实际上还是在批评她听信酷吏，滥杀无辜的行为。不过，从文章中可以看出，陈子昂进谏时的措辞要"婉转"了不少。可见，当年那个有话直说的热血青年，在经历了世事变幻后，也不再年轻热血。这一时期发生的另外一件事，也佐证了这一点。

武则天称帝后，大兴佛教，曾命令各地方都要修建"大云寺"一座。上有所好下必甚焉，一时间全国掀起了大修寺庙的风潮。此外，武则天还命令和尚薛怀义在皇城中修建了一座巨大的佛像，这佛像光是一根小指头，就有能容纳几十人的空间。修庙塑像花费了大量钱财，不知道浪费了多少民脂民膏。陈子昂对于这种风气很不满。若是从前，他恐怕会上书直谏，但是现在，他只是私底下作诗一首，小小的抨击了时弊：

感遇（十九）

圣人不利己，忧济在元元。

黄屋非尧意，瑶台安可论。

吾闻西方化，清净道弥敦。

奈何穷金玉，雕刻以为尊。

云构山林尽，瑶图珠翠烦。

鬼功尚未可，人力安能存。

夸愚适增累，矜智道逾昏。

第三节　圣人去已久　公道缅良难

同州下邽县（今陕西渭南一带）有官方驿站。这日，御史赵师韫来到驿站住宿。

赵师韫曾经在下邽县当过县尉，高升之后重归故地显得格外志得意满，大吃大喝一番后，回到驿站住下。

夜深了，一个驿卒蹑手蹑脚从房间里出来，先去驿站厨房拿了一把尖刀，然后悄悄潜入赵师韫的房间，对着赵师韫胸口就是一顿乱戳，赵师韫惨叫数声，当场毙命。

惨叫声惊醒了驿站的所有人，驿丞连忙顺着声音寻找，很快来到赵师韫的房间。只见赵师韫鲜血淋漓躺在床上，已然没了气息。驿卒安安静静地坐在一把椅子上，静静看着他。

驿丞又惊又怒，大声问道："仇复，你作甚？"

驿卒摇摇头，说："我不叫仇复，我叫徐元庆。"

驿丞怒道："你在驿站多年，一直叫仇复，为何今天要杀人？还说自己叫徐元庆？"

徐元庆指着床上死人说："他在本县做县尉时，冤杀徐爽，我就是徐爽的儿子，我叫徐元庆。"

驿丞顿时明白过来，原来所谓的仇复，就是数年前被赵师韫冤杀的本地人徐爽之子。父亲死后，他一直潜伏在驿站之中，为的就是有朝一日报仇雪恨！

虽然驿丞很同情徐元庆，但自己的驿站里死了人，还是朝廷上官，这可是不得了的大事，因此他赶紧控制住了徐元庆，并将此事火速报告县令。县令也知道此事非同寻常，赶紧报告给州刺史，州刺史又上告给了朝廷。

刑部得知这个案子之后，诸位官员很头疼，按道理，在驿站中杀人，杀的还是朝廷命官，是重罪，判他个腰斩弃市一点也不过分。但是在当时，为血亲复仇又是一种法律能够容忍的行为。《唐律》中规定：如果血亲被害，家属却与害人者私下和解，是要严惩的。官员们不知道该怎么断这个案子，于是便把皮球踢给了武则天，请圣上圣裁吧。

武则天了解了案件的前因后果后，觉得这个徐元庆杀人情有可原，就想要放了他。陈子昂却有不同意见，他写了一篇《复仇议》，上呈给武则天。

陈子昂这篇文章的意思是，徐元庆杀人虽然情有可原，但法律就是法律，杀了人就该处死。与此同时，由于徐元庆为父报仇的行为虽然不合法，但符合礼制，所以应该在处死他之后，给他举行隆重的葬礼，表彰他的孝子行为。

武则天觉得陈子昂这番话倒是个两全其美的好办法，便按他说的做了。后来，陈子昂的《复仇议》也确实作为判例写进了国典——以后再发生类似的事情，就按陈子昂这个方法处置。

值得一提的是，一百多年后，柳宗元在查阅档案时，看到了陈子昂写的《复仇议》。他对于陈子昂的观点非常不认同，专门写了一篇《驳复仇议》。

柳宗元的核心意思是：徐元庆不忘父仇，是孝；不怕死，是义。这样一个明晓事理、懂得圣贤之道的人，怎么会把王法当作仇敌？而陈子昂建议处死徐元庆，是在滥用刑法、败坏礼制，不能作为法律制度。这场跨越时空的"辩论"后来成了中国法律史上经常被提起的一个案例，陈子昂自己或许也没有想到。

因为《复仇议》得到了朝廷的嘉许，之后一段时间里，陈子昂的进谏热情有所提高。

延载元年（694）年初，武则天准备起兵攻打东突厥可汗默啜。前些年，武则天为了扫清称帝的障碍，杀死了不少手握重兵的唐朝名将，这导致唐朝军队的战斗力大不如从前。东突厥可汗阿史那·骨笃禄见状，屡次发兵南下，骚扰中原边界。武则天无人可用，居然派自己的男宠薛怀义为新平军大总管，率领三十万大军北上进攻骨笃禄。第一次出征，薛怀义领着大军在北方边界转了一圈，没发现突厥军，便耀武扬威地班师回京。第二次出征，和上次一样，连敌人的影子都没发现，三十万部队在沙漠里吹了几个月风，消耗了不知道多少粮草，无功而返。

这一次，武则天又准备攻打突厥，原因是不久之前骨笃禄去世，留下个小儿子，不能服众，骨笃禄的弟弟便自立为汗，并率领军队继续骚扰中原边界。武则天认为东突厥政局不稳，正是发起进攻的好机会，于是便派薛怀义继续领兵出征，攻打默啜。与薛怀义一同出征的，还有曹仁师等十八路军队。

陈子昂知道，这薛怀义本来是个小商小贩，就因为长得英俊、能说会道，被武则天相中，做了女皇的入幕之宾。武则天为了薛怀义进宫方便，就让他剃度为僧。这样一个人，怎么可能有领兵打仗的本事？

陈子昂觉得自己不能再沉默了，必须要站出来阻止这场战争。可是，他却不能直接上书阻止薛怀义领兵，因为薛怀义他着实惹不起。当年，有个御史上书弹劾薛怀义，被薛怀义带人堵在半路上，差点当街打死。就连当了宰相、脾气暴躁的李昭德，薛怀义也不放在眼里。北伐突厥时，李昭德以宰相身份给薛怀义当幕僚，二人一言不合，薛怀义便拳打脚踢，李昭德敢怒不敢言。

陈子昂不能惹薛怀义，便退而求其次，给武则天上了一封《谏曹仁师出军书》。文章里，陈子昂从两个方面指出武则天不应该让曹仁师出兵。首先，武则天刚刚称帝，各种典礼还没有举行完毕，这时候不应该大动兵戈；其次，大军走得太远，人困马乏，后续的粮草又没准备好，恐怕难以取胜。

谏书递交上去之后，陈子昂焦急地等待着朝廷的反馈，没想到却等来了一班如狼似虎的衙役。他们对陈子昂说："有人密告你勾结罪臣乔知之，跟我们走一趟吧！"随后，陈子昂便被投入大牢。

陈子昂入狱，与他的上疏没有关系，而是因为受到诬告。

数年前，在卢藏用家中，陈子昂讽刺段简。事后，段简怀恨在心，便怂恿来俊臣收拾陈子昂。只不过因为陈子昂不久后便守制回家，因此作罢。如今，陈子昂又回到了洛阳，段简得知后，便与来俊臣旧事重提，密谋诬告陈子昂。

来俊臣对段简说："如今陈子昂擢升右拾遗，是天子近臣，想要收拾他可不太容易。"

段简道："您或许还不知道吧，这陈子昂与那乔知之是旧交，二人交情好得很。"

来俊臣微微一笑，说："原来如此！那乔知之得罪了武承嗣，武承嗣让我告他谋反，没过几天，乔知之便被杀了。既然这陈子昂与乔知之关系匪浅，那告他个串通反贼，也是合情合理吧。"

段简道："高见！高见！"

在来俊臣的诬告之下，陈子昂被收监入狱。

陈子昂在监狱中被关了整整一年，期间受尽各种折磨。段简屡次怂恿来俊臣在监狱中暗害陈子昂，但却被来俊臣拒绝了。来俊臣对段简说："陈子昂不过嘲讽了你几句，关他一段时间，让他吃次苦头也就罢了。再说了，陈子昂的罪名也实在有些牵强，将来皇帝一定会下令释放他。如果那时候他已经死在了我的大牢中，不太好交代。没必要为了这么一个小人物给自己惹麻烦。"

段简道："这陈子昂几次上疏，说朝廷中有奸臣，依我看，他就是在攻讦您呢！"

来俊臣阴笑着说："你为什么断定陈子昂是在说我？怎么？你认为我是奸臣？"

段简汗如雨下，慌忙道："没有没有，我怎么会有如此想法。"便不敢多言了。

来俊臣对武则天的心思把握得很准。果然，一年之后，也就是证圣元年（695），武则天亲自过问了陈子昂的案件。她对来俊臣说："说陈子昂与乔知之串通，我看证据不足。他与乔知之关系好不假，但不能因为关系好就断定合谋。我看你还是把他放了吧。"武则天发话，来俊臣自然不敢不从。陈子昂又重获自由身，而且还官复原职，仍然担任右拾遗。

这一年的牢狱生涯，给陈子昂的身体健康造成了很大的损害，更严重打击了他的政治热情。虽然武则天最后亲自出面放了陈子昂，但他亲身经历了诬陷之冤、牢狱之苦后，终于还是对眼下的世道彻彻底底失望了。他开始意识到，宵小横行的局面并不是宵小造成的，而是掌权者的放纵所致。生杀大权在他们的掌握之中，顺之者昌，逆之者亡，公道和天理被私欲和个人所替代。所以，陈子昂在《感遇》（十六）中写道：

圣人去已久，公道缅良难。

蚩蚩夸毗子，尧禹以为谩。

骄荣贵工巧，势利迭相干。

燕王尊乐毅，分国愿同欢。

鲁连让齐爵，遗组去邯郸。

伊人信往矣，感激为谁叹！

即便如此，陈子昂还是要对武则天下诏免罪表现出感恩戴德的姿态。他写了一篇《谢免罪表》上呈给武则天，文章说：

臣巴蜀微贱，名教未闻。陛下降非常之恩，加不次之命，拔臣草野，谬齿衣冠，臣私门祖宗，幽显荣庆，岂止微臣一身而已。臣宜肃恭名节，上答圣恩，不图误识凶人，坐缘逆党。论臣罪累，死有余辜，肝脑涂地，不足塞责……

其中"不图误识凶人，坐缘逆党"这句话，绝非陈子昂的心里话，而是他在当时的情境之下，不得不说的违心之言。写下这句话的时候，陈子昂觉得自己愧对乔知之的亡灵，但死了的人已经死了，活着的人还得继续活下去。

从前，陈子昂看到忠臣良将被诬陷至死时，内心有的只是愤怒。而当他有了被诬陷下狱的亲身经历后，内心中更多了恐惧。在监狱的那一年，他生活在一种朝不保夕的环境中，也见识了酷吏们整治犯人的残酷手段，这些遭遇给人带来的震撼，没有亲身经历过的人无法感知。因此，陈子昂在《感遇》（二十二）中写道：

微霜知岁晏，斧柯始青青。

况乃金天夕，浩露沾群英。

登山望宇宙，白日已西溟。

云海方荡漪，孤鳞安得宁？

第四节　陪饮昆仑庭　观化玄元府

在监狱里走过一遭的陈子昂，政治热情几乎被扑灭，开始专心研究《周易》之《象传》。《象传》分《大象传》《小象传》，是一门占卜未来的学问。《大象传》解释卦辞，《小象传》解释爻辞。《易经》共有六十四卦，每卦六爻，一共是三百八十四爻。古人认为，通过阐释卦象、爻象所蕴含的道理，可以指导人们作出正确的抉择，预测事物的走势和发展，因此《象传》可以说是古代占卜之术的源头。陈子昂沉迷于此，可见他已经感觉无法掌握命运的走势，因而只能"问之于天"了。

陈子昂聪明绝顶，学习《象传》一段时间，便很有心得。后来，他碰到了一个同样对周易很有研究的人，叫曹乞，二人探讨了一番易经奥秘，非常投契，临别前，陈子昂写了一首诗送给曹乞：

赠严仓曹乞推命禄

少学纵横术，游楚复游燕。
栖遑长委命，富贵未知天。
闻道沉冥客，青囊有秘篇。
九宫探万象，三算极重玄。
愿奉唐生诀，将知跃马年。
非同墨翟问，空滞杀龙川。

差不多同一时间，陈子昂的好朋友卢藏用，由于多年未能得到朝廷的任用，干脆离开洛阳，跑到附近的山里当隐士去了。那段时间，陈子昂经常和卢藏用等"方外之友"们聚会。

证圣元年（695）十二月二十，陈子昂从洛阳城出发，来到了嵩山，与司马承祯、冯太和等嵩山道士相会。远离喧嚣，在丛山中与高人聚会，陈子昂的心情得到了极大的放松。他甚至想："不如我就在此山中隐居吧！"但这个感性的念头很快便被理性的考量约束住了。自己毕竟有官职在身，岂能说走就走？嵩山上盘桓数日后，陈子昂还是得离开。临别时，在极端纠结的情绪中，他写下了《送中岳二三真人序》：

> 夫爱名山，歌长往，世有之矣。放身霄岭，宴景云林，卑俗不可得而闻，时士不可得而见，则吾欲高视终古，一笑昔人。嵩山有二仙人，自浮丘公、王子晋上朝玉帝，遗迹金坛，凤箫悠悠，千载无响。吾每以是临霞永慨，抚膺叹息。常谓烟驾不逢，羽人长往。去嚣世，走青云，登玉女之峰，窥石人之庙，见司马子微、冯太和，蜕裳眇然，冥寥独立，真朋羽会。金浆玉液，则有杨仙翁玄默洞天，贾上士幽栖北谷。玉笙吟凤，瑶衣驻鹤，方且迷轩辕之驾，期汗漫之游。吾亦何人，躬接兹赏。实欲执青节，从白蜺，陪饮昆仑之庭，观化玄元之府，宿心遂矣，冥骨甘焉。岂知琼都命浅，金格道微，攀倒景而迷途，顾中峰而失路。尘萦俗累，复汩吾和；仙人真侣，永幽灵契。黳青芝而延伫，遥会何期；结丹桂而徘徊，远心空绝。紫烟去，黄庭极。仰寥廓而无光，视环区而寡色。悠悠何往，白头名利之交；咄咄谁嗟，玄运盛衰之感。始知杨朱歧路，墨翟素丝，尚平辞家而不归，鲍焦抱木而枯死，可以恸，可以悲。古人之心，吾今得之也。

文章中"杨朱歧路，墨翟素丝，尚平辞家而不归，鲍焦抱木而枯死"，是四个典故。"杨朱歧路"说的是战国初期思想家杨朱看到四通八达的大路，忍不住大声哭泣起来。人们问他为什么哭。他说路可以南、可以北，却不知究竟哪里是正途。这让他想起了人生的抉择，一不小心就误入歧途。"墨翟素丝"说的是墨家鼻祖墨翟见染丝而颇有感慨："染于苍则苍，染于黄则黄，所入者变，其色亦变，五入必（毕）而已则为五色矣。故染不可不慎也。非独染丝然也，国亦有染，非独国有染也，士亦有染。"简而言之就是说什么样的环境造就什么样的人。"尚平辞家而不归"，说的是东汉时期有个叫尚平的人，虽然一心想要当隐士，但由于家庭拖累未能如愿，等他给儿子娶了媳妇，把女儿嫁出去，便毅然决然出家去了。"鲍焦抱木而枯死"，说的是周朝时候的隐士鲍焦，因为不满朝政，所以当朝廷让他出仕做官时，他便逃到了山中，抱树而死。

陈子昂将这四个典故放到一起，并说"古人之心，吾今得之也"，可能在那一刻，他认为自己科举入仕是选错了路、来错了地方，有朝一日冲破羁绊便会隐居山林，宁愿在山中老死，也不要再踏入这污浊世界了。

陈子昂心灰意冷到了极点，认为"圣人去已久，公道缅良难"。他当时或许觉得，在这个不公的世界上，已经没有任何事情能重新点燃他的激情，但实际上不是这样的。

让我们把视线从洛阳向北移，来到帝国东北部的营州。营州是国家控制东北地区的前沿重镇，其战略地位不言而喻，当时驻守营州的营州都督是赵文翙。

赵文翙最主要的职责是管理营州附近的契丹部落。早在贞观二十二年（648），契丹部落归顺了唐朝，朝廷在契丹人活动的地带设置了松漠都督府，松漠在营州北边。武周时期，松漠都督由李尽忠担任，此人乃契丹人，骁勇善战。

赵文翙和李尽忠都是都督，但由于赵文翙是朝廷派下来专门管理契丹人的都督，李尽忠不太敢招惹他。赵文翙是个极其飞扬跋扈的家伙，使唤起李尽忠来如同驱使仆从一般，而且还经常欺辱李尽忠手下的契丹人。

万岁通天元年（696），松漠都督府发生了严重的饥荒，赵文翙坐视不管，反而加紧了对契丹人的盘剥。所有的契丹人都愤怒了，李尽忠联合另外一位契丹首领、归城州刺史孙万荣发动兵变，杀进了营州城，杀死了赵文翙。

由于赵文翙带领的军队实在是不堪一击，李尽忠攻陷营州之后有了新的想法——既然武周军力如此孱弱，我为什么要臣服于它？于是，他自封"无上可汗"，封孙万荣为大将军，带着契丹军队从东北杀进关内。

契丹是游牧民族，打仗时从来不自己准备粮草，靠的是劫掠百姓提供补给。李尽忠的军队入关后，在今天的北京、河北一带大肆劫掠，无数北方子民惨遭屠戮。

虽然李尽忠入侵中原、无恶不作，但他却打出了一个堂皇的口号——"何不归我庐陵王"，意思是你武则天篡夺了李唐的江山，还把唐朝皇帝李显贬为庐陵王，现在我们打进中原，只反武则天，不反大唐，目的是为李唐江山复辟。

这一举动刺激到了武则天最敏感的神经，震怒之下，武则天做的第一件事就是给李尽忠和孙万荣改名字：李尽忠改为李尽灭，孙万荣改为孙万斩。这不是武则天第一次做这种事了，当年突厥可汗骨笃禄叛乱时，她就给骨笃禄改名"不卒禄"。

改名字当然解决不了问题，随后，武则天派出左鹰扬卫将军曹仁师、右金吾卫大将军张玄遇、左威卫大将军李多祚、司农少卿麻仁节等二十八将率军征讨李尽忠，对外宣传共出动二十四万大军，实际上为八万人，但即便如此，武周军队依然在人数上占据着绝对的优势，当时契丹军队最多不超过四万人。

七月，武则天又派武三思带兵驻守榆关（今山海关）。许多文官也加入军队，担任幕僚，其中包括著名诗人、著作佐郎崔融。总而言之，武周帝国完全动员起来，朝堂上下充满了同仇敌忾的气氛。

当陈子昂听说叛军在北方的暴行之后，也被激怒了，虽然他曾经数次上疏，反对武则天发动战争，但陈子昂所反对的，是对外的侵略战争，当国家需要用战争手段来保护领土、人民时，陈子昂是最为坚决的拥护者。

武三思大军出征那一天，陈子昂与百官一起，在城外为将士们饯行。他慷慨激昂地赋诗一首，送给即将出征的崔融：

送著作佐郎崔融等从梁王东征

金天方肃杀，白露始专征。

王师非乐战，之子慎佳兵。

海气侵南部，边风扫北平。

莫卖卢龙塞，归邀麟阁名。

"方外十友"之一的杜审言也被陈子昂的诗文所感染，写下了《赠崔融》：

君王行出将，书记远从征。

祖帐连河阙，军麾动洛城。

旌旆朝朔气，笳吹夜边声。

坐觉烟尘扫，秋风古北平。

在众人的注视下，帝国军队出征远行。

之后一段时间，陈子昂始终关注着前线的局势，盼望着捷报传来，但事与愿违。当年八月份，前方传回战报——张玄遇、曹仁师、麻仁节率部轻进，遇伏，全军覆没。

八万打四万，怎么会输？还输了个干干净净？陈子昂非常不解，经过多方打听，他才终于知道了这场耻辱战争的经过：

实际上，在大军出征之前，清边前军副总管张九节就在檀州（今北京密云）数次击退叛军，这也让以曹仁师为首的武周军将领有了轻敌之心。

李尽忠得知武周派大军前来征讨，决定智取。彼时，契丹军中有上百位被俘的武周士兵，李尽忠让看守他们的士卒假装无意中透露"契丹军队粮草不足"的消息，然后又把俘虏全都给放了。

被释放后的武周士兵回到了军中，把"契丹人粮草不足、军心涣散"的消息四处传播。武周将帅听信了这些话，更加轻视敌人。他们率领骑兵，甩开步兵先行突击，想要一举歼灭契丹军队。

八月二十八，武周军队来到了西硖石黄獐谷前。此地距离北京不远，是崇山峻岭中的一条狭窄通道，但凡有点军事常识的人都知道，如此地形极容易遭到埋伏。武周军队本来还有几分警惕，但是当他们在黄獐谷前看见路边到处都是被契丹人遗弃的老牛、瘦马，还有不少契丹民众主动来请降，诸将彻底放下了戒心。他们认为此时契丹人缺粮少马，定然在仓皇逃窜。只要追上他们，就能杀敌立功。

于是，数万武周军冲进了狭窄的黄獐谷。

中计了！李尽忠的大军就在谷中埋伏，武周军人数虽多，但谷内地形狭窄，根本就无法排兵布阵，最终被早有准备的契丹军队杀了个落花流水，大将张玄遇和麻仁节被俘。

击败武周军队后，李尽忠用缴获的官印伪造文书，称：官兵已经打败了契丹军队，你们速速前往营州。若来晚了，军将皆斩！

伪造的文书被间谍送到步兵军中，负责统领步兵的宗怀昌信以为真，带领军队星夜兼程直奔营州，却不想半路被契丹军队埋伏。武周步兵完全没有准备，加之长途行军兵困马乏，在敌人的进攻之下全无招架之力，全军覆没。

黄獐谷之败，是自大唐建国以来，在长城以南遭遇的第一场大败。陈子昂得知这个消息之后，气得要死，一气前方将领轻敌冒进、招致大败；二气自己身处后方，不能上前线为国效力。

第五节　授绳当系虏　单马岂邀功

首征李尽忠大败，武则天决定二次出征。由于之前损失了太多兵力，为补充兵员，朝廷有令：监狱的囚犯和贵族的家族，凡是身强力壮者，都可以参军入伍，国家还会给他们出赎身的钱。

诏令颁布后，大批囚犯、家奴为获自由身加入军队，武周在短时间内又组织起了十五万人的军队，由右武卫大将军武攸宜率领，准备奔赴前线。

武攸宜是武则天的侄子，他的祖父武士让与武则天的父亲武士彟是亲兄弟。这些年来，武则天大封武氏族人，武攸宜虽然才能一般，却也被封为了建安郡王。这一回，武攸宜更是成了统领大军征讨契丹的大将军，开衙建府、起居八座，不在话下。

所谓"开衙建府"，指的其实是"开府制度"。从汉朝开始，三公、大将军、将军便有了开府的权力。简单来说就是建立府署并自选僚属。陈子昂为了能有机会从军出征，便加入武攸宜的幕府。武攸宜知道陈子昂文笔出众，便让他做军中管记，专门负责拟写公文。出征之前，陈子昂积极协助武攸宜做战前的准备工作，代武攸宜写了《上军国机要事》，上呈给武则天。由于是代写，所以这篇文章是用武攸宜的口气说的。

正所谓"不谋全局者，不足谋一域"，陈子昂这篇文章，虽然主要是在讲征讨李尽忠的方略，但他没有把目光仅仅局限在这一个点上，而是将社会现状、经济情况等联系到一起，从更高的层面上分析了影响战争的全面因素，并给出了许多非常有建设性的意见。例如，陈子昂指出，虽然李尽忠来势汹汹，但目前国家的最大威胁还是吐蕃和突厥，所以千万不能因为征讨契丹，就把边防部队大量征调到东北。他还认为，现在为前线运送粮草的民夫太辛苦，一定要派明事理的官员去督运粮草，一防粮草供给出现问题，二防民夫生变、后院起火。

当国家遭到外敌入侵时，那个意气消沉的陈子昂瞬间振作起来，恢复了作为一个战略家的风采。大军临行之际，陈子昂又满怀激情地书写了《为建安王誓众词》。在誓师大会上，武攸宜捧着陈子昂写的誓词，大声训示。

誓师结束后，十五万武周军队高呼："搴旗斩馘，扫孽除凶！搴旗斩馘，扫孽除凶！"浩浩荡荡向东北方向进发。值得一提的是，"搴旗斩馘"这个成语，正是出自陈子昂的这篇文章。

陈子昂也随大军出征。临行前，朝中大臣们设宴为大军送行。酒宴上，他即席赋诗，写了一首《东征答朝臣相送》：

平生白云意，疲苶愧为雄。

君王谬殊宠，旌节此从戎。

挼绳当系虏，单马岂邀功。

孤剑将何托，长谣塞上风。

这首诗其实是陈子昂近期以来心路历程的一个总结：他本来已经有了归隐之心（平生白云意），但敌寇来袭，必须要挺身而出，投军报国，这样做的目的不是为了加官进爵，而是为保国安民。

第六章　幽州台上赋悲歌

第一节　知君心许国　不是爱封侯

陈子昂随武攸宜大军自洛阳出发，朝东北方向前进。临行前，宋之问找到他，说："我过几天要到天平军（驻军之地，今山东东平县附近）公干，也要经过新乡。你在新乡等我，咱们在那儿相会。"陈子昂称好。

陈子昂到新乡后，却没有等到宋之问。由于军情紧急不得耽搁，他便随军离开了新乡。等陈子昂走到淇门（今河南浚县附近）时，收到了宋之问的来信，信中有诗一首《使往天平军马约与陈子昂新乡为期及还而不相遇》：

> 入卫期之子，吁嗟不少留。
> 情人去何处，淇水日悠悠。
> 恒碣青云断，衡漳白露秋。
> 知君心许国，不是爱封侯。

看着诗中那句"知君心许国，不是爱封侯"，陈子昂大有"知我者宋之问"的感觉。他马上给宋之问回信，信中也附诗一首：

东征至淇门答宋参军之问

南星中大火，将子涉清淇。
西林改微月，征旆空自持。
碧潭去已远，瑶华折遗谁。
若问辽阳戍，悠悠天际旗。

朝廷军队过了淇门后，开始向北走，再走过邯郸、邢台，距离敌人活动的区域越来越近了。此时，军中所有人都有一个共同的目标——诛杀李尽忠！但这个愿望永远不可能实现了，因为在大军抵达幽州地区后不久，李尽忠自己挺不住了，先死一步。李尽忠死后，孙万荣接替了他的位置，成了"无上可汗"。

武攸宜的大军来到蓟城（今天津）时，便听说了李尽忠的死讯，全军上下喜中带憾。不几日后，孙万荣带领军队进犯蓟城周边，先去攻打平洲（今河北卢龙），被武攸宜派驻到那里的大军击退，又去进犯檀州，遭到张九节的阻击，大败而退。

孙万荣虽然败了，但主力部队尚在，依旧游荡在河北一带，四处劫掠。此时，东北方向传来消息——突厥首领默啜趁着契丹军队南下，偷袭并洗劫了松漠，就连孙万荣的妻儿老小也被俘虏了。松漠是契丹人的"老巢"，被突厥人偷袭，契丹军队成了丧家之犬，彻底没了后路。

默啜占领孙万荣老巢之后，向武则天邀功。武则天非常高兴，封默啜为"立功报国可汗"。

此时的孙万荣陷入了两难的境地——北边有突厥人虎视眈眈，南边有武周军队严阵以待，他进退维谷。之后的两个多月，契丹军队蛰伏在燕山之中，人心惶惶，不敢再发动大规模的军事行动。

随大军出征的陈子昂，眼见朝廷军队在平洲打退了孙万荣，随后又听说孙万荣去进攻檀州，也以失败告终。从那以后，孙万荣也不知道跑到哪里去了。总之，北方地区获得了安宁，陈子昂乐观地认为：我军已经占据了绝对的主动，获得最终的胜利只是时间问题了。

不仅他一个人这么看，朝堂上下都觉得孙万荣已经不足为惧。当年十一月，武则天召武三思班师回朝，仅留武攸宜的军队驻守幽州，随武三思出征的崔融也随军返回洛阳。当时，陈子昂和崔融都在蓟城。听说崔融要走，陈子昂去给他送行。二人喝了不少酒，兴致勃勃地携手登上了蓟城西北楼。

北国十一月，正是千里冰封、万里雪飘的季节，望着幽燕大地被皑皑白雪所覆盖，想起敌人此时不知道正在哪个荒凉的地方龟缩，陈子昂充满了必胜的决心，所以他在《登蓟城西北楼送崔著作融入都》中写道：

蓟楼望燕国，负剑喜兹登。
清规子方奏，单戟我无能。
仲冬边风急，云汉复霜棱。
慷慨意何道？西南恨失朋。

武周军上下都以为敌人已经走投无路，己方胜券在握，但他们不知道的是，此时的孙万荣正打算放手一搏。

契丹军自从老巢被占、进攻屡遭失败后，只好藏匿于燕山之中。彼时正是寒冬，天寒地冻、粮草不济、军心涣散，孙万荣的心情也如同寒冰一样，他不知道何去何从。入关以来，虽然打了几次大胜仗，但唐军却越打越多，反观自己这边，四万多军队死的死、跑的跑，现在只剩下一万多人。老巢被占的消息已经在军中传开，悲观情绪在士兵中迅速蔓延，已经有很多人当了逃兵，再这么耗下去，这一万人也都得跑光。

这可怎么办呢？

正当孙万荣愁眉苦脸时，军帐外走进二人，一个叫骆务整，一个叫何阿小，都是孙万荣手下的猛将。二人走进来，向孙万荣行礼，然后说道："可汗，我们不能再坐以待毙了！"

孙万荣说："我也知道不能干耗着了，可是现在有什么办法？回松漠去？那该死的默啜把我们的老家都占领了，靠咱们这点人，打得过吗？继续往南打？你们也看到了，武则天派了十几万军队守在幽州、蓟州一带，再加上这里的城池无比牢固，打不下来啊！"

骆务整说："可汗言之有理，不过，我想我们为什么非要打幽州、蓟州呢？为什么不绕过这些地方，直接攻击更南边的冀州（今河北衡水）、瀛洲（今河北河间市）呢？"

孙万荣看了一眼骆务整，说："冀州、瀛洲倒是城防薄弱，可是，如果我们绕过幽州、蓟州直接向南进军，万一被这两个地方的武周军抄了后路怎么办？难道继续往南打，直接去进攻洛阳吗？异想天开！"

何阿小道："可汗，如今什么都不做会死，放手一搏或许还有生机。不如这样，我和骆务整率领精锐骑兵去攻打冀州、瀛洲，务求速胜。破城之后，抢了城中的粮食、钱财后，便立刻北归。您在后方坐镇，若我二人得胜，您想办法接应我们；若我二人败，您便另想办法。"

骆务整也说："可汗，只要我们能劫掠冀州、瀛洲两个地方，就不用愁粮草、钱财了！"

孙万荣听了二人的话，觉得很有道理，心想："与其坐以待毙，不如放手一搏，既然这两个人愿意主动当先锋，以身犯险，我也没有理由拒绝。"于是，他对二人说道："好，那我就分兵一半给你们，你们各带两千五百精锐骑兵，绕过幽、蓟之地，直插黄河北。记住，一旦得胜，立刻回军，我接应你们平安归来。"二将领命，当天夜里便带着军队朝南去了。

骆务整和何阿小带着骑兵绕过重兵防守的蓟州、幽州，直奔防御薄弱的冀州城。冀州守将根本就没想到契丹军会突然兵临城下。在他看来，即便契丹军要进攻，也得先打下蓟州、幽州，才能来到自己的地盘。所以当冀州遭遇进攻时，城内军民根本就毫无准备，再加上守军人数有限，因而很快就被攻破城池，刺史陆宝积战死。

契丹军攻城的目的不是要占领城池，而是劫掠物资。这些虎狼进入冀州城后，大肆烧杀抢掠，两千多武周子民在此过程中被杀，无数钱粮被抢。拿下冀州城后，骆务整和何阿小帅军直奔瀛洲。瀛洲城的情况和冀州城差不多，也被契丹军队攻破，军民死伤无数。

南边的战报很快就传到了武攸宜军中，武攸宜完全没想到战事会蔓延到靠近黄河以北的中原区域，他顿时慌了，不知所措。

陈子昂得知敌人偷袭冀州的消息，赶忙来到武攸宜帐中，对武攸宜说："敌人在冀州一带大肆劫掠。依我看，他们虽然攻下了冀州和瀛洲，但不会在那里久留，必然急于带着战利品北归。我们何不出兵截住他们北归的道路，一举消灭契丹军队！"

此时的武攸宜，只想龟缩在坚固的城池中保全自身，让他主动出击，与敌人在野外正面交锋，他才不敢呢。所以，武攸宜装作一副忧国忧民的样子说道："梁王班师回朝，带走了大量军队，目前我手下可用之兵不多，主要职责是固守幽州、蓟州等地。如听你言，万一有所闪失，必将陷两州百姓于水火！到时候谁能负得起责任？"

陈子昂与武攸宜相处了大半年，早知道他是什么货色，但没想到他居然能把龟缩不前、带兵观望说得这么大义凛然。陈子昂见武攸宜不愿发兵，便慷慨说道："将军，请您分给我一万兵，我带兵去和契丹人死战。若胜，是将军你用兵有方；若败，则是我陈子昂带兵失策，请朝廷砍我的脑袋。"

武攸宜看着陈子昂个子不高，一把宝剑别在腰间都快捅到脚后跟了，面色苍白，听说最近身体还不大好，他心中顿时觉得这个书生是在和自己开玩笑，便说道："陈参军，你不要和我开玩笑，军国大事岂是儿戏？"

陈子昂道："我没有开玩笑……"他还想再说，只听武攸宜一声大喝："住嘴！你一个小小的八品参谋，就算是要出兵也轮不到你，退下吧！"

陈子昂一时语塞，只好叹气离开了军帐。

由于武攸宜没有派大军截杀，契丹军在冀州等地犯下累累罪行之后，带着劫掠来的大批物资安然回到了燕山以北。有了这些物资，孙万荣部的军心又稳定下来。他们返回了东北地区（当时属于安东都护府的管辖范围之内），开始在那里四处烧杀抢掠。

武则天听说孙万荣派人攻陷冀州，搞得整个河北人心惶惶，决心彻底消灭契丹军。她任命王孝杰为清边道行军总管，苏宏晖为副总管，带兵十七万，主动出击，征讨孙万荣。

王孝杰是当世名将，战功卓著。他出生于长安附近，年轻时便从军入伍，由于屡有立功表现。唐高宗任命他为军中副总管，与工部尚书刘审礼一同带兵征讨吐蕃。

刘审礼、王孝杰领兵与吐蕃军大战，苦战良久，胜负就在一线之间。彼时，洮河道大总管兼镇抚大使李敬玄的部队就在战场不远处，但由于他跟刘审礼有私怨，因而不肯出兵帮忙，导致唐军大败，王孝杰被俘虏。

王孝杰被俘后，吐蕃人想要劝降，但他宁死不降。吐蕃赞普赤都松赞听说王孝杰骨头硬，便想亲自来会一会他。见到王孝杰的那一刻，赤都松赞惊呆了，因为王孝杰和赤都松赞的父亲芒松芒赞长得几乎一模一样。吐蕃人一贯相信人可以转世投胎，那赤都松赞认为王孝杰就是自己父亲转世，当场给王孝杰松绑，好吃好喝地招待了一番，将王孝杰放回了唐朝。

赤都松赞把王孝杰当转世的爹，王孝杰可没把他当前世的儿子。回到唐朝后，王孝杰再次领兵征讨吐蕃，一举收复安西四镇，并且在龟兹重设都护府。得胜归来后，武则天亲自接见了王孝杰，并任命他为左武卫大将军，第二年又升任夏官尚书、同凤阁鸾台三品，可以说是位极人臣。

升官后的王孝杰向武则天表示，自己要再次征讨吐蕃，争取把吐蕃国彻底消灭，武则天准许。但王孝杰没能延续胜利，此次出征遭遇惨败。武则天很生气，将王孝杰撵回老家养老。

这一次武则天派大军征讨孙万荣时，又想起了王孝杰，把他从老家叫了回来，负责统领大军。王孝杰领到王命，赶紧结束了自己的养老生活，重新跨上战马，向蓟州出发。

第二节　陈子昂献策　王孝杰捕鼠

陈子昂请求带兵出征被武攸宜驳回，非常失望，但大战在即，陈子昂不会因为自己有点情绪就罔顾职责。他一直在想一个问题：孙万荣部劫掠了河北中部之后，便似乎突然消失了，他们究竟在哪呢？想来想去，陈子昂得出了一个结论：他们一定是回东北了！虽然孙万荣部的老巢被占，但是他们可能会进攻其他东北州县。而且，当时东北还有许多其他异族军阀，如果孙万荣搅乱了东北，这些军阀便可能会趁乱起兵，与孙万荣一起对付朝廷军队。

想明白了这一层，陈子昂马上去找到武攸宜，上言道："大将军，孙万斩可能回到了安东，去攻打其他州县，如果任由他把安东搅个天翻地覆，那么安东诸军恐怕会起二心，到时候就有大麻烦了！"

陈子昂所说的"安东诸军"，指的是唐朝建立的安东都护府下辖的各少数民族军队。唐朝及武周实行"城傍制"，指朝廷将边境归顺的少数民族迁到内地，在军镇城旁给他们划分领地，让他们放牧、农耕，只收取很少的税费。朝廷每年都会派出军官，对少数民族的军队进行军事训练。一旦有边境战争的时候，少数民族需要自备战马、甲胄跟随出征。李尽忠和孙万容就是安东都护府下辖的契丹族军阀。除了契丹军队之外，当时的安东都护府还管辖着奚、靺鞨、朝鲜等少数民族军队，即所谓的"安东诸军"。

武攸宜觉得陈子昂所言有理，慌忙问道："那你说，该怎么办？"

陈子昂道："第一，派一支人马去协助安东都护府抵御叛军。"

武攸宜慌忙点头道："好，那我派薛讷带领五万军马到安东去。"薛讷是薛仁贵之子，骁勇善战，派他去再合适不过。陈子昂心想："武大将军啊，你终于作出了一个正确的决定。"他又说道："第二，写一份书信，安抚安东诸军的将领。"

此时的武攸宜，对陈子昂的意见是照单全收，说："好，那你就帮我写封书信给安东诸军。"

陈子昂回到营帐，很快就为武攸宜写好了《为建安王与安东诸军州书》。

陈子昂文中的建议，体现了他敏锐的军事直觉。事实上，早在李尽忠叛乱后，就曾派说客许钦寂（许钦寂本是龙山军讨击副使，驻守崇州，兵败被俘）到其他安东军阀那里鼓动叛乱，这次他们劫掠冀州钱粮后回到东北，也是为了联合其他军阀一起造反。这些情报虽然没有第一时间传回朝廷，但陈子昂已经预料到会有此类事件发生，因此他建议武攸宜迅速派兵到安东，并下书安抚安东诸军，是非常有先见之明的。

万岁通天二年（697）春，薛讷率军赴安东。他率领的五万军马并没有走陆路到安东，而是从海上乘船前往，只因孙万荣部没有海军，无法从海上半路劫击薛讷的军队。

临行前，武攸宜为了祈求军队水陆平安，举行了祭海仪式。陈子昂在仪式上写了一篇《祭海文》：

万岁通天二年月日，清边军海运度支大使虞部郎中王玄珪，敢以牲酒驰献海王之神：神之听之：我国家昭列象胥，惠养戎貊，百蛮率职，万方攸同。鲜卑猖狂，忘道悖乱，人弃不保，王师用征。故有渡辽诸军，横海之将，天子命我，赢粮景从。今旌甲云屯，楼船雾集，且欲浮碣石，凌方壶，袭朔裔，即幽都。而涨海无倪，云涛洄洑，胡山远岛，鸿洞天波。惟尔有神，肃恭令典，导蠲首，骑鲸鱼，呵风伯，遏天吴，使苍兕不惊，皇师允济，攘氛剿虐，安人定宅，苍苍群生，非神何赖。无昏泪乱流，以作神羞。急急如律令。

由于武攸宜及时派兵到安东协助当地守军与孙万荣作战，因此孙万荣在安东的军事行动没有占到任何便宜。不久之后，安东都护府发来信报称：安东诸州县数次击退孙万荣的进攻，并询问朝廷大军何时北上，彻底消灭敌军。

武攸宜得到这一有利情报后，洋洋得意，自吹自捧地对诸人说："多亏我有先见之明，知道那孙万斩会去安东一带劫掠，因此早派兵马支援、下书安抚，才终于保全安东无恙。"

陈子昂的功劳被厚颜无耻的武攸宜抢夺，他却也没说什么，一是因为对方是大将军，位高权重，说之无益；二来正如宋之问所说，陈子昂从军的动机是"心许国"，并非"爱封侯"，他只希望自己那些有利国家、有助战事的建议能够被采纳，至于其他事情，没那么重要。但要说陈子昂心里一点想法也没有，那也不可能，看着武攸宜那副自以为高明的样子，陈子昂如同吞了一只苍蝇，他心中默默道："让这样一个人统领全国半数军队，只是因为他姓武，这真的好吗？"

武攸宜大吹大擂一番之后，又对陈子昂说："陈参军，你给安东诸军写一封信，告诉他们朝廷派来的大军稍后便到。大军一到，我们便要主动出击，消灭孙万斩易如反掌。"陈子昂领命，写了《为建安王与诸将书》：

使至辱书，仰知都督率兵马摧破凶虏，远闻庆快，实慰永怀。非公等忠勇兼资，统率多算，同心戮力，殉节忘躯，何以克翦逋凶，扬国威武。在此将士，闻公等殊战，贼不当锋，莫不西望愤勇，钦美独克，甚善甚善。

即日契丹逆丑，天降其灾，尽病水肿，命在旦夕。营州饥饿，人不聊生，唯待官军，即拟归顺。某此训励兵马，袭击有期，六军长驱，此月将发，恨不得与诸公等共观诸将斩馘献俘。旦夕严寒，愿各休胜，契丹破了，便望回兵平珍默啜。与公等相见有日，预以慰怀。临使匆匆，书不尽意。

王孝杰的大军来到蓟州时，已经是二月底。有大军撑腰，武攸宜的底气又足了，他带领军队离开蓟城，驻扎在了离敌人更近的渔阳（今北京密云一带）。

某天，陈子昂正在帐中歇息，突然听到外面一阵喧哗，有人叫道："逮住他，逮住他！"陈子昂心想："发生了什么事儿？逮住谁？"走出军帐，只见王孝杰提着一个笼子，众人正在围观笼中之物。陈子昂走近一看，好家伙！笼子里关着一只老鼠，浑身白毛，体型硕大，跟兔子似的。更奇怪的是，这只老鼠的眼睛是金黄色的。

武攸宜也听到喧哗声后走了过来，问王孝杰："王总管，这是你逮住的？"

王孝杰说："是的，我正在军营中巡视，就看见这家伙从外面冲了进来，起初以为是只兔子，逮住一看是大白老鼠，少见少见。"说完他问陈子昂："陈参军，你博古通今，可知这白鼠有什么说法？"

陈子昂想了想，说："晋朝的葛洪在《抱朴子·对俗》说：'鼠寿三百岁，满百岁则色白，善凭人而卜，名曰仲，能知一年中吉凶及千里外事。'《宋书·符瑞志下》也说：'晋惠帝永嘉元年五月，白鼠见东宫，皇太子获以献。'"

旁边有个姓贾的兵曹说道："乖乖，了不得，这只白鼠活了一百多岁了！那岂不是要成精？"

陈子昂突然想起了什么，说道："契丹人发型怪异，据说，那孙万斩喜欢把头顶上的头发剃光，在头颅两侧留长发，结成辫子，看起来活脱脱像老鼠尾巴。如今白鼠精入我军营，被大总管所擒获，可能预示着大总管此次出征，必能擒获敌酋，是极好的征兆啊。"

此话出口，武攸宜和王孝杰都很高兴，武攸宜说："陈子昂，你赶紧写一封奏表，把今天的吉兆告诉皇帝！"陈子昂领命。回到帐中后，陈子昂铺开纸、研好墨，写下了《奏白鼠表》：

> 臣某言：今月日臣等令中道前军总管王孝杰进军平州，十九日行次渔阳界，昼有白鼠入营，孝杰捕得笼送者。身如白雪，目似黄金，顿首跧伏，帖若无气。将士同见，皆谓贼降之征。臣闻鼠者坎精，孽胡之象，穿窃为盗，凶贼之徒，固合穴处野居，宵行昼伏。今白日归命，素质伏辜，天亡之征，兆实先露。自孝杰发后，再有贼中信来，不谋同词，皆云尽灭病死，亲离众溃，匪朝即夕。臣训兵励勇，取乱侮亡。昔宋克鲜卑，苍鹅入幕，今圣威远振，白鼠投营。休兆同符，实如灵契，凡在将士，孰不欢欣。执馘献俘，期在不远。

给皇帝写完奏表后，武攸宜又对陈子昂说："这件事情不仅要告诉皇帝，也要让其他友军知晓。前不久王尚书来书问我前线战事。这样吧，你以我的名义给王尚书写一封书，把吉兆告诉他。"陈子昂没想到自己随口说的一句吉祥话，竟然成了武攸宜宣扬必胜论的依据，无奈之下，他又写了《为建安王答王尚书书》：

> 使至辱书，知初出黄龙，即擒白鼠，凶贼灭兆，事乃先征，凡百士众，莫不喜跃。鼠者坎精，穿窃为盗，夜游昼伏，乃是其常，今白日投躯，素质委命，贼降之象，理必无疑。近再有贼中信来，亲离众溃，期在旦夕。尚书宜训兵励士，秣马严威，因此凶乱之机，乘其败亡之势，事同破竹，无待剪茅。坐听凯歌，预用欣慰。

有十七万大军撑腰，再加上"白鼠吉兆"，让武攸宜彻底膨胀了。他一改从前那副畏缩不出的样貌，开始大张旗鼓地策划起进攻方案来。与此同时，由于孙万荣部在安东的军事行动一无所获，所以又来到了幽、蓟地区作乱。在确定了敌人的大致方位后，武攸宜决定派王孝杰、苏宏晖向北进军，与孙万荣的主力部队展开决战。

三月一日，王孝杰、苏宏晖率领的数万大军向北出征。临行前，陈子昂写了一篇《祃牙文》，为将士们送行。所谓"祃牙"，就是出征祭旗的仪式。陈子昂在这篇文章中说：万岁通天二年三月朔日，清边道大总管建安郡王某，敢以牲牢告军牙之神……今大军已集，吉辰协应，旄头首建，羽饰前列，夷貊咸威，将士听誓，方俟天休命，为人殄灾……

第三节　大军再失利　悲痛写《国殇》

望着那数万人组成的"北伐大军"，陈子昂想起了洛阳出征时的情景：那一日，十几万军马旌旗招展、遮天蔽日，原以为胜券在握，却不想大败而归。可见，战场之上兵多不见得必胜，更需要领兵之人够勇武、有谋略。

再看看身边的武攸宜，骑着高头大马，身穿明光铁甲，威风凛凛、不可一世，脸上写满骄横。不知怎的，陈子昂心中突然涌现四个字——骄兵必败。

王孝杰、苏宏晖领军北伐，很快就发现了孙万荣部的踪迹，二人各领一军，向敌人发起进攻。孙万荣部且战且退。王孝杰怕孙万荣逃遁，率领精锐部队快速追击，苏宏晖率领大军紧随其后。

王孝杰的精锐部队追孙万荣部到了一个叫东硖石谷的地方，孙万荣部先入谷，王孝杰军紧随其后。孙万荣部走出峡谷后，也不跑了，立刻回身发起反击。王孝杰不慌不忙，命令部队结成方阵，摆出防守姿态。

当时，王孝杰的军队人数要比孙万荣部少得多，但是他一点也不怕，因为苏宏晖率领的大军正在赶来，只要自己拖住孙万荣，等大军一到，定然可以将其一举歼灭。

孙万荣率领军队三面围攻王孝杰，王孝杰倚仗着精兵强将苦苦支撑，等待苏宏晖的支援。他坚持了许久，却始终不见苏宏晖的军队，便觉得事情有点不太对。又过了许久，苏宏晖还不来，王孝杰手下的士兵们见大军迟迟不到，士气逐渐低落，武周军开始显露败相。

此时的王孝杰，应该又想起了当年攻打吐蕃被俘时发生的往事——友军明明就在身后，却始终不来增援。他心中或许在问："难道相同的事又要重演了吗？"

苏宏晖率领的大军的确就在不远处，但是他却下令全军停止前进，并派出探子穿过东硖石谷，去刺探军情。过了很久，探子回来了，报告说："王总管在峡谷出口遭遇敌人三面围攻，力战不退。"苏宏晖听到"三面围攻"就慌了，后面"力战不退"四个字被他忽略了。然后，他下达了一个极其愚蠢的命令——全军后退！

王孝杰再次被友军放鸽子，被敌军逼到绝路之上，坠崖身亡。

王孝杰兵败身死的消息很快就传到了渔阳，前不久还不可一世的武攸宜，瞬间变成了无头的苍蝇，在军帐内乱转，嘴里大喊大叫说道："数万大军出征，怎么又败了！王孝杰在干什么？苏宏晖又在干什么？现在怎么办？"

陈子昂挺身而出，对武攸宜说："王孝杰兵败已成定局，当务之急一是收拢败军，二是趁着孙万斩部刚刚经历了一场大战，人马困乏而心智骄横，我们再次出兵袭击，一定能够取胜。"

武攸宜这个人，顺境狂妄，逆境怯弱，听陈子昂劝他出兵，内心立刻充满恐惧，赶忙呵斥道："我军初败，士气低落，此时出兵无异于以卵击石。"

陈子昂有些愤怒了，说道："就算我们之前败了，但毕竟尚有十万大军，就算孙万斩侥幸赢了一场，他也不过只有区区一两万人，我是石，敌才是卵！"

武攸宜对外软弱，对内却强硬得很，对陈子昂大吼道："你只不过是军中文书，手无缚鸡之力，就算腰间挎剑，也不过是个摆设，休要再对军国大事指手画脚，退下！"

陈子昂真想拔出宝剑给武攸宜来一下，让他知道谁才是手无缚鸡之力的弱者，但他不能那么做，只好咬着牙退出了帅帐。回到自己的住所后，陈子昂心中悲痛万分，为那死在前线的将士而悲，为国家屡遭羞辱而痛，他提起笔来，写下了《国殇文》：

丁酉岁三月庚辰，前将军尚书王孝杰，败王师于榆关峡口，吾哀之，故有此作。

天未悔祸兮，炽此山戎。虐老昏幼兮，人罹其穷。帝用震怒兮，言剪其凶。出金虎兮曜天锋。扫宇宙之甲，驰燕蓟之冲。何士马之沸渭，若云海之汹汹。荆吴少年，韩魏劲卒，戈矛如林，白羽若月。且欲蹈乌丸之垒，刈赤山之旗。联青丘之缴，封黄龙之尸。凶胡猾狓，奸险是凭，蛇伏泥滓，蚁斗邱陵。哀我将之伉勇兮，无算略以是膺。陷天井之死地，属云骑以相

190

腾。短兵既接，长戟亦合。星流飙驰，树离山沓。智无所施其巧，勇不能制其怯。顿金鼓之雄威，沦舆尸之败业。呜呼哀哉！矢石既尽白日颓，主将已死士卒哀。徒手奋呼谁救哉，含愤抗怒志未回。杀气凝兮苍云暮，虎豹栗兮殇魂惧。殇魂惧兮可奈何？恨非其死兮弃山阿。血流骨积殪荒楚，思归道远不得语。降不戮兮北不诛，殁不赏兮功不图。岂力士之未徇，诚师律之见孤。重曰：壮士虽死精魂用，凶丑尔仇不可纵。我闻强死能厉灾，古有结草抗杜回。苟前失之未远，傥冥仇之在哉，呜呼魂兮念归来！

战国时期伟大的爱国诗人屈原曾经写过一首《国殇》诗，以哀悼死难的爱国将士，追悼和礼赞为国捐躯的楚国将士的亡灵。陈子昂所写的这篇《国殇文》散文诗，明显受到了屈原的影响。与屈原不同的是，在陈子昂的文章中，除了哀悼士兵之外，还表现出了强烈的为国雪耻的决心。

陈子昂太想报仇雪恨了，所以即便他知道武攸宜已经开始讨厌自己，还是不断地建言献策，希望武攸宜能够有所作为。战败后没几天，陈子昂又找到武攸宜，说："将军，虽然目前我军遇到了一些挫折，但实力仍然远在敌人之上，应该继续出兵，以决战的姿态与敌人对决。"

武攸宜道："敌军气势正盛，宜坚守不出，待时而动。"

陈子昂说："将军，时不我待啊！现在全国上下、朝野内外，无数双眼睛都在看着我们呢，遇到了点小小的失败，您便坚守不出，不仅会让国人寒心，还会助长反贼的气焰！"

武攸宜已经有些动怒了，沉声道："这是军国大事，谋定而后动，万一再遭失败，我怎么向朝廷交代，怎么向皇帝交代？"

陈子昂说："全国一半的军队都在您的掌握之中，这么多军队驻扎在前线，一天要吃掉多少粮草？要花费多少国帑？如果不能速战速决，国库会被掏空，百姓们肩上的负担也会越来越重！将军，请您三思啊！"

武攸宜想发怒，但陈子昂说的话又的确在理，令他难以反驳，于是便胡搅蛮缠道："好，陈参军，你说要出兵，那你告诉我，现在让谁领兵出征？哪个将领能担此重任？"

陈子昂说："选择那些治军严肃，忠诚可靠的将领，打仗是国家大事，再不能儿戏了！"

武攸宜勃然大怒，说："儿戏？难道本将军之前把打仗当成儿戏了吗？陈子昂，你这话什么意思？"

陈子昂赶忙揖首道："我不是在说从前的事，而是说将来的事。"

武攸宜道："将来的事自有朝廷决断，自有皇帝圣裁，还轮不到你来说！"

陈子昂道："将军，经此一役，敌人气焰愈加嚣张，而我军将士普遍产生了怯战的情绪，如果不能尽快用一场胜利来扭转这种局面，任由消极情绪在军中蔓延，在国家蔓延，那么将后患无穷啊！"

武攸宜彻底忍无可忍了，说道："陈子昂，本将与你已经无话可说了，在我没有翻脸之前，你还是先退下吧！"

陈子昂不死心，道："既然将军不想见我，那就给我一万兵马，我马上离开渔阳，与敌人一决死战！"

武攸宜大叫道："又来要兵！你以为兵马是牛羊吗？说给你一万就给你一万？我看你是想立功想疯了！从今日起，你不再是参军了，去老老实实做个兵曹吧。"

陈子昂知道再说什么都没用了，便对武攸宜行了个礼，说："陈兵曹遵命。"说完转身离开。这是陈子昂最后一次不顾一切地为战事坚持己见，从那以后，他只一心处理军中文书，旁事不多过问。

可即便是只处理文书，也让陈子昂体会到了武攸宜军中的黑暗与不公。

苏宏晖临阵脱逃，是导致此战失败的罪人，武则天得到战报之后，马上派出使者去军中斩杀苏宏晖。苏宏晖也知道自己命不久矣，马上去向武攸宜求情，希望他能上奏皇帝，保自己一命。武攸宜眼珠子滴溜溜乱转，说道："你这次犯下了大错，就算我给你上表求情，皇帝也不见得会赦免你。"

苏宏晖一头磕在武攸宜面前，说："大将军！建安王！救命啊，我苏宏晖愿从此以后唯大将军马首是瞻！"

武攸宜假模假样地把苏宏晖扶了起来，说道："想要活命，也不是没有办法，这样吧，你现在带兵出城，去寻找孙万斩手下的小股部队，只要能打赢一仗，提几个人头回来，我就跟皇帝说你已经戴罪立功了，到时候你的死罪一定可以赦免。"

苏宏晖的脸还是苦兮兮的，说："想要打败契丹军队，谈何容易？"

武攸宜说："你要想活命，这是唯一的办法。"他见苏宏晖沉默不语，叹了口气，说，"老苏啊老苏，你难道还不明白我的意思吗？打赢一仗，提几颗人头回来！换句话说就是，提几颗人头回来，就能证明你打赢了一仗！明白了吗？"

苏宏晖眼睛瞬间亮了，对武攸宜说道："多谢建安王提点！我明白了。"说罢领军去了。

数日之后，苏宏晖回到了大营，果然斩获不少人头，武攸宜立刻给武则天上奏表，说苏宏晖已经戴罪立功，请皇帝赦免他的罪行，给他个机会再为朝廷立功。武则天见奏，果然赦免了苏宏晖的罪过，还将他官复原职。

陈子昂得知苏宏晖被朝廷赦免，内心极度震惊，他认为，苏宏晖在此战中犯下了极其愚蠢的错误，导致前锋大将兵败身死，这是万死不足惜的罪过，可如今，就凭苏宏晖立下了一点点战功便能脱罪，还官复原职，这简直是不可理喻！

陈子昂甚至怀疑，苏宏晖带回来邀功的人头究竟是不是敌人的，毕竟就在不久之前，苏宏晖带领主力军队都不敢与敌人交战，现在他突然间变得这么骁勇，还主动出击、斩杀大批敌军？这未免也太不可思议了吧！

正当陈子昂怀疑苏宏晖的立功表现时，苏宏晖竟然亲自上门来，他对陈子昂说："陈兵曹，想必你也知道了，皇上赦免了我的罪。"陈子昂只好说："恭喜苏总管，不知找我何事？"苏宏晖笑嘻嘻地说："早就听说陈兵曹文采斐然，所以特来请陈兵曹帮我写一篇谢罪表。"

苏宏晖位高权重，既然提出了要求，陈子昂也没办法拒绝，更何况，朝廷和皇上都觉得他无罪，一个小小的陈子昂又能怎么样？

陈子昂写完《为副大总管苏将军谢罪表》没多久，苏宏晖又喜滋滋地找上门来，让陈子昂为他再写一封谢表。陈子昂惊讶道："前几日不是刚写过了吗，为什么又要写？"苏宏晖说："前几日是谢皇上的不杀之恩，这次是谢皇帝的重用之恩。"原来，皇帝不仅免了苏宏晖的死罪，将他官复原职，后来又赏了他个"屯营大将军"的名号，因此苏宏晖又来找陈子昂写谢表。陈子昂无奈，只得写下了《为副大总管屯营大将军苏宏晖谢表》。

写谢表时，不知怎的，陈子昂脑海中总是浮现出王孝杰的身影。王孝杰和陈子昂不一样，出生于寒门，十几岁参军入伍，一刀一枪地挣功名，才有了后来的地位，他是一位真正的猛将。但是，这样一个猛将，却因为同僚的不作为而两度战败，第一次侥幸捡回一条命，第二次死在了战场之上，英魂散去。而出卖他的人呢，前者李敬玄战败之后上表称病，请求回京，得到批准。回京后，也没有引咎请罪，还厚着脸皮继续到中书省办公。虽然后来被贬为衡州刺史，但惩戒也仅限于此了。后者苏宏晖，作为一个导致关键战役失败的罪魁祸首，竟然靠着武攸宜的庇佑躲过惩罚、步步高升，天理何在？若王孝杰地下有灵，又会作何感想。陈子昂随即又想到了那些死在战场上的普通士兵。与他们相比，王孝杰都算幸运，毕竟战后还被追封了爵位。而那些普通士兵呢？也是抱着一腔赤诚为国出征，结果却间接死在了自己人的手里，他们的妻儿老小还守在家门前殷殷切切地盼望着他们呢！念及此处，陈子昂对那些高坐在军帐之内的无能之辈、无耻之徒充满了憎恨，进而也对这个虽然新生，但却已经腐朽到根上的武周朝彻底失望了。

第四节　前不见古人　后不见来者

前方战败后没几天，武攸宜带领军队开拔。他并没有向北与敌作战，而是退回到了更靠南、城池更坚固的蓟城。

由于陈子昂被武攸宜贬为兵曹，职级更低了，所以他居住的军帐位置比较靠外，挨着军营的哨楼。这天夜里，正当陈子昂昏昏入睡时，突然听见有人在轻轻地哭泣。半夜三更的，是谁再哭？陈子昂心中好奇，披着衣服走出了军帐，四下查探。

原来，是一位值夜的老兵在哨楼里暗自哭泣。陈子昂走上哨楼，问那老兵："你怎么了？哭什么？"

老兵见是陈子昂，道："陈参军，你怎么还没睡？"

陈子昂说："正想睡，听到你哭，便来看看。"

老兵抹抹眼泪，哀叹一声，说："吵到陈参军了吧。"

陈子昂笑道："你可别叫我参军了，我被大将军贬为兵曹，和你一样了。"

老兵说："您是进士，天上的文曲星下凡，怎么能和我一样呢?"

陈子昂摆摆手，说："什么进士不进士的，来到军中，便都是战士。"说罢他又问老兵，"你为什么哭? 想家了吗?"

老兵点点头，也不说话。

陈子昂宽慰他道："依我看，贼寇已经是强弩之末，今年秋天以前必能结束战事，到时候你就可以回家了。"

老兵眼泪又流下来，说："我的家也不知道还有没有了。"

陈子昂惊讶问："家怎么会没有呢?"

老兵对陈子昂讲述了自己的身世。原来，老兵家乡在辽河一带，年轻时，他与本地的其他几位义士朋友一同行侠仗义。一次，当地武官打死了一个乡民，乡民家中没有儿子、兄弟，只有一位年迈的老母亲。老母亲找到老兵，希望他可以为儿子报仇，老兵与其他几位伙伴答应了下来。

报仇之前，老兵等人举行了抓丸子仪式，这是一个古老的侠客仪式: 在一只布袋中放红、黑、白三色泥丸，侠客们随机从袋子里抓丸子，抓到红丸子，便去杀武官，抓到黑丸子，便杀文官，抓到白丸子，负责处理后事。老兵抓到了红丸子，这次要杀的也正是一个武官，他手持白刃，前去为那老妪的儿子报仇。成功杀死武官后，老兵在家乡也待不下去了，便乘船出海，来到了幽州一带。为了避难，他加入军队，到如今已经有几十年，大大小小打了七十多仗，但依旧是个小小的兵曹。讲述了自己的经历之后，老兵对陈子昂说: "那该死的李尽灭、孙万斩作乱，我老家那边正是他们作乱的地方，听说很多地方都被他们洗劫一空，很多人都死了，也不知道我家的情况怎么样，家人们是否都平安。"

陈子昂安慰道："放心吧，你家一定没事的，等战争结束后你就可以和家人团聚了。"

老兵又抹了把眼泪，说："借您吉言。"然后愤愤地说，"我给朝廷当兵几十年，今天打这个，明天打那个，可到头来呢，寸功未有就不说了，连自己的家乡也没保卫好。"

陈子昂说："这不是你的问题。"

老兵又说："是啊，我一个小小的大头兵，能管什么用了? 可我就不明白了，我们的国家这么大，兵将这么多，边疆的老百姓却总是被胡人欺负，那些文官武将的，就不感到羞耻吗？"

陈子昂不知道该说什么，只能默然。

那晚，老兵说了许多过去的事，陈子昂听完之后心里很难受，在军队中，他见多了一天兵都没当过、一次仗也没打过，却高高在上的军官，也认识了许多久在军中、为国效力多年，但仍然处在军队底层的士兵，统治者的不公在这里体现得淋漓尽致。那天晚上回到军帐后，陈子昂怎么也睡不着，心里好像有许多话要讲，但却不知道该说不该说、能说不能说。到最后，陈子昂自言自语："既然不知道说什么，就让我给这老兵立个言吧，让现在的人、将来的人，都知道世界上曾经有过这么一个人。"于是，陈子昂写下了《感遇》（三十四）：

> 朔风吹海树，萧条边已秋。
> 亭上谁家子？哀哀明月楼。
> 自言幽燕客，结发事远游。
> 赤丸杀公吏，白刃报私仇。
> 避仇至海上，被役此边州。
> 故乡三千里，辽水复悠悠。
> 每愤胡兵入，常为汉国羞。
> 何知七十战，白首未封侯。

短短不到一百字，陈子昂道尽了老兵的一生，他用诗歌为这位身处军队底层的小人物立了个传。

自打来到蓟城后，陈子昂感受到了前所未有的孤独和落寞。登科入仕到如今，他始终是个官场上的边缘人，虽然提出过许多好的建议，但大都不被重视。想要参军报国，却遇到了荒唐主将，报国无门。他的满腔热血浇到了没有温度的石头疙瘩上，瞬间凉透。那段时间，为了排解心中苦闷，陈子昂经常策马到蓟城周边漫无目地的游荡。

这日，陈子昂来到蓟城北部的蓟北楼。蓟北楼又叫幽州台、黄金楼，是战国时燕昭王所修。燕昭王即位之初，燕国刚刚经历了内乱与外侵，积贫积弱，为振兴国家、招揽人才，燕昭王特意修建了这座蓟北楼。他在楼上放置黄金，凡有人才愿为燕国所用，皆可到蓟北楼取楼上黄金。此后，乐毅、邹衍、剧辛、屈庸等一大批人才从各国来到燕国，成了燕昭王麾下的栋梁之材。在他们的努力之下，燕国重振国威，举兵伐齐，跻身战国七雄。

追忆那个任人唯贤、任人唯才的黄金时代，再想想当下唯亲是用的朝堂，陈子昂心生无限感慨——那些被历史一次次证明过的兴衰之道，为什么总会被后人一次次忘记？此刻，他不仅想起了自己的遭遇，也想起了好朋友卢藏用的经历，他二十岁就考中了进士，才华横溢、志向远大，但苦等了十年，都没能得到任用，最后不得已隐居山林，何其悲哀！

一个人的孤独是有限的，想一个人的孤独是无限的，满腔心事的陈子昂欲把心中所感与人倾诉，但此刻只有孤身一人，内心块垒无处安放，只好用诗歌遥寄远方好友。那一日，陈子昂在蓟北楼上以《蓟丘览古赠卢居士藏用》为题，连写七首诗：

轩辕台

北登蓟丘望，求古轩辕台。
应龙已不见，牧马空黄埃。
尚想广成子，遗迹白云隈。

燕昭王

南登碣石馆，遥望黄金台。
丘陵尽乔木，昭王安在哉？
霸图怅已矣，驱马复归来。

乐生

王道已沦昧，战国竞贪兵。
乐生何感激，仗义下齐城。

雄图竟中天，遗叹寄阿衡。

燕太子

秦王日无道，太子怨亦深。
一闻田光义，匕首赠千金。
其事虽不立，千载为伤心。

田光先生

自古皆有死，徇义良独稀。
奈何燕太子，尚使田生疑。
伏剑诚已矣，感我涕沾衣。

邹子

大运沦三代，天人罕有窥。
邹子何寥廓，谩说九瀛垂。
兴亡已千载，今也则无推。

郭隗

逢时独为贵，历代非无才。
隗君亦何幸，遂起黄金台。

这七首诗，提到了任用贤能、鼎定八荒的轩辕黄帝；筑楼招才、重振国家的燕昭王；际遇明君、威震齐国的乐毅；被燕昭王重用、在朝堂之上高谈阔论的邹衍；辅佐燕昭王广纳贤才、名留后世的郭隗。也提到了猜疑忠良的燕太子和为自证清白拔剑自刎的田光先生。

站在古燕国遗迹上，这片大地上过去发生的事，留下姓名的人纷纷冲进了陈子昂的脑海。他想起了黄帝曾经在距此不远的涿鹿县与蚩尤展开大战，靠着应龙相助，打赢涿鹿之战，鼎定八荒。想起了燕昭王在郭隗的建议之下，招揽到了大批人才：乐毅武能上马定乾坤，统帅燕国兵马直逼齐国，连下七十城，立下战功；邹衍文能提笔安天下，写就《邹子》，带领燕国民众发展农业生产，将一个北方穷国变成了富足的强国。也想起了燕国太子丹，田光先生为他谋划刺杀秦王的计划，他却怀疑田光泄露机密，逼得田光自杀以证清白。

陈子昂曾经以为，自己能像应龙、乐毅、邹衍一样，得遇黄帝、昭王这样明君，开创万古未有之盛世，上报天子、下救黔首，但实际上呢，遇到的却是燕太子丹这般人物，他们不能赏识义士，只会猜忌贤能。如今，陈子昂已经三十七岁了，混迹仕途十几年，几乎还在原点徘徊，他心中的那些壮怀激烈的理想、志向，已经被消磨殆尽。忆从前，他心驰神往；看未来，他心中迷茫，因此，在蓟北楼上，陈子昂不禁仰天长叹：

前不见古人，
后不见来者。
念天地之悠悠，
独怆然而涕下。

严格来说，这二十二个字不是一首诗，而是一声叹息过后，从内心迸发出来的悲歌。但这悲叹超越了时空的束缚，在历史长河中不住地回荡。自那天以后，所有失意的人、苦闷的人，志向远大却无处施展的人，当他们心中有碍时，这二十二个字便会由心底浮起，让所有人感同身受。

在陈子昂的人生陷入低谷时，他的文学成就却登上了巅峰。元好问的《论词绝句》中说：

沈宋横驰翰墨场，风流初不废齐梁。
论功若准平吴例，合著黄金铸子昂。

意思是，初唐诗人沈佺期、宋之问名气很大，但是他们并没有赋予唐诗新的品格，更没有把唐诗从前朝的"颓靡"风气中解脱出来。而陈子昂对于唐诗的贡献，就如同越王勾践平吴雪耻一般，让唐诗走上了辉煌的振兴之路，应该给他立一尊金子雕像。在元好问看来，陈子昂就是那个拨乱反正的诗国英雄，是开创唐诗盛世的奠基者。

陈子昂的横空出世，为唐诗注入了三种强大的力量。

第一是脚踏实地的力量。在他之前，唐诗是"飘"在天上的，大多数诗歌描写的都是贵族生活、上层情调，美丽却缺乏力量。陈子昂打破了这个桎梏，他的诗反映的是具有普世性的情操与德行，与那个时代大多数人的内心呼唤共鸣。虽然陈子昂并不是一个时代的宠儿，但是他敏锐地把握住了时代的脉搏，率先发出大唐诗歌雄浑有力的盛世之音。

第二是放眼天下的力量。陈子昂诗中，既有庙堂之上的掌权者，也有怀才不遇的文士，还有许多身处社会底层的普通人；既有南方的山水，也有中原的风物，亦有边塞的寒风；有时传递着积极进取的世俗理想，有时寄托了隐于山水的方外之情。在陈子昂笔下，世间万物、人间诸事皆可为诗。这种创作理念，极大影响了唐朝中、后期的诗人们，所以我们今天才能看到包罗万象的盛世诗歌。

第三是突破成规的力量。唐朝之前的两百多年时间里，诗歌的题材逐渐趋于固化，正如南朝梁钟嵘所说："文多拘忌，伤其真美。"尤其是东汉后期形成的五言古体，几乎无人再写。陈子昂横空出世，重拾五言诗，虽然表面看起来是"复古"，但在当时来说，却实属大胆革新。自他以后，张九龄、李白、杜甫、韦应物、韩愈、柳宗元等擅长写五言古体诗的天才诗人不断涌现。若没有陈子昂作为先锋打开局面，唐朝五言古体诗的命运走向或许要打一个问号。或许正因如此，最擅长写五言古体诗的李白才会对陈子昂推崇备至，他在《赠僧行融》中说：

梁有汤惠休，常从鲍照游。

峨眉史怀一，独映陈公出。

卓绝二道人，结交凤与麟。

此时的陈子昂，当然不可能知道自己在后世文坛中的超然地位，他心里的自我定位，就是一个失意的、不得志的"陈兵曹"。在蓟北楼上写了几首诗、抒发了一通感慨后，他不敢久留，赶紧策马回到军营，继续为顶头上司做文书工作。

第五节　东山宿昔意　北征非我心

孙万荣赢下东硖石谷之战后，着实嚣张了一段时间，他先是退回安东，在距离蓟城东北约五百里的地方修筑了一座城池，把战利品和老弱妇孺留在城中，然后自己率领军队再次入寇幽州、冀州等地。

武攸宜的表现依然"稳定"——龟缩在渔阳不敢出一兵一卒。陈子昂被贬为兵曹，连参谋的资格也没有了，只能沉默。

武则天第三次派兵北上增援，这一次派遣的军队人数更多，有二十万之众，由河内郡王武懿宗担任神兵军大总管。到了这个时候，武则天用的统兵之将还是自己家的那帮废物侄子。对于她而言，失败是可以接受的，但是把兵权交给不信任的人是万万不行的。与国体尊严比起来，坐稳自己的皇帝宝座更加重要。

武懿宗带兵北上，走到赵州时，听说孙万荣又像上次一样，派兵饶过幽州去攻打冀州了，这武懿宗吓得驻足不前，赶紧退到了相州（今河南安阳），以求自保。由于武攸宜、武懿宗等人都选择龟缩防守，因此孙万荣部在河北、安东一带纵横驰骋、耀武扬威，不知多少百姓被杀害、劫掠。

但最终孙万荣还是失败了，因为他新建好的"老巢"又被默啜给抄了。

事实上，建好新城之后，孙万荣就想到了默啜可能会来"抄家"，于是便派了五个使者去找默啜谈判。三个使者先到，对默啜说："我们的无上可汗已经打败了王孝杰的百万之众，唐人吓破了胆，请您和我军一起乘胜进攻。"默啜一听有道理啊，便很高兴地应承下来。过了两天，孙万荣的另外两个使者也到了，默啜很生气，说："从同样的地方出发，为什么别人先到，你们两个却来得这么晚，延误军情，该杀。"那两个使者见小命不保，便说："请让我们说句话，说完了再杀也不迟。"默啜不太赶时间，便同意了。

这二人说什么话才能保护性命呢？要是和之前那三人说的一样，肯定要被砍头，于是他们想了想，对默啜说道："武周军队虽然暂时打了败仗，但毕竟兵多将广，孙万荣迟早一天会失败，和他合伙准没有好结果，您还不如断了孙万荣的后路，和武周军队南北夹击他，最后再向武周邀功，武则天一定重重有赏。"

默啜心想，还是后面这两个人说的话有道理，你孙万荣的亲信都不看好你，我更不能把宝押在你身上，于是他便带领突厥骑兵攻打孙万荣建好的新城。围攻三天，一举攻克。

孙万荣部下听说老巢又被抄家，惊恐万分。这两年来，跟着孙万荣南征北战，虽然取得了一些胜利，但始终不知道什么时候是个头，老家连续被抄了两次，家中妻儿老小惶惶不可终日，大家都是要过日子的，可这日子还怎么过呀！于是，孙万荣部开始内讧，实力大打折扣。武周将领杨玄机趁此机会火速出击，擒获了孙万荣手下猛将骆务整、何阿小等。

孙万荣见大势已去，便试图北逃，半路被张九节埋伏。孙万荣仓皇逃窜至今天的北京通州一带时，被自己的家奴所杀。至此，这场由李尽忠发起，孙万荣主导的叛乱已经接近了尾声。而此时，在坚固城池内龟缩了大半年的武攸宜，终于支棱起来了。他对所有人说："我要带兵出关，直奔安东，消灭余寇。"

大家心里都明白，武攸宜再不出征，战争就结束了，那他还怎么立功？嘴上说是要去消灭余寇，实际上是去捡现成的便宜。但所有人看破不说破，也不敢说破，众口一词道："大将军威武！"

随武攸宜出征前，陈子昂又去蓟北楼上观景，那位姓贾的兵曹与他同行。贾兵曹奉命回洛阳传递军情，因此不随军北上，二人同登蓟北楼后，便要分别。虽然胜利就在眼前，但是陈子昂却没有丝毫的喜悦，因为他知道，只要像武攸宜这样的人还在高位上，这个国家就不可能真正长治久安。他对贾兵曹说："等回到洛阳，麻烦你去告诉我的家人，用不了多久我就回去了。"

贾兵曹说："陈参军此次随军出征，一定能立下战功，回京之后必有封赏，你家里人也会为你高兴的。"

陈子昂摇摇头，说："其实我很羡慕你，这么快就能回家了。我现在不想要什么封赏，只想回家，然后带着我的妻儿找个安静的好去处住下。"

贾兵曹说："那你搬到静仁坊去住吧，那边清静得很呢。"

陈子昂笑了，说："我不是那个意思。这样吧，我写一首诗送给你，你就明白我的意思了。"说罢，他写下了《登蓟丘楼送贾兵曹入都》：

> 东山宿昔意，北征非我心。
> 孤负平生愿，感涕下沾襟。
> 暮登蓟楼上，永望燕山岑。
> 辽海方漫漫，胡沙飞且深。
> 峨眉杳如梦，仙子曷由寻。
> 击剑起叹息，白日忽西沉。
> 闻君洛阳使，因子寄南音。

半年前，陈子昂在蓟北楼送别崔融时，曾经对崔融说："以身许国，我则当仁。"那是何等的豪气干云，而现在，他却觉得自己本应该当个隐于山林的方外之人，在世俗里行走乃是"孤负平生愿"，可见，陈子昂心中已经萌生了退意。

七月，陈子昂随武攸宜大军来到辽阳一带。这里虽然还有零星的战争，但匪首孙万荣已死，他的残部四处流窜作战，掀不起什么风浪来。武攸宜带领他的军队在安东都护府一带耀武扬威、大张旗鼓地"围剿孙万荣余孽"，实际上就是做做样子，给朝廷里的人看的。

这日，陈子昂突然收到一封书信，是宋之问写来的。信中，宋之问通报了一个不幸的消息——在陈子昂离开洛阳后不久，"方外十友"之一的赵贞固突发恶疾，去世了。

赵贞固去世后，宋之问非常伤心。前不久，他又在梦中与赵贞固相见，醒来之后悲痛万分，因而写了一首悼念亡友的诗，分别寄给陈子昂和卢藏用。

得知这一消息后，陈子昂极度悲伤，赵贞固的音容笑貌历历眼前。他才华横溢，但只担任过县尉。在任上的时候，除了公事，其他事情他一概不理会。这样一个既有才华、又能实干的人物，却始终被"固定"在县尉的位置上，得不到朝廷的升迁。后来，赵贞固一气之下辞去官职，成了一位隐士。在陈子昂看来，像赵贞固这样的人得不到重用，是当权者的昏悖，是国家的损失。可是现在，人都不在了，说什么也没用了。悲痛中的陈子昂提起笔来，给宋之问回信一封，信中附诗一首：

同宋参军之问梦赵六赠卢陈二子之作

晚霁望嵩岳，白云半岩足。

氛氲含翠微，宛如嬴台曲。

故人昔所尚，幽琴歌断续。

变化竟无常，人琴遂两亡。

白云失处所，梦想暧容光。

畴昔疑缘业，儒道两相妨。

前期许幽报，迨此尚茫茫。

晤言既已失，感叹情何一！

始忆携手期，云台与娥眉。

达兼济天下，穷独善其时。

诸君推管乐，之子慕巢夷。

奈何苍生望，卒为黄绶欺。

铭鼎功未立，山林事亦微。

抚孤一流恸，怀旧且睽违。

卢子尚高节，终南卧松雪。

宋侯逢圣君，骖驭游青云。

而我独蹭蹬，语默道犹懵。

征戍在辽阳，蹉跎草再黄。

丹丘恨不及，白露已苍苍。

远闻山阳赋，感涕下沾裳。

"奈何苍生望，卒为黄绶欺"。陈子昂大声为朋友的命运鸣不平时，或许也在为自己的遭遇而感到愤怒吧。

204

在给宋之问的信寄出去后不久，陈子昂随武攸宜军南归，七月中旬回到了洛阳。

回到洛阳后，陈子昂又好生忙碌了一段时间——打了胜仗之后，军中需要写的文书太多了！先是金吾将军陈令英让陈子昂给他写免官表，希望武则天可以免去其清边军副大总管的职务。为什么要主动请求免官呢？原来，陈令英五月才被任命为清边军副大总管，六月上任。上任后没几天，孙万荣就被杀了，战争也基本结束了，陈令英基本上没干啥事儿，所以主动请武则天免去他的这个"战时职务"。

虽然陈令英寸功未立，但毕竟是个要脸的人，因而主动请免官，在这一点上，他比魏王武承嗣、建安王武攸宜等人强得多。回到洛阳后，武攸宜便命令陈子昂为他们写上表"论功"。陈子昂捏着鼻子、忍着恶心，写了一篇《为河内王等论军功表》。

其中有"古者名将，先士卒而后身，故其功劝；末世庸将，穷人力以宠己，故其政乖"。不知道武攸宜等人看到论功表中陈子昂写的这句话，会有什么样的感受？他们就不会感到羞愧吗？

九月，为了庆祝战争的胜利，武则天下令改元"神功"。所以，这一年的九月之前是万岁通天三年，九月之后便是神功元年。改元"神功"，也意味着历时一年有余的李尽忠之乱终被平定。

第七章　世道独行近黄昏

第一节　世道不相容　罗网与谁论

战争结束了，陈子昂回到洛阳继续做他的右拾遗。

那段时间，陈子昂的内心极其矛盾，在"辞官归隐"与"继续留任"的艰难选择中痛苦纠结。他对武周朝的政治气候已经彻彻底底地失望，而且也隐隐感觉到，自己这样的人，处在当下的环境之中，不要说有所作为，能保全自己就不错了。

每当陈子昂对现实世界失望时，归隐山林、寻仙问道的冲动就会愈加强烈。他开始怀疑自己当初的抉择，总是在想："若我当初没有来洛阳参加科考，依旧隐居射洪县，那现在一定很快活吧。"因此，那段时间陈子昂所做的诗歌，大都充满悔意、退意。如《感遇》（二十）：

> 玄天幽且默，群议曷嗤嗤！
> 圣人教犹在，世运久陵夷。
> 一绳将何系，忧醉不能持。
> 去去行采芝，勿为尘所欺。

在陈子昂眼中，仕途如同一根绳子，拴在他脖子上，让他不得自由，他心中在高声呼唤："归去，归去，不要再被这污浊世界中的小人所欺辱了！"

在《感遇》（十八）和《感遇》（三十）中，陈子昂也表达了相同的意思：

感遇（十八）

逶迤势已久，骨鲠道斯穷。
岂无感激者，时俗颓此风。
灌园何其鄙，皎皎于陵中。
世道不相容，嗟嗟张长公。

感遇（三十）

朅来豪游子，势利祸之门。
如何兰膏叹，感激自生冤。
众趋明所避，时弃道犹存。
云渊既已失，罗网与谁论？
箕山有高节，湘水有清源。
唯应白鸥鸟，可为洗心言。

陈子昂已经明确地感知到了"世道不相容"，也预料到自己所处的环境乃"势利祸之门"，一个不小心就会卷入祸害之中，但他也绝不愿意与小人同流合污，仍然坚持自己的信念。

道德坚持往往会给人带来疼痛感，尤其像陈子昂这样的人物，他以"安人"为理想，一心为国为民，希望用自己的文章唤起统治者的良知。他不太在乎所谓的封建正统，李唐也好，武周也罢，谁对人民有益，他便支持谁。因此，他当年支持比较重民生的武则天称帝，写了诸如《上大周受命颂表》《大周受命颂》等歌颂武则天的文章，这些文章也成为后来许多人指责他的道德节操的依据。有人说他"诏武后，上书请立武氏九庙，小人也"。但并不能因为这些言论，就将陈子昂视为一个"不道德"的人物，正如王运熙所言："（前人评价陈子昂）往往纠缠在子昂是不是武则天的党羽，是不是忠于李唐王室这一问题上。我们在这方面应有与前人不同的认识。我们认为重要的问题，不在于子昂忠于哪一姓，而在于他在那段时期发表了一些怎么样的政治主张，在于这些主张是否符合整个国家和广大人民的利益。"

毫无疑问，陈子昂的政治主张是符合整个国家和广大人民利益的，这才是最大的道德。但是，当陈子昂热切地提出正确主张，并期盼得到统治者回应时，却发现他曾经认为有"圣人潜质"的武则天，并不是把国家和人民的利益放到第一位——她更关心自己的权力和地位。为了扩大权力、稳固地位，武则天做出了许多明显错误的决定，用了许多显然不该用的人，打压甚至残害了一大批本来能对国家有所贡献的人。统治者的种种行为，让陈子昂意识到，自己身处在一个把道德放在嘴上、把私利放在头等地位的环境中，自己越是坚持正确的、道德的东西，就越显得格格不入，越会遭到各方的排挤。此时的陈子昂，是武周官场中一个坚硬且尖锐的异物，大多数人视他为梗阻。他也意识到，不够圆滑的自己，如果不能被磨平棱角，就一定会被折断。如果既不想被磨平，又不想被折断，只能自己走！

在陈子昂想走还未走时，他的好朋友、"方外十友"之一的杜审言先走一步了。

杜审言本为洛阳县的县丞，因为别人的过失受到牵连，被朝廷贬到了吉州（今江西吉安）做司户参军。杜审言已经五十三岁了，好不容从隰城县县尉升迁至洛阳丞，却不想又被贬到了遥远的江西，走了半辈子仕途，越走越回去了！

虽然官儿不大，但杜审言的才华被很多人推崇，他离开洛阳那天，有四五十人来送别，其中自然包括"方外十友"之中的陈子昂和宋之问。

陈、宋、杜三人在城外执手告别，都非常不舍。宋之问对杜审言被贬这件事情很气愤，认为朝廷这是在浪费人才，因此他在《送杜审言》诗中说：

卧病人事绝，嗟君万里行。

河桥不相送，江树远含情。

别路追孙楚，维舟吊屈平。

可惜龙泉剑，流落在丰城。

陈子昂倒不愤怒，因为已经麻木。更何况，在他看来，远离漩涡中心，到偏远之处避世，未尝不是一件好事。因此他在《送吉州杜司户审言序》中说：

嗟夫！德则有邻，才不必贵。昔有耕于岩石，而名动京师；词感帝王，乃位卑武骑：夫岂不遭昌运哉！盖时命不齐，奇偶有数。当用贤之世，贾谊窜于长沙；居好文之朝，崔骃放于辽海。况大圣提象，群臣守规，杜司户炳灵翰林，研几策府，有重名于天下，而独秀于朝端。徐陈应刘，不得翩其垒；何王沈谢，适足靡其旗。而载笔下寮，三十余载。秉不羁之操，物莫同尘；合绝唱之音，人皆寡和。群公爱祢衡之俊，留在京师；天子以桓谭之非，谪居外郡。苍龙阁茂，扁舟入吴，告别千秋之亭，回棹五湖之曲。朝廷相送，驻旌盖于城隅；之子孤游，森风帆于天际。白云自出，苍梧渐远。帝台半隐，坐隔丹霄，巴山一望，魂断渌水。于是邀白日，藉青苹，追潇湘之游，寄洞庭之乐。吴愉楚舞，右琴左壶，将以缓燕客之心，慰越人之思。杜君迺挟琴起舞，抗首高歌，哀皓首而未遇，恐青春之蹉跎。且欲携幽兰，结芳桂，饮石泉以节味，咏商山以卒岁。返耕饵术，吾将老焉。群公嘉之，赋诗以赠，凡四十五人，具题爵里。

陈子昂在文中感慨道：杜审言你这么有才华却不被重视，现在被贬，也不要太过伤心，可以"邀白日，藉青苹，追潇湘之游，寄洞庭之乐。吴愉楚舞，右琴左壶，将以缓燕客之心"。在写下这段文字的时候，陈子昂也在思考自己未来将何去何从——像杜审言一样，离开洛阳，到偏远处过清静生活，是不是更好的选择？

陈子昂或许还没有意识到，有人的地方就是江湖。洛阳不清净，偏远的地方也未必清静。杜审言到了吉州之后，得罪了当地司户郭若讷。郭若讷向吉州司马周季童诬告杜审言"谋反"——虽然那些以诬告起家的酷吏都被诛杀，但多年来形成的告密风气依然存在。当时的官员想要陷害一个人，诬告谋反依然是常用的手段。

周季童本就看不惯杜审言，因此当郭若讷来告状时，他明知道是诬告，却说："这杜审言的确有不轨之心，但你既然要告他，就该拿出点证据。"

郭若讷想了想，说："杜审言曾写过一首诗，其中有两句话说，'红粉楼中应计日，燕支山下莫经年'，这分明是嘲讽当今圣上是女流，不懂兵法，谋反之意昭然若揭！"

周季童很犹豫，说："这未免有点太牵强了吧？"

郭若讷道："一点也不牵强。这杜审言自恃有点才名，一贯心高气傲，但皇帝却始终不提拔他，好不容易当了个洛阳丞还被贬，因此心怀不满、滋生反意，这不是顺理成章的事吗？"

周季童点点头，问："那你想如何处置杜审言？"

郭若讷狞笑道："既然告他谋反，那就一不做、二不休，杀了他。"

周季童大手一挥："就这么办。"当天，杜审言就被郭、周二人抓到监狱，打入死囚牢中。

杜审言有四个儿子，长子杜闲，次子杜并，三子杜专，四子杜登。杜闲已经成年，早些年考中了进士，因此没有随杜审言来吉州。在吉州的三个儿子中，以杜并为长，父亲被抓后，两个弟弟哭天抹泪对杜并说："哥哥，父亲被抓了，听人说要被判处死刑，母亲已经哭得晕厥过去了，这可怎么办啊？"

杜并神色坚毅，说道："从今天起，你们两个不许出门，在家侍奉母亲。我出去一下，等我消息。"

杜专问："你去哪儿？等什么消息？"

杜并说："你别多问，过了今晚便知。"

当天晚上，杜并手持尖刀，翻墙进入司马府。府中，郭若讷和周季童二人正在连夜写杜审言的罪状，想要尽快置杜审言于死地。杜并心里道："两个奸人在一起，甚好，省得我多费功夫了！"随后，他手持尖刀冲进屋内，一刀杀死了周季童。

杜并正要杀郭若讷时，司马府中的武士听到周季童临死时发出的惨叫声，顺着声音赶来，看见周季童已经倒在血泊之中，杜并正手持尖刀追赶郭若讷。众武士一拥而上，杜并被乱刀砍死。

此事很快就传到了洛阳，朝中大臣们都说这杜并是个孝子，之所以杀朝廷命官是因为父亲被诬陷。武则天将杜审言召入京师，授著作佐郎，再迁膳部员外郎。杜审言兢兢业业为官二十余载，未得升迁，却因为儿子的死升了官，何其讽刺。

杜并的尸体被运回洛阳下葬，有"燕许大手笔"之称的苏颋亲自为他撰写了墓志铭。

杜并在吉州报仇被杀的事情发生在圣历二年（699），当时陈子昂已经离开了洛阳。

第二节　弃尔归东山　从此远遁矣

陈子昂是圣历元年（698）年底离开洛阳的。

自从战后回到洛阳，由于对朝廷、官场彻底失望，陈子昂很久都没有给武则天上疏进谏——虽然他现在的本职工作就是上疏进谏。直到圣历元年（698）五月十四，回到洛阳大半年的陈子昂才又给武则天上疏。

心灰意冷的陈子昂之所以要上这封奏疏，因为当时发生了一件与他的家乡四川息息相关的大事。

前文曾说，陈子昂游历四川时，曾听说益州长史李崇真谎称吐蕃人将入寇松州，让朝廷准许他往四川边界的驻军之地运粮。他从中谋取了大量不义之财，也给四川人民带来了沉重的负担。后来，李崇真的这一做法被许多驻守在四川边界的羌族军阀首领学会了。他们都跟朝廷说："吐蕃人就要打过来了，我们要运粮备战，将来为朝廷抵御吐蕃人。"于是，朝廷便答应了他们从四川调粮，并征调民夫将粮食运往边疆的提议。此后数年中，四川每年要征调五十多万民夫向松州一带运输粮食，羌族军阀首领们从这项工程中获取了极大的利益，个个富得流油，但四川民众却因此而饱受盘剥，穷得叮当响。

后来，朝廷也注意到了这一不合理的现象，于是在圣历元年（698）的四月三十，命令四川停止征调民夫运粮。看起来问题是解决了，不过陈子昂敏锐地意识到，朝廷的决策虽然是正确的，但却没有考虑到这一政策的后续影响，因此"好政策"反而可能会给四川人民带来更加深重的灾难，因此，陈子昂写了一篇《上蜀川安危事三条》，上呈给武则天。

在奏疏中，陈子昂指出，羌族军阀过去靠征调民夫运粮攫取了很多不正当的利益，现在突然断了他们的财路，一定会滋生不满，很可能会煽动羌族人闹事，甚至造反。朝廷必须要赶紧派得力的官员去镇守、安抚地方，否则后患无穷。另外，陈子昂还指出，过去许多年来，由于四川的大地主们兼并了许多土地，导致很多农民无地可种，逃出世代居住的地方沦为逃户。逃户们无产无业，很容易堕落为匪寇，朝廷需要赶紧派出使臣去招揽逃户，让他们安定下来。陈子昂还尖锐地指出，四川之所以会出现那么多逃户，根本原因还是地方官太过贪婪，横征暴敛导致民不聊生，如果不解决这一根本问题，恐怕于事无补。

呈递《上蜀川安危事三条》后，陈子昂没有像从前一样焦急等待朝廷的回应，他知道，自己无论说什么，都不会真正影响朝廷的决策，此次上疏，只不过是为了在良心上对家乡人民有个交代罢了。这是陈子昂最后一次给朝廷上疏。

六月中旬的一天，归隐山林的卢藏用下山来到洛阳，只为与陈子昂见一面。一见陈子昂，卢藏用便惊呼道："伯玉！许久不见，你怎么憔悴至此！"他说得没错。近些年来，陈子昂精神压抑，身体抱恙，形容消瘦，已经没有了往日英气勃勃的模样。反观卢藏用，自从隐居之后，神采奕奕、气度悠闲，大有神仙之姿。

陈子昂苦笑道："我在俗世染尘埃，你在深山灼芳华，岂可同日而语。"

卢藏用见陈子昂意气消沉、自哀自怨，心里也着实不是滋味，便转移话题说："我来你家路上，碰到了韦虚己，他叫咱们两个今晚到他家里喝酒。"陈子昂无事可做，既然朋友有约，去也无妨。

当晚，陈、卢二人来到韦虚己家中，三人饮酒聊天。最近几年，韦虚己春风得意、步步高升，因此言谈中喜欢聊一些国家时事。他对陈子昂说："伯玉兄，我总觉得你最近有些颓废，其实大可不必，朝廷整顿吏治颇有成效，你才华横溢，正该大展宏图！"

陈子昂道："你所说的'整顿吏治颇有成效'，我怎么一点也看不出来？"

韦虚己说："这还不明显，你想一想，从前索元礼、来俊臣等人得势时，时局有多混乱？那来俊臣审问玉钤卫大将军张虔勖，只因为张虔勖申诉了几句，便惹恼了他，命人将一个堂堂的大将军乱刀砍死，还把脑袋挂在闹市！再说岐州刺史云弘嗣，朝廷让来俊臣审他，但来俊臣直接把云弘嗣杀了，然后伪造案卷上奏朝廷；就连同平章事狄仁杰，也被来俊臣诬陷入狱，差点就死在监狱里！那时候多乱啊，但去年八月，就在你随建安王出征后不久，来俊臣就被朝廷治罪杀头。他是那班酷吏中死得最晚的一个，索元礼、周兴、万国俊等人，早就被治罪了。来俊臣一死，朝廷中的酷吏彻底绝迹，这难道还不算是'整顿吏治颇有成效'吗？"

陈子昂沉默不语，卢藏用见状，开口说道："我听说，在处决来俊臣之前，皇帝还要留他一命，要不是文昌左相王及善劝皇帝说：'来俊臣凶残狡猾，贪婪暴虐，是国家的大恶人，不除掉他，必然动摇国本。'恐怕皇帝还不愿意杀他呢！"

韦虚己叹口气，说："确有此事！我真想不通，来俊臣明明罪大恶极，证据确凿，为什么皇帝到最后还想留他一命？"

陈子昂苦笑道："天下人觉得来俊臣是饿狼，可皇帝眼中，他是一条忠犬，要不是这条忠犬咬过太多人，搞得天怒人怨，皇帝定然不会杀他。"

韦虚己见陈子昂将矛头直指皇帝，便又岔开话题，说道："说起朝廷里的忠臣、能臣，国老狄仁杰算得上佼佼者，今年三月，皇帝想要立武三思为太子……"

说到此处，卢藏用忍不住插嘴道："立武三思为太子？这是什么道理？"

陈子昂冷笑道："什么道理？姓武就是最大的道理！"

韦虚己说道："是啊，皇帝想让国家大权归于武氏一家，但狄仁杰对皇帝说，从古至今，只听过儿子给母亲立庙的，没听说过侄子给姑姑立庙。"

卢藏用问："皇帝怎么说？"

韦虚己道："皇帝说，这是我的家事，你不要管。可狄仁杰却说，皇帝以四海为家，所以皇帝的家事也是国之大事，我作为宰相，不能不说话。皇帝也被他说动，打消了立武三思的念头，转立庐陵王李显为太子。"

陈子昂忍不住鼓掌，说："狄相果然是国之股肱！让庐陵王当太子是众望所归，去年征讨孙万斩时，朝廷征兵，起初应者寥寥，后以庐陵王的名义出了征兵告示，应者云集。"

韦虚己感慨地说："狄相的才能、品行，的确令人钦佩。但我最佩服的，是狄相的韧性。他五十八岁时因顶撞当时的宰相张光辅被降职，六十二岁时被来俊臣诬陷入狱，差点死在狱中，出狱后被贬为县令，之后又一步步爬了上来，去年被任命为宰相。这份坚忍不拔的精神，值得后生晚辈效仿。"

陈子昂默然不语，韦虚己又对他说："伯玉，我说了这么多，就是想告诉你，如今奸臣被灭，忠臣起复，正是施展才能的机会，你应该像狄相一样百折不挠，而不是今日这般萎靡不振。宦海浮沉其实是很平常的事情，切不可意气用事！"

陈子昂摇摇头，说："韦五，你的好意我心领了，但我已经对仕途上的事厌恶到了极致，况且，我还不到四十岁，身体却已经大不如从前，现在只想回家。"

韦虚己叹口气，说："三思啊！"

韦虚己的一番劝说，并没有扭转陈子昂的心意。在经过一番深思熟虑之后，陈子昂下定决心辞官归隐。这一年的夏末，陈子昂给朝廷递交辞呈，说父亲老了，自己要辞官回家，为父亲养老。

辞呈被放到了武则天的书案上，武则天看罢书信后，问身边的上官婉儿："陈子昂是什么时候入仕的？"

上官婉儿道："嗣圣元年，不对，是文明元年。嗣圣元年的二月初七改元文明。"

武则天点点头，说："嗯，李显被贬为庐陵王的第二天改的，那年我六十一岁，今年七十六，十五年了！"

上官婉儿不知道说什么，只好说："陛下好记性，不减当年。"

武则天没有搭话，过了片刻才又开口："陈子昂是个人才。"

上官婉儿说："是"。

武则天说："可我不能用他。因为自从我称制以来，我只敢用我信得过的人。"

上官婉儿试探道："陛下信不过陈子昂？"

武则天没有回答上官婉儿的问题，而是说："太宗皇帝有时很讨厌魏徵，曾经说魏徵'当时诚亦可恶'，但他还是重用了魏徵，因为他知道自己终究是可以驾驭魏徵的。这一点上，我不如他。"

214

上官婉儿道："陛下功盖千秋，即便是与前朝太宗相比，也不遑多让。"

武则天道："若我是个男人，自信不比他差。但我是个女人，在我之前还没有女人做皇帝的，所以自称帝后，朝堂上下非议不断、暗流涌动，我并非听不进反对的意见，而是明里暗里的反对太多了，不得不用重手打压反对者。用来俊臣等人便是为此，不用陈子昂等人也是为此。"

说罢，武则天又对上官婉儿说："既然陈子昂想走，就让他走吧。下诏，容许陈子昂带官回家，仍领右拾遗俸禄。"

武则天容许陈子昂带官回乡的诏书下来之后，陈子昂便立刻准备离开洛阳。走之前，陈子昂给韦虚己写了一封信，告知了自己辞官的真正原因：

与韦五虚己书

命之不来也，圣人犹无可奈何，况于贤者哉！仆尝窃不自量，谓以为得失在人，欲揭闻见，抗衡当代之士，不知事有大谬异于此望者。乃令人惭愧悔报，不自知大笑颠蹶，怪其所以者尔。虚己足下，何可言耶！夫道之将行也，命也；道之将废也，命也。子昂其如命何！雄笔雄笔，弃尔归吾东山。无汨我思，无乱我心，从此遁矣。属病不得面谈，书以述言。子昂白。

第三节　瑶台有青鸟　远食玉山禾

离开洛阳那天，陈子昂站在洛阳城外官道上回望这座伟大的城市。

十五年前，他在这里考中进士，开始了一段新的人生。那时候，陈子昂眼中的洛阳是"景山崇丽，秀冠群峰。北对嵩邙，西望汝海。居祝融之故地，连太昊之遗墟。帝王图迹，纵横左右。园陵之美，复何加焉"。十五年过去，洛阳城由"东都"变成了"神都"，从陪都变成了首都，城市的规模更大，城中风景更加秀丽，但却也从陈子昂心目中的登天台变成了伤心地。

已到秋季，洛阳城外的树林中寒蝉凄切，凭空增添了几分悲凉。虽然陈子昂曾急切地想离开洛阳回家乡，但毕竟在此生活了十五年，自己最好的年华都留在了洛阳，真到了要诀别的时候，他内心也难免悲伤。临别之际，他写下了《感遇》（二十五）：

> 玄蝉号白露，兹岁已蹉跎。
> 群物从大化，孤英将奈何。
> 瑶台有青鸟，远食玉山禾。
> 昆仑见玄凤，岂复虞云罗。

深秋时节，陈子昂带着妻子、儿子回到了射洪县。

父亲老了，母亲去世了，最能闹腾的弟弟陈孜也不在了，家里没有了从前那种热热闹闹的气氛。陈元敬安安静静地坐在中堂，看着离家将近二十年的儿子落叶归根，无喜无悲。

陈子昂对父亲说："辜负了您的殷殷期盼，做了十五年官，也只从九品升到了八品。"

陈元敬道："我虽然久不问世事，但对朝廷里发生的一些大事也有所耳闻。你当麟台正字那年，武后称制。从那以后，杀凤阁侍郎刘祎之、大将军李孝逸、太子舍人郝象贤、御史大夫骞味道、天官侍郎邓玄挺、内史张光辅、洛州司马弓嗣业、洛阳令张嗣明、陕州刺史郭正一、相州刺史弓志元……"说到这儿，陈元敬摇了摇头，说，"太多了，太多了，我记不大住。我一个修道之人，之所以还记得这许多名字，只是因为每当听人说起朝廷又杀了哪个大臣，我的心就提到了嗓子眼儿里。这十几年来，多少官员被戕害，你能全身而退，便是福气。"

陈子昂道："父亲说得对，早几年，我也曾被诬陷下狱，那种朝不保夕的日子，着实可怕。"

陈元敬大惊，问："什么时候的事？我怎么不知道。"

陈子昂道："延载元年（694），被关了一年，次年出狱。害怕父亲担心，故未相告。"

陈元敬叹口气，说："回来就好，回来就好。"

父子二人默然相对了片刻，陈元敬突然想起了什么，说："两年前，咱们射洪县来了个新县令，叫段简。他专程来过咱们家，自称是你的朋友。既然你回来了，不妨去见见他。"

陈子昂大惊，忍不住脱口而出："居然是他！"

陈元敬问："怎么了？他不是你的朋友吗？"

陈子昂说："段简是个不折不扣的小人，来俊臣得势时，抢了他的妻子，他非但不生气，还借此机会巴结上了来俊臣，继而又把小妾送到了来府。来俊臣死后，他不知道走了谁的门路，竟然当上了县令。"

陈元敬叹口气，说："此等小人成了射洪的父母官，百姓恐怕要遭殃。"顿了顿，又对陈子昂说，"虽然你看不上他，但也不要得罪他，县官不如现管，现在他既是县官，又是现管，不好惹啊。"

陈子昂叹口气，不知道该说什么。

虽然段简任射洪县令让陈子昂有点郁闷，但刚回家的那段时间，他的心情着实不错。看着自己的两个儿子每天跟在祖父身后问东问西，父亲陈元敬不厌其烦地一一解答，一家老小其乐融融的样子，陈子昂觉得自己辞官回乡绝对是个正确的选择。

为了修仙问道，陈子昂在射洪县西山上修筑了十来间房子，种了不少树，每天不是上山采药炼丹，就是躲在自己的小园子里研究《易经》，有时候也写写诗。

自回家之后，陈子昂很少与外人交往，期间只去拜访了晖上人一次。他不愿意出门，一则因为想要安心归隐，二则是身体一直不太好。《卧疾家园》这首诗，就是当时所作：

世上无名子，人间岁月赊，
纵横策已弃，寂寞道为家。
卧疾谁能问，闲居空物华。
犹忆灵台友，栖真隐大霞。
还丹奔日御，却老饵云芽。
宁知白社客，不厌青门瓜。

从这首诗可以看出，虽然身体有恙，但那段时间陈子昂的心情其实挺不错。

按道理来讲，京官回乡，是要与地方官员走动走动的，但陈子昂听说县令是令人讨厌的段简，便没有主动去拜访他。而段简呢，自从听说陈子昂辞官回乡，便拿着架子等陈子昂主动上门，但左等右等不见陈子昂上门，便有些不高兴了，心里想："好你个陈子昂，在京城的时候便羞辱我。如今回到了射洪县，成了我的治下之民，还要跟我耍文人清高那一套。我若不给你点颜色看看，这官白做了！"

段简本就是小人，后来跟着来俊臣，把那一套诬陷害人的本事学了个九成九。来俊臣被武则天杀死后，他又见风使舵，不知道通过什么手段巴结上了武三思，在武三思的提拔之下，当上了射洪县令。陈子昂回家之前，他曾经假模假样地到陈元敬家里"拜访"过一次。段简见陈家高宅大院、富不可言，简直垂涎欲滴。他本想使些手段害了陈元敬，然后把陈家的家产据为己有，但一想到陈子昂在京城当官，便不敢下手。

现在，陈子昂辞官回家，段简歪心又起，于是，他给武三思写了一封信，信中诬陷说："陈子昂回到射洪县后，与周围人说起朝中之事，曾道'朝廷里宵小当道，武家人一手遮天'。"

武三思看到这封信，勃然大怒，说："这陈子昂不知道天高地厚，以为躲回射洪便能口不择言，该死！该死！"

由于陈子昂曾经在给武则天的上疏中说过"忠贤事君，必谏君失；好佞事主，必顺主情"一类的话，还一再建议武则天亲君子、远小人，要任人唯才、任人唯德，切不可任人唯亲，所以武三思早就对陈子昂有所不满，对于段简的诬告，他自然深信不疑。

一旁的上官婉儿见武三思动怒，便也拿过书信来看。

上官婉儿为什么会在武三思身边？原来，武则天想要修《国史》，这种可以左右当代、后世舆论走向的大事，当然要交给信得过的人，于是这差事便交给了武三思。武三思从小就因父坐罪，遭到流放，没有受过良好的教育，自身资质也一般，堪称才疏学浅，怎么能担负得起如此重任呢？为了弥补他才能上的不足，武则天命令才华横溢的上官婉儿与武三思同修《国史》。这一男一女朝夕相处，竟然勾搭成奸，经常厮混在一起。

上官婉儿看了段简的信之后，对武三思说："我听说，陈子昂曾经当面羞辱过段简。此番段简向你告状，恐怕是想借你的手，报他自己的仇。"

武三思恍然大悟，却说："即便如此，陈子昂也是个讨厌的家伙。他现在辞官回家了，我收拾他就如同收拾一只蚂蚁，干脆让段简把他关起来算了。"

上官婉儿道："和你梁王比起来，陈子昂不过是个小人物，何必跟他一般见识呢？陈子昂辞官之时，皇帝对他的评价很高。另外，他官职虽小，但在文坛还是有些影响力的，你杀了他，以后皇帝问起来，恐怕不太好回答，那样文人们也会因此对你不满。"

武三思想了想，说："言之有理，他是个什么东西，不值得我大动干戈。"

上官婉儿又说："不过，也不能让陈子昂瞎说、胡写，你让段简看着他点，如果他说了特别出格的话，写了对朝廷不利的文章，要速速告知你。"

武三思点头称是。

在射洪县种树、采药的陈子昂并不知道，虽然他已经远离朝堂，但还是有些人在盯着他。

不知不觉，冬天到了，陈子昂的旧日好友马参军来射洪县看望他。这马参军是陈子昂出征幽州时在军中结识的朋友，最近被调派到万州一带任职。

有朋自远方来，不亦乐乎？马参军的来访让陈子昂心情大好，他准备了上好的射洪春酒招待朋友，二人喝到高兴处弹琴、唱歌，非常快活。

玩乐过后，马参军说起了今年朝廷与突厥人打仗的事儿。八月的时候，突厥首领默啜又造反了，率领大军入侵河北。

陈子昂问："默啜又反了？当年他攻打李尽灭、孙万斩有功，被封为立功报国可汗，还要认皇帝做干娘呢！这才两年不到，怎么又反了？"

马参军说："嗨！这事说来可笑。默啜请求把自己的闺女嫁给皇帝的儿子这件事情，你是知道的吧？"

陈子昂说："知道，皇帝答应了。但是朝中许多大臣都说，天子的儿子怎么可以迎娶突厥人的女儿呢？"

马参军说："说得是啊，这件事情本来就不合规矩，但既然皇帝答应了，金口玉言的，咱们就得执行吧。结果呢，皇帝又反悔了，到了迎亲的时候，派自己的侄孙儿武延秀去西北迎娶默啜之女。默啜很生气，说：'我闺女要嫁的是天子的儿子，不是什么侄孙儿！'之后就兴兵来犯了。"

陈子昂摇摇头，说："言而无信，何以取信天下呢？"

马参军又说："默啜造反之后，先是攻下了飞狐（今河北涞源），又围住了赵州。赵州长史唐般若还没等敌人进攻，便从城墙翻下去，投降了。"

"可恨可恨！"陈子昂忍不住说道。

马参军说："是啊，此人真是个败类！叛变后，他对敌人说，我临来以前劝赵州刺史高睿投降，他死活不答应。这个人极其顽固，想要攻打赵州，得先派刺客杀了他！"

陈子昂赶忙问："敌人得逞了吗？"

马参军说："没有！但有叛徒带路，敌人最后还是攻下了赵州。高睿和妻子喝了一种毒药，可以假死，但是又被那叛徒唐般若识破了。默啜对高睿说，只要投降，就让他当大官，不投降就死。高睿和妻子都没有开口。默啜知道高睿不会投降，就把他给杀了！"

陈子昂有些愤怒，拍案而起道："这等忠臣义士，死在了小人手下！"而后他的神情突然有些萎靡，说："这些年来，这种事还少吗？"

马参军说："是啊！敌人入寇河北之后，不知道杀死了多少百姓。后来，皇帝命令狄仁杰带兵平乱，那突厥人听说狄仁杰来了，便赶紧跑了。"

陈子昂说道："狄相果然威武，震慑群小，不在话下，这场战争倒也赢得轻巧。"

马参军说："事还没完呢！突厥人入寇的时候，俘虏了许多河北民众，突厥人逼迫这些河北民众在军中做劳役。等突厥人走了之后，朝廷说这些民众援寇，杀了好多人，没有被杀的也都跑到外地去了。"

陈子昂愤怒地说："当年朝廷在边疆不容突厥人，把他们逼成了寇匪。现在竟然连国人也不容了，这是什么道理啊！"

马参军也道："是啊，河北民众被敌人胁迫，帮敌人做了一点事情，居然被说成是援寇，简直没有天理！最后还是多亏了狄仁杰。他上疏给朝廷，说那些援寇之人实际上是被敌人胁迫，为了保全性命才屈身事敌。这种行为当然算不上君子所为，可却是大多数普通人的无奈选择，朝廷不应该用君子的标准要求所有人。皇帝这才不再杀人了。"

陈子昂冷笑道："若说无德，国家不能保全民众是无德，军队不能抵御敌人入侵是无德，普通百姓想方设法保全自己的性命算哪门子的无德了？朝堂之上的一些人，希望百姓可以像圣人一样'舍生取义'，可他们自己却时常作出一些小人行径，可耻！可恨！"

那天与马参军说完朝廷里的事之后，陈子昂心中很不痛快，他以为自己隐居之后可以不问世事、平心静气，但得知百姓遭殃的消息后，还是忍不住义愤填膺。马参军临走前，陈子昂写了一首诗送给他，虽然诗名叫《喜马参军相遇醉歌》，但内心的愤懑却随着文字跃然纸上：

独幽默以三月兮，深林潜居，时岁忽兮。

孤愤遐吟，谁知吾心。

孺子孺子，其可与理兮。

第四节 幽居观大运 悠悠念群生

陈子昂原本以为自己回到射洪隐居，便可以两耳不闻窗外事，无论什么都不能再扰乱自己的清修之心。但实际并非如此，当他听说北疆百姓内外交困、生灵涂炭后，内心还是充满了悲悯与愤怒。所以他在《感遇》（十七）中写道：

幽居观大运，悠悠念群生。

终古代兴没，豪圣莫能争。

三季沦周赧，七雄灭秦嬴。

复闻赤精子，提剑入咸京。

炎光既无象，晋虏纷纵横。

尧禹道既昧，昏虐势方行。

岂无当世雄，天道与胡兵。

呐呐安可言，时醉而未醒。

仲尼溺东鲁，伯阳遁西溟。

大运自古来，旅人胡叹哉。

从这首诗也可以看出来，陈子昂选择隐居，并不是他主动抛弃了这个世界，而是他觉得被世界所抛弃。直到此刻，他依然"悠悠念群生"，但由于治国理念始终不被采纳，所以也只能"旅人胡叹哉"了。陈子昂把自己比作不得时运的孔子、西出函谷关的老子（仲尼溺东鲁，伯阳遁西溟），可见他的"避世之举"其实是"无奈之举"。

圣历二年（699）二月，陈子昂的朋友崔泰之、冀珪来到射洪小聚。这二人是从洛阳来的，朝廷派他们出使四川，便趁机来拜访陈子昂。三人彻夜豪饮，敞开心扉。陈子昂对朋友说："我虽然身处西南一隅，但听到不平之事，心中还是万分悲愤。虽然身在江湖，但心里却始终惦记着朝廷里发生的一些大事！"

崔、冀二人临走时，陈子昂写了一首诗赠予他们：

喜遇冀侍御珪崔司议泰之二使

谢病南山下，幽卧不知春。

使星入东井，云是故交亲。

惠风吹宝瑟，微月忆清真。

凭轩一留醉，江海寄情人。

陈子昂是个爱憎分明的人，他极其憎恨那些无德无才却身居高位的贪墨之辈，对于爱民如子、廉洁奉公的好官，他又是极其推崇的。

距离射洪县二百多里有个雒县，隶属汉州，该县县令叫张知古，是个清官，也是个能臣。他在任许多年，为雒县百姓做了不少好事。圣历二年（699），张知古去世了，雒县上下悲痛万分。当地有人提议，要给张县令立一座颂德碑，百姓们都很赞同，纷纷出钱出力。

石碑修好后，还差一篇碑文，有人说了："一定要请一个能写出传世文章的大家，为张县令撰写碑文。"众人议论纷纷，都在讨论能请到哪位可以写出传世文章的大家来撰写碑文。到最后，一个刚从射洪县探亲回家的雒县乡民说道："我去射洪县的时候，听说陈子昂从洛阳回来了，现在在射洪西山隐居。此人进士及第，靠着一篇《谏灵驾入京书》被圣上看重，擢升为麟台正字，后来还当了右拾遗，而且他的诗写得极好，当世罕逢敌手。要是能让他来写碑文，最适合不过。"众人纷纷称是。

有乡民道："要是能让陈子昂来写碑文自然是好，但咱们和他又没有交情，请得动吗？"

一位老者站出来说道："咱们筹集一些钱，买些礼物，然后多派几个人给陈子昂送去，说不定能行！"

众人道："只能如此，去碰碰运气吧。"

不久后，一位雒县当地德高望重的乡贤，带领着几个读书人，备好许多礼物，前往射洪县请陈子昂出山。

那天，陈子昂正在西山园中闲坐，儿子陈光突然跑进来，说："父亲，外面有人想要见你，说是从雒县来的，有要紧事。"陈子昂很纳闷，心想："雒县？我在雒县没有朋友啊！"但他还是对儿子说："请进来吧。"

不一会儿，陈光带着六七个雒县乡贤走进来，乡贤们先是恭维了一番陈子昂，然后说明了来意——请陈子昂为县令张知古写颂德碑文。陈子昂也听说过张知古的清名，现在又有乡亲父老为他立碑，那么他一定是个好官了，于是陈子昂便说："能为这样一位父母官写碑文，是我的荣幸。我久仰张县令的大名，可对于他的事迹却也只是道听途说、略有耳闻，各位能不能仔细说与我听，要不然这碑文我不知道该怎么写。"

一听说陈子昂答应写碑文，还要听已故张县令的故事，雒县一行人顿时心花怒放，七嘴八舌地讲述起来。陈子昂这才知道，雒县原本是个很穷的地方，当地许多农户生计堪忧，纷纷逃亡外地。自从张知古到雒县当县令后，带领当地民众兴修水利，发展农业生产，还招抚逃亡农民，没过几年，当地人就过上了好日子。而且，张知古为官清廉，堪称两袖清风、一心为民，当地人很信任他，没有他解决不了的纠纷，没有他平息不了的争端。在他治下，雒县海晏河清，路不拾遗，夜不闭户。

听完乡民们的讲述，陈子昂内心非常激动，因为张知古的为政方略，与自己当年给朝廷上疏中提出的许多建议不谋而合。没想到，那些不被朝廷所重视的建议，被这位从未谋面的"知音"默默践行了十多年，且效果显著，陈子昂倍感欣慰。他怀着崇敬的心情，写下了《汉州雒县令张君吏人颂德碑》一文。

这篇碑文洋洋洒洒两千多字，比陈子昂给皇帝写的大部分奏疏都要长。写下这些文字的时候，陈子昂心中除了敬佩，还有感激，因为张知古用实际行动解开了一个困扰他很久的疑惑——曾经，在陈子昂得不到朝廷重用时，在建议被朝廷无视时，内心除了失望，难免还会有一些自我怀疑，他常常会想："是不是我的建议根本就行不通？"现在，张知古在雒县的治理实践让陈子昂确信，自己的建议是正确的，可行的，并非书生之言、纸上谈兵。

送走雒县一行人后，陈子昂坐在屋子里，默默地想："如果我当初不是在京城做官，而是去到地方上担任县令，能不能像张知古一样，实实在在为人们做点事情，即便是死了，也还有那么多人记得……"

第五节　怀挟万古情　忧虞百年疾

时间悄无声息地流过人生，却也总会在人没防备时，猛然展示它最残忍的面目。

圣历二年（699）七月初七，陈元敬去世了。

陈子昂年轻时，曾经写过一篇座右铭：

> 事父尽孝敬，事君端忠贞。
>
> 兄弟敦和睦，朋友笃信诚。
>
> 从官重公慎，立身贵廉明。
>
> 待士慕谦让，莅民尚宽平。
>
> 理讼惟正直，察狱必审情。
>
> 谤议不足怨，宠辱讵须惊。
>
> 处满常惮溢，居高本虑倾。
>
> 诗礼固可学，郑卫不足听。

幸能修实操，何俟钓虚声。

白珪玷可灭，黄金诺不轻。

秦穆饮盗马，楚客报绝缨。

言行既无择，存殁自扬名。

"事父尽孝敬"，被陈子昂视为行走在天地间的第一条准则，而今，父亲没了，作为一个孝子，他内心的悲痛是无法用语言去形容的。按照礼仪，陈元敬这种有功名的人，要在死后三个月下葬。这三个月中，陈子昂哀哭不止，一度昏厥。妻子高清禅不知道怎么安慰他才好，只好说："你不要哭了，振作起来给父亲写一篇墓志铭吧，让千秋万代的人们都记住父亲曾经做过的事。"

陈子昂拿起笔来，父亲的音容笑貌在脑海中浮现。在儿子心中，父亲的形象会永远停留在他的盛年时代。陈子昂脑海中的父亲，依然是河目海口、燕颔虎头，身躯如大山一般雄壮，而如今，山竟然也倒了。陈子昂不由得又泪流满面，字字泣血的写下了《我府君有周居士文林郎陈公墓志文》。

陈子昂丧父后伤心过度，本就不太健康的身体更是遭到了严重损伤，所以自父亲去世之后，他便卧病在家，几乎不出门了。晖上人知道陈元敬的死给陈子昂的打击是巨大的，专程到陈子昂家中探望。见到老友晖上人，陈子昂的气色好了点。他迫不及待问晖上人："世上真有轮回吗？"

晖上人知道陈子昂心中想念父亲，希望父亲英魂仍在，故而回答道："自然是有的。陈元敬施主生前广施善业，自业自得果，来世必有善缘。"

陈子昂流露出一些欣慰表情，但很快又悲伤起来："人世太苦，父亲不在了，唯我独苦。"

晖上人道："众生皆苦，生苦，老苦，病苦，死苦，求不得苦，爱别离苦，怨憎会苦，五蕴炽盛苦。"

陈子昂叹口气，说："既然众生皆苦，处处都苦，何必要有众生呢？"

晖上人说："我们出家人说众生皆苦，是为了让自己从简单的同情心里挣脱出来，化为无上菩提心，也就是慈悲心。慈悲是佛道之根本。"

陈子昂说："我亦慈悲，但内心为什么总不能得到安宁？"

晖上人说："那是因为你眼中看到的是众生皆苦，心里想的却是让众生皆得快乐。你有渡天下人的理想，但你不是佛，不能如愿。有渡人之心却无渡人之能，于是天下人的苦都被你背在身上了，你怎么能不苦？怎么能得清静？"

陈子昂颓然道："上人说得对，我志在安人，可到头来志向成空，终究是一场镜花水月。"

晖上人说道："既然你现在悟了，就要放下执着，渡人先渡己。"

陈子昂无力点点头，苦笑道："我现在自身难保，还哪敢有渡人之心，能保全自己就不错了。"

那天，陈子昂与晖上人聊了许久。晖上人走后，他的思绪虽仍然翻涌不止，但许多堵在心里头的块垒似乎被搬走了，不那么压抑了。过了几天，陈子昂写了一首诗，让家仆送给晖上人：

秋园卧疾呈晖上人

幽疾旷日遥，林园转清密。
疲痾澹无豫，独坐泛瑶瑟。
怀挟万古情，忧虞百年疾。
绵绵多滞念，忽忽每如失。
缅想赤松游，高寻紫庭逸。
荣客始都丧，幽人遂贞吉。
图书纷满床，山水蔼盈室。
宿昔心所尚，平生自兹毕。
愿言谁见知，梵筵有同术。
八月高秋晚，凉风正萧瑟。

高清禅见陈子昂自父亲死后便没有再笑过，身体也每况愈下，每天只待在家里，或坐或躺，神情呆滞。高清禅心想："这样下去不是办法，得给他找点事做。"于是她对陈子昂说："你过去曾经和我说过，自太史公著《史记》以后，便再没有那般'其文直，其事核，不虚美，不隐恶'的史学著作了，左右你现在也无事可做，不如效仿太史公，写一部《后史记》出来，记述从汉孝武至今的人与事。"

陈子昂眼前一亮，坐了起来，说："不错，既然我没有能力为国家谋划将来，倒不如追叙历史，把这八百年来的兴衰得失、忠奸善恶都如实记录下来，留给后人、引以为戒！"

高清禅见陈子昂来了兴致，非常高兴，说道："是啊是啊，你文采斐然，又曾担任麟台正字，看过许多密不传世的古书、典籍，撰写史书再合适不过了。"

陈子昂深以为然，从那天起，他开始着手编写《后史记》。

再说那射洪县令段简，陈元敬去世时，他曾经虚情假意地来到陈家吊唁。在那种场合下，陈子昂虽然不待见他，但也跟他说了一些感谢的话。陈子昂不知道的是，段简觊觎陈家财产不是一天两天，当他看到陈元敬出殡时的排场后，心里头酸溜溜的，想："这么多钱花在个死人身上，陈家果然巨富，何时才能让这亿万家资归于我手呢？"此时，段简又想起，武三思曾经让他小心留意陈子昂的一言一行，心中暗自想道："武三思虽然不支持我害陈子昂，但让我留意他，也证明武三思对陈子昂仍有戒心，只要我能抓住陈子昂的过失，便一定能置他于死地！"从那之后，段简便经常去陈子昂家中做客，借着聊天的机会打探陈子昂的动向。可陈子昂自从父亲死后，便极少出门，也很少与其他人打交道，又有什么把柄好抓呢？这段简就如同一只可恶的苍蝇，趴在鸡蛋上，心心念念地想要找到鸡蛋的缝儿，却总是无功而返。

转眼间，两年过去了，时间来到了长安元年（701）。两年来，陈子昂足不出户，专心写《后史记》。这是一项庞大的工程。当年司马迁写《史记》花了整整十四年，而今陈子昂用两年时间也只是列出了《后史记》的纲目，不过万事开头难，纲目有了，以后的工作便会顺利许多。

这日，陈子昂正在伏案写书，段简又来了。陈子昂放下手中的工作，与段简对坐聊天。虽然陈子昂依旧看不上段简，但段简这两年经常到陈府拜访，说话还挺客气，所以陈子昂也不好总是冷脸相对。再说了，现在的陈子昂心怀大志，过去的恩恩怨怨在他眼中已经不值得一提了。

可段简不同，他不仅没有忘记旧怨，还惦记着陈家的万贯家财，表面看起来和和气气、嘘寒问暖，但实际上却心怀叵测，一阵寒暄过后，段简问陈子昂："伯玉久居园中，不知道在忙些什么。"

陈子昂刚把《后史记》的纲目做好，心情很不错，便顺嘴说道："我打算写一部《后史记》，斗胆效仿太史公。"

段简瞬间来了精神，问："不知道陈兄写得怎么样了，可否让我拜读一番。"

陈子昂摆摆手，说："只不过列出了纲目，正文还没写呢。"

段简居心不良，坚持要看，说："纲目乃是一部书的总览，最见功夫，我无论如何也得拜读一番。"陈子昂哪里晓得段简心里在想什么，还以为段简也对历史感兴趣，于是便把《后史记》的纲目拿来给段简看。

段简一字一句，看得甚是仔细，陈子昂心中想道："此人虽然人品不佳，但总算不枉是个读书人，有爱书之心"。

段简看完之后，显得非常激动，恭维陈子昂纲目列得好，此书将来必成佳作，陈子昂还想和他再讨论一番历史方面的问题，但段简却道："今天时间不早了，我先走了，咱们来日再见。"

段简匆匆离开陈家，回到县衙，拿出纸笔，给武三思写了一封信。信中说，陈子昂在家很不安分，大言不惭地说要效仿司马迁写《后史记》，现在已经写成纲目，自己看了他的纲目，其中许多内容想必会对朝廷不利，对上官不利。云云。

信写完，段简叫来一个心腹，说："你快马加鞭，把这封信给我送到长安武三思大人手中。信送到之后不要回来，等武三思大人的回信。拿到回信不要耽搁，速回射洪！"心腹得令，纵马向长安。

段简之所以要把信送到长安，是因为此时，武则天已把都城从洛阳迁回了长安。

长安是李唐王朝的大本营，唐高祖李渊虽然在山西太原起兵反隋，但是他的祖籍是陕西。而李氏家族能够夺取天下，也多亏了陕西关中和甘肃陇山两地的贵族们帮忙。这个贵族集团后来被人们称之为"关陇贵族"。唐朝的开国功臣窦抗、窦威、窦轨、长孙晟、长孙无忌、高士廉等都是关陇贵族的子弟。地处关中平原的长安城，是关陇贵族们的传统势力范围。武则天称制后，遭到了李唐家族和关陇贵族们的反对，为了削弱他们在朝中的影响力，远离他们的传统势力范围，武则天将朝廷搬到了洛阳。

后来，武则天在洛阳称帝，她曾经想过把皇位传给武家人。天授二年（691），就是陈子昂继母过世，他回家守制的那一年，魏王武承嗣找来一个叫王庆之的无业游民上书武则天，请求册封武承嗣为太子，但由于宰相岑长倩的极力反对而未能如愿。武承嗣为了报复岑长倩，借口吐蕃犯边，上书请求派岑长倩平息边乱。岑长倩前脚刚离开洛阳，武承嗣就诬告他谋反，岑长倩遭到诛杀！

那个上书请求册封太子的王庆之则连续升官，他觉得请封太子这件事有利可图，便一再上书要求武则天封武承嗣为太子，还在朝堂之上耍赖皮，说："要是今天不立太子，我就不走了！"武则天也被搞烦了，就让凤阁侍郎李昭德教训一下王庆之。李昭德早看此人不顺眼了，直接将其打死。

后来，李昭德故意离间武则天与武承嗣的关系，说武承嗣权倾朝野，一旦有了异心，必将直接威胁武则天的地位，武则天开始怀疑武承嗣，罢免了他一部分职位。

长寿二年（693），就是陈孜去世、陈子昂守制结束返回洛阳的那一年，武则天在万象神宫的祭天大典上，命令礼官将梁王武三思派到了第三的位置上，仅次于武则天和武承嗣，这似乎是暗示天下人："我死后，皇帝之位一定会传给武家人，不是武承嗣就是武三思。"可见当时武则天已经下定决心——不把江山还给李家人了！

圣历元年（698），就是陈子昂辞官回乡的那一年，武则天梦到一只折翅的鹦鹉飞不起来，就找狄仁杰解梦，足智多谋的狄仁杰对武则天说："武（鹉）者，陛下之姓，两翼，二子也。陛下起用二子，即可振翅高飞。"武则天意识到，就连朝中最信任的大臣也不支持她把皇位传给武家人，再加上她也看出武承嗣、武三思只知逢迎奉承，政治能力低下，不是当皇帝的料，所以决定把江山还给李家人。久视元年（700）十月，武则天下诏恢复李唐夏历，不再使用周历。长安元年（701），大赦天下，带领百官重返长安。重新回到李唐和关陇贵族的势力范围，意味着武则天准备"还政"于李唐家族了。

武三思在得知武则天要返回长安后，虽然有一百个不情愿，但也只好随文武百官回到长安。因此，段简让心腹把书信送到武三思位于长安的府邸中。

第六节 遇害陈公殒 于今蜀道怜

武三思收到段简的书信时，正在长安的新家里举行家宴，武攸宜、上官婉儿等人都在。

看罢书信，武三思对上官婉儿说："段简来信，称陈子昂在家写《后史记》，虽然只粗立纲目，但其中有些内容于皇帝不利，于我们不利。"

上官婉儿显得格外惊慌，说："即便是他写的书客观公允，也绝不能让这部书问世！"

武三思问："为什么？"

上官婉儿说："陈子昂文采过人，又在麟台担任正字多年，若他写出一部《后史记》来，必然被天下追捧！"

武三思想了想，说："是啊，我们正在编修国史，这陈子昂也要写史，这不是抢我们的风头吗？"

上官婉儿心中骂道："鼠目寸光的家伙，就只能想到自己眼跟前那点事。"但她嘴上却说："梁王高见，此事的影响不止于此呢！"

武三思问："还有什么影响？"

上官婉儿反问："梁王，你觉得《史记》怎么样？"

武三思不知道上官婉儿为何会有此问，说："好啊，怎么了？"

上官婉儿说："《史记》被推崇了快一千年，人人都觉得好，人人都觉得《史记》中所言即是真理。可是梁王你想过没有，凭秦始皇的功绩，说他是千古一帝不为过吧。但就因为《史记》中记载了一些对他不利的内容，所以后人们在颂扬他功绩的时候，也难免会说秦始皇'怀贪鄙之心，行自奋之智，不信功臣，不亲士民，废王道，立私权，禁文书而酷刑法，先诈力而后仁义，以暴虐为天下始'。"

一旁的武攸宜也听到了二人的对话，说："司马迁敢说秦始皇的坏话不奇怪，他写《史记》的时候，秦始皇已经死了。陈子昂是当今皇帝的子民，他岂敢在自己书中说皇帝的坏话？"

上官婉儿笑道:"陈子昂是当今皇帝的子民,难道司马迁不是汉武帝的子民吗?司马迁是怎么说汉武帝的?'疲耗中土,事彼边兵。日不暇给,人无聊生。俯观嬴政,几欲齐衡'。那陈子昂既然效仿司马迁写《后史记》,恐怕也会学习司马迁的所谓风骨,直言不讳。"

武攸宜听了上官婉儿的话,觉得很有道理,说道:"此人做得出这种事。当年他在我军中,说话时嘴上从来没个把门儿的,明明生死只在我一念间,却总是和我对着干,是个不要命的家伙!"

上官婉儿又道:"暂且不说他会怎么评价皇帝。你们想想,他在书中会怎么评价你们?卫青、霍去病,何等的英雄人物!司马迁还要在《史记》中说他们是'外戚'起家……"上官婉儿话说到一半便不再说了,她知道作为"外戚"的武家人已经明白了话中之意。实际上,她还有一句真心话没有说出来:"若让陈子昂掌握了书写历史的权力,那么他一定会在书中批评'上官体'。"这才是上官婉儿最不能接受的事情。

一旁的武家兄弟听了上官婉儿的话,似乎已经想象到了家族遗臭万年的场景,他们这才意识到问题的严重性。武攸宜咬着牙说道:"等陈子昂写完之后,咱们一定要拿过来先看看,里头敢说武家人一句坏话,定然叫他死无全尸!"

武三思则冷笑着说:"还等他写出来?哼……"

当日宴饮过后,武三思命人把段简的心腹叫到跟前,让他给段简带回去一封信,信中只有两个字——"杀之"。

不久之后,段简便收到了武三思的来信,虽然信中只有两个字,但他瞬间明白了武三思的意思,内心中一阵狂喜:"陈子昂啊陈子昂,这可怨不得我了,谁让你当初羞辱我,谁又让你家财万贯呢?"

段简收到信时,是长安元年(701)的年底,马上就要过年了,这是长安二年(702)的春节。

陈子昂虽然在山中隐居,但毕竟家里有两个孩子,喜欢过节,因此陈家自然也要张灯结彩,热闹一番。父亲死后,陈子昂便是陈家的"户主",迎来送往也是免不了的事。

和一年前相比,陈子昂的气色要好了不少。他当初身患重病,其实主要是"由心而起",是心病转化成的身体疾病。自从开始写《后史记》,陈子昂有了新的追求，有了新的期待，心病好了一大半，身体也开始逐渐恢复。

元日，就是大年初一，陈子昂家举行了盛大的家宴。一家人聚在一起喝屠苏酒、椒柏酒。屠苏酒由大黄、白术、桔梗、蜀椒、桂辛、乌头、菝葜七种药材混合制成，椒柏酒则是用花椒和柏树叶浸泡的酒，据说这两种酒喝了都能驱邪解毒延年益寿。还要吃大蒜、小蒜、韭菜、芸薹、胡荽拼成的"五辛盘"，为的是发散五脏郁气，预防时疫。陈子昂的小儿子陈斐不爱吃胡荽，说味道怪，母亲高清禅呵斥道："必须吃，吃了不得病！"陈斐很不高兴，嘟着嘴嚼胡荽。陈子昂道："大过年的，都要开开心心的，想吃就吃，不想吃意思意思吃两口也就是了。"陈斐顿时喜笑颜开。

最后饺子也上来了，猪肉白菜馅儿，陈斐一口气吃了十几个，还要吃，哥哥陈光说："斐儿是赖的死不吃，好的吃到……"他的话还没说完，便被高清禅打断："大过年的说什么死呀活呀的，多不吉利？呸！呸！呸！"

……

欢乐、祥和的节日气氛一直延续到了上元节（元宵节）过后。正月十六那天一大早，陈子昂正在书房中写东西，突然听到外面传来一阵嘈杂的脚步声，打开门一看，县尉带着一班衙役往里闯，两个儿子拦住他们不让进，嘴里说着："我父亲又没犯罪，你们这是干什么？"

射洪的刘启明县尉早就调到了别处，现在的县尉姓赵。赵县尉见陈子昂现身，拱了拱手，说："陈子昂，跟我走一趟吧。"

陈子昂见他直呼自己的名字，很惊讶，问："怎么？我犯了什么罪吗？"

赵县尉说："你犯了什么罪我不知道，但县令要我来拿你，你跟我走吧。"陈子昂知道此事恐怕不能善了，对两个儿子说："你们先回去，我跟他走一趟，一会儿就回来。"

直到此刻，他还不知道段简的目的是置他于死地。

陈子昂随官差来到县衙，段简高坐在大堂之上，见陈子昂来了，面目狰狞地说道："陈子昂，你可知罪？"

陈子昂傲然道："不知！"

段简狞笑，说："朝廷要治你的罪，你知也好，不知也好，都在劫难逃了！"陈子昂以为朝廷是皇帝、是六部九卿，可在段简心里，武三思就是朝廷。

还没等陈子昂说话，段简便命令衙役："来呀，把罪犯陈子昂关进监狱！"

陈子昂入狱后，陈家人顿时慌了神，他们去问段简，希望他可以放人，但段简却以"陈子昂写的文章触怒了朝廷"为由，拒不放人。高清禅出身官宦世家，对官场的一些事情有所了解，她对陈家亲戚们说："段简抓子昂，却说不出他的具体罪状，一定是在诬陷他，为的是索取贿赂。"众人都觉得有理，于是便筹集了五万缗钱，给段简送去。一缗就是一千钱，五万缗乃是五千万钱，绝对是一笔巨款了，段简看到这么多钱，笑得嘴都合不拢，便将陈子昂给放了。

段简的心腹知道武三思要让段简害死陈子昂，便对段简说道："县令，梁王的命令您可不能违逆啊。"

段简奸笑着说："谁说我要违逆梁王？"

"可您怎么把陈子昂给放了？"心腹不解。

段简说："人是一定要杀的。但在杀他之前，我要把他的万贯家财都榨干。陈子昂有钱啊，说万贯家财那都是客气了，这不一次就送来五万缗吗？"

心腹恍然大悟，说："我知道了，您是想抓了放，放了抓，让陈家人一次次地送钱，直到陈家把所有钱都心甘情愿地交到您手上为止！"

段简道："算你聪明，不这样做，怎么能把陈家的钱搞到我手里？"

接下来的小半年时间里，段简三番五次抓陈子昂入狱，陈家也三番五次用钱将陈子昂保了出来，前前后后花了二十万缗钱。但即便如此，段简还是又一次把陈子昂关进了监狱。陈家的亲戚、朋友都来找段简，为他求情。他们哀求段简："高清禅已经把陈家的所有钱都给了您，现在一个子儿都拿不出来了，就请您高抬贵手，放了陈子昂吧。"

段简呵呵一笑，说："陈子昂的罪是朝廷定的，我之前看他可怜，因此一次次手下留情，但朝廷一而再、再而三地下令要我查清他的罪状，我也没办法啊。"

由于屡次被关进监狱，陈子昂的心理和身体遭到了沉重的打击，他的旧病也复发了。在潮湿的狱中，他也想明白了一件事情——自己虽然辞官，但仍然保有八品官衔，段简敢用这般无耻的手段对付自己，背后一定有人指使。这个人是谁呢？上官婉儿？武三思？武攸宜？还是……陈子昂干脆也不想了，因为即便是想明白了，也没什么用。

一个月后，陈子昂还被关在狱中，他早年间的上疏得罪了许多诸如刺史、巡察使之类的地方官员，因此州、道官员对于射洪县的这场千古奇冤视而不见、听而不闻。

长时间的牢狱之苦和肉体刑罚，已经极大地损害了陈子昂的健康，他感觉自己快要支持不住了。无奈之下，陈子昂只好自行占卜，卦显凶相，他心中顿时万念俱灰，仰天长号："天命不祐，吾其死矣！"

次日，一代文宗、唐诗之祖陈子昂，病死在了射洪县的监狱之中。那一年，他才四十二岁。

数月之后，一封书信寄到了长安卢藏用的家中。

彼时，卢藏用刚刚被朝廷征拜为左拾遗，结束了自己的隐居生活。卢藏用看书信是从射洪县寄来的，笑着对身边人说："射洪县来信，必然是伯玉兄，不知道又写了一首什么诗，寄给我品读。可惜他辞官不做了，要不然他当右拾遗，我当左拾遗，岂不妙哉。"说笑完打开信，只看了几眼，便泪流满面，瘫坐在地。

周围人问卢藏用怎么了，他哽咽着说："伯玉长子陈光来信，伯玉……伯玉去世了！"

卢藏用在痛苦中煎熬了几日之后，毅然赶赴射洪县，来到陈子昂家中。见到陈子昂的两个儿子，他一把搂在怀中，叔侄痛哭不止。哭了许久，卢藏用问高清禅："嫂夫人，伯玉在哪？我想去看看他。"

陈子昂死后埋葬在射洪县独座山上，卢藏用来到墓前，只见一个和尚正坐在陈子昂的墓碑之下，口诵经文。走近一看，只见出家人亦流泪。卢藏用知道，这和尚一定是晖上人，于是便上前搭话。

晖上人把陈子昂遇害经过告诉了卢藏用，只是他也不知道是武三思背后指使，只道段简因觊觎陈家钱财，害死了陈子昂。最后，晖上人对卢藏用说："陈子昂两个儿子，都有乃父遗风，日后必成大器。只不过，如果他们还留在射洪，恐怕遭奸人所害，我一个出家人，想帮忙也不知道该怎么办。"卢藏用说道："你不用说，我此番来正是为此。"

卢藏用临走时，对高清禅说要把陈子昂的两个儿子带回长安抚养，高清禅感激不尽。后来，在卢藏用的悉心培养下，陈光、陈斐都考中了进士，陈光曾任膳部郎中、商州刺史。陈光的长子陈易甫官至监察御史，次子陈简甫官至殿中侍御史。陈斐先后出任河东、蓝田、长安县尉。

尾　声

陈子昂死了，一位不世出的天才，被一个小小县令用下作手段轻易害死，没有悲壮，只有悲哀，但这的确就是真实的历史事件。

陈子昂死后，四川当地流传着一个传说：害死他的段简，后来被天神用锤子砸烂了脑袋……这个传说很解气，大快人心，但却也只是传说，段简后来的结局究竟如何？不得而知。但是其他一些与陈子昂有关人物的结局，是有史可查的。

卢藏用，入仕做官之后，先是担任左拾遗。当时，武则天要在万安山建一座兴泰宫，卢藏用上疏谏曰："陛下离宫别观固多矣，又穷人力以事土木，臣恐议者以陛下为不爱人而奉己也。且顷岁谷虽颇登，而百姓未有储。陛下巡幸，讫靡休息，斤斧之役，岁月不空，不因此时施德布化，而又广宫苑，臣恐下未易堪。今左右近臣，以谀意为忠，犯忤为患，至令陛下不知百姓失业，百姓亦不知左右伤陛下之仁也。忠臣不避诛震以纳君于仁，明主不恶切诋以趋名于后。陛下诚能发明制，以劳人为辞，则天下必以为爱力而苦己也。不然，下臣此章，得与执事者共议。"但是这一建议并未得到采纳。

神龙年间（705—707），卢藏用历任中书舍人、吏部侍郎、黄门侍郎，兼昭文馆学士，最终官至尚书右丞，正四品。史书记载，卢藏用依附于武则天最小的女儿太平公主。先天二年（713），太平公主涉嫌发动谋反，被唐玄宗李隆基发兵擒获，赐死于家中。唐玄宗也想杀卢藏用，但考虑到他实际上并没有参与太平公主谋反之事，最后将他流放到襄州。

在襄州，卢藏用遇到了交趾叛乱。他平叛有功，被任命为昭州司户参军，后来当了黔州长史，判都督事，约713年逝世。

卢藏用在历史上有个不好的称谓，叫"随驾隐士"。说的是：皇帝在洛阳时，他就在嵩山隐居，皇帝搬到长安，他就去离长安更近的终南山隐居。因此人们认为卢藏用并不是真的想要隐居，而是为了通过隐居赚取名声，引起皇帝的关注。

据说，唐睿宗时，曾经请司马承祯到长安入宫传道，后来还想让司马承祯入朝做官，司马承祯拒绝了。司马承祯离开长安时，作为好朋友的卢藏用去送行，他对司马承祯说："终南山就很好，为什么非要回天台山（当时司马承祯的修道之所从嵩山移到了天台山）呢？"

司马承祯说："终南山好啊，那儿可是做官的捷径。"言下之意是讽刺卢藏用以隐居之名求取功名。后来，这句话演变成了一个成语——终南捷径。这个故事最早出现在刘肃写的《大唐新语》中，那是一百多年后的事情了，故事的真假其实很值得怀疑。因为司马承祯与卢藏用都是"方外十友"的成员，彼此之间交情匪浅，司马承祯怎么会对卢藏用说这种话呢？

司马承祯一生，先后被武则天、唐睿宗、唐玄宗召见过，唐玄宗还请司马承祯授以法箓，意思就是他也加入了司马承祯的这一派道门。玄宗称司马承祯为"道兄"。开元二十三年（735），司马承祯在阳台宫去世，葬于王屋山西北的松台。其弟子表奏皇帝，表中称："（师）死之日，有双鹤绕坛，及白云从坛中涌出，上连于天。而师容色如生。"玄宗闻后，深为感叹，旋即下诏："混成不测，入寥自化。虽独立有象，而至极则冥。故王屋山道士司马子微，心依道胜，理会玄远，遍游名山，密契仙洞。存观其妙，逍遥得意之场；亡复其根，宴息无何之境。固以名登真格，位在灵官。林壑未改，退霄以旷，言念高烈，有怆于怀，宜赠徽章，用光丹箓。赐银青光禄大夫，号贞一先生。"

值得一提的是，唐朝著名诗人、宰相张九龄非常崇拜司马承祯，曾屡次去拜见他。张九龄的另一个偶像便是陈子昂。张九龄的诗歌创作受到陈子昂诗的影响、启发，最直接的例证便是张九龄的许多诗歌也用《感遇》为题。从某种意义上来讲，张九龄是陈子昂的继承者和发扬者。

再来说"方外十友"之一的毕构。他在神龙元年（705）时升任中书舍人。那一年，武则天病重（次年驾崩），宰相张柬之等发动"神龙革命"，拥立唐中宗李显复辟，武则天被迫退位。武则天退位后，朝中大臣奏请唐中宗降削武氏诸王，由毕构当庭宣布诏书。他声音明亮诵读流畅，并且逐句解析，在一旁听的人都听得明明白白。因此，毕构也招致武三思的记恨，被外放为润州刺史。

在润州，他惠政爱民，升迁为益州大都督府长史。景云元年（710），毕构被召回京任左御史大夫，后又转任陕州刺史，加银青光禄大夫，封魏县男。不久，复任益州大都督府长史，兼充剑南道按察使。由于政绩卓著，被睿宗下诏褒扬，并赐玺书、袍带。之后被召回京拜户部尚书，转吏部尚书，并遥领益州大都督府长史，徙广州都督。

唐玄宗即位后，毕构任河南尹，迁户部尚书。开元四年（716），毕构患病，唐玄宗亲自手写医方赐予他。当时认为户部尚书为"凶官"，恐怕对病情不利，玄宗立刻改任他为太子詹事，希望能够好起来，但毕构还是病逝。毕构的继母去世时，有两个妹妹还在襁褓中。他亲加抚养，最终长大成人。等到毕构去世，两个妹妹哭号不绝，以抚育之恩，为他守孝三年。

"方外十友"之一的宋之问，在陈子昂死的那一年迁司礼主簿。自武则天死后，宋之问便因为曾经依附武氏家族而遭到李唐统治者的报复，唐睿宗即位后，宋之问被流放钦州，时年五十四岁。唐玄宗即位后，712 年，赐死宋之问，享年五十六岁。

至于杜审言，前文已经说过：陈子昂死的那一年，他儿子杀官救父，他自己则受到武则天的召见和倚重，一跃成为宫廷文人。神龙革命后，他因阿附武则天的男宠张氏兄弟，而被贬往岭南地区的峰州。景龙二年（708）五月，任修文馆直学士。同年冬，杜审言病逝，宋之问给他作祭文，葬于河南郡偃师县首阳之东原。

杜审言死后五年，712 年，杜甫出生。

杜甫虽然没有见过陈子昂，但却对陈子昂推崇备至，唐肃宗宝应元年（762）十一月，杜甫游历蜀中，专门到射洪县去瞻拜陈子昂故宅，游览了陈子昂读书的地方金华山。

在陈子昂的故居，杜甫写下了《陈拾遗故宅（宅在射洪县东七里武东山下）》：

> 拾遗平昔居，大屋尚修椽。
> 悠扬荒山日，惨澹故园烟。
> 位下曷足伤，所贵者圣贤。

有才继骚雅，哲匠不比肩。

公生扬马后，名与日月悬。

同游英俊人，多秉辅佐权。

彦昭超玉价，郭振起通泉。

到今素壁滑，洒翰银钩连。

盛事会一时，此堂岂千年。

终古立忠义，感遇有遗编。

在陈子昂昔日读书的金华山上，杜甫写下了《冬到金华山观，因得故拾遗陈公学堂遗迹》：

涪右众山内，金华紫崔嵬。

上有蔚蓝天，垂光抱琼台。

系舟接绝壁，杖策穷萦回。

四顾俯层巅，澹然川谷开。

雪岭日色死，霜鸿有馀哀。

焚香玉女跪，雾里仙人来。

陈公读书堂，石柱仄青苔。

悲风为我起，激烈伤雄才。

当有朋友到陈子昂的故乡梓州去当刺史时，杜甫写给他的送别诗中也提到了陈子昂：

送梓州李使君之任

籍甚黄丞相，能名自颍川。

近看除刺史，还喜得吾贤。

五马何时到，双鱼会早传。

老思筇竹杖，冬要锦衾眠。

不作临岐恨，惟听举最先。

火云挥汗日，山驿醒心泉。

遇害陈公殒，于今蜀道怜。

君行射洪县，为我一潸然。

后两句说："遇害陈公殒，于今蜀道怜。君行射洪县，为我一潸然。"可见陈子昂之死已经过去几十年了，但杜甫每每想起还是忍不住想哭，因此才有了"为我一潸然"的嘱托。

在陈子昂去世的前一年，李白出生了，他五岁时，跟随父亲来到了绵州彰明县（今四川江油），此地距射洪县不过二百多里。青年时候，李白结识了峨眉山白水寺的僧人广濬，广濬的师父不是别人，正是释怀一。陈子昂死后，释怀一就回到了峨眉山白水寺，从此再没有离开过四川。

李白通过广濬认识了释怀一。他告诉释怀一，自己特别推崇陈子昂，正在收集陈子昂的著作。释怀一知道李白的诗才百年不遇，见他如此敬重陈子昂，自然倍感欣慰，于是，便将自己珍藏的《陈拾遗集》送给了李白。李白不求而得，了却凤愿，仿佛冥冥中自有天意。

后来，李白在《赠僧行融》一诗中说：

梁有汤惠休，常从鲍照游。

峨眉史怀一，独映陈公出。

卓绝二道人，结交凤与麟。

行融亦俊发，吾知有英骨。

海若不隐珠，骊龙吐明月。

大海乘虚舟，随波任安流。

赋诗旌檀阁，纵酒鹦鹉洲。

待我适东越，相携上白楼。

"峨眉史怀一，独映陈公出"，说的便是释怀一与陈子昂出川到洛阳的故事，后一句中说"卓绝二道人，结交凤与麟"，则是将陈子昂比作了"凤、麟"，可见李白对陈子昂的尊崇。由于李白极其推崇陈子昂，因而他的诗风也深受陈子昂的影响，尤其是《古风》两卷，其中有许多诗句直接援引了陈子昂的著作。南宋朱熹评述说："李白《古风》两卷，多效陈子昂，亦有全用其句处。太白去子昂不远，其尊慕如此。"

除李白与杜甫之外，唐朝许多大文学家都对陈子昂推崇有加，例如白居易，他不仅把陈子昂和李白并列，说"每叹陈夫子，常嗟李谪仙"，还把陈子昂与杜甫合称，说"杜甫陈子昂，才名括天地"，可见，在这名后起大诗人的心目中，大唐的三大诗人是陈、李、杜无疑。

韩愈也在诗里说："国朝盛文章，子昂始高蹈。勃兴得李杜，万类困陵暴……"言下之意，陈子昂就是盛唐文学的先行者，没有他就没有李、杜。

之所以叙述了这么多耳熟能详的诗人对陈子昂的高度评价，并不是想借他们之口"抬高"陈子昂的影响，没有这个必要。只是为了宽慰那些因陈子昂之死而感到伤怀的读者——陈子昂虽然一生不得志，在病痛与屈辱中英年早逝，但他的"诗魂"没有死，始终活在盛唐诗歌的字里行间。

附　录

一　陈拾遗诗拾遗

能够考据出较为确切年代的陈子昂诗歌，正文中大都已经提到了，现将其他陈子昂诗歌名篇收录至此。

月夜有怀

美人挟赵瑟，微月在西轩。
寂寞夜何久，殷勤玉指繁。
清光委衾枕，遥思属湘沅。
空帘隔星汉，犹梦感精魂。

感遇（一）

微月生西海，幽阳始化升。
圆光正东满，阴魄已朝凝。

太极生天地，三元更废兴。
至精谅斯在，三五谁能征。

感遇（二）

兰若生春夏，芊蔚何青青。
幽独空林色，朱蕤冒紫茎。
迟迟白日晚，袅袅秋风生。
岁华尽摇落，芳意竟何成。

感遇（四）

乐羊为魏将，食子殉军功。
骨肉且相薄，他人安得忠。
吾闻中山相，乃属放麑翁。
孤兽犹不忍，况以奉君终。

感遇（五）

市人矜巧智，于道若童蒙。
倾夺相夸侈，不知身所终。
曷见玄真子，观世玉壶中。
窅然遗天地，乘化入无穷。

感遇（六）

吾观龙变化，乃知至阳精。
石林何冥密，幽洞无留行。
古之得仙道，信与元化并。

玄感非象识，谁能测沦冥。
世人拘目见，酣酒笑丹经。
昆仑有瑶树，安得采其英。

感遇（七）

白日每不归，青阳时暮矣。
茫茫吾何思，林卧观无始。
众芳委时晦，鹏鸠鸣悲耳。
鸿荒古已颓，谁识巢居子。

感遇（八）

吾观昆仑化，日月沦洞冥。
精魄相交构，天壤以罗生。
仲尼推太极，老聃贵窅冥。
西方金仙子，崇义乃无明。
空色皆寂灭，缘业亦何成。
名教信纷籍，死生俱未停。

感遇（九）

圣人秘元命，惧世乱其真。
如何嵩公辈，诙谲误时人。
先天诚为美，阶乱祸谁因。
长城备胡寇，赢祸发其亲。
赤精既迷汉，子年何救秦。
去去桃李花，多言死如麻。

感遇（十）

深居观元化，恬然争朵颐。
谚说相啖食，利害纷嗫嚅。
便便夸毗子，荣耀更相持。
务光让天下，商贾竞刀锥。
已矣行采芝，万世同一时。

感遇（十二）

呦呦南山鹿，罹罟以媒和。
招摇青桂树，幽蠹亦成科。
世情甘近习，荣耀纷如何。
怨憎未相复，亲爱生祸罗。
瑶台倾巧笑，玉杯殒双蛾。
谁见枯城蘖，青青成斧柯。

感遇（十三）

林居病时久，水木淡孤清。
闲卧观物化，悠悠念无生。
青春始萌达。朱火已满盈。
徂落方自此，感叹何时平。

感遇（十四）

临歧泣世道，天命良悠悠。
昔日殷王子，玉马遂朝周。
宝鼎沦伊谷，瑶台成故丘。

西山伤遗老，东陵有故侯。

感遇（十五）

贵人难得意，赏爱在须臾。
莫以心如玉，探他明月珠。
昔称天桃子，今为春市徒。
鸱鸮悲东国，麋鹿泣姑苏。
谁见鸱夷子，扁舟去五湖。

感遇（二十一）

蜻蛉游天地，与物本无患。
飞飞未能去，黄雀来相干。
穰侯富秦宠，金石比交欢。
出入咸阳里，诸侯莫敢言。
宁知山东客，激怒秦王肝。
布衣取丞相，千载为辛酸。

感遇（二十三）

翡翠巢南海，雄雌珠树林。
何知美人意，娇爱比黄金。
杀身炎州里，委羽玉堂阴。
旖旎光首饰，葳蕤烂锦衾。
岂不在遐远，虞罗忽见寻。
多材固为累，嗟息此珍禽。

感遇（二十四）

挈瓶者谁子？姣服当青春。
三五明月满，盈盈不自珍。
高堂委金玉，微缕悬千钧。
如何负公鼎，被夺笑时人。

感遇（二十六）

荒哉穆天子，好与白云期。
宫女多怨旷，层城闭蛾眉。
日耽瑶台乐，岂伤桃李时。
青苔空萎绝，白发生罗帷。

感遇（三十一）

可怜瑶台树，灼灼佳人姿。
碧华映朱实，攀折青春时。
岂不盛光宠，荣君白玉墀。
但恨红芳歇，凋伤感所思。

感遇（三十二）

索居独几日，炎夏忽然衰。
阳彩皆阴翳，亲友尽睽违。
登山望不见，涕泣久涟洏。
宿昔感颜色，若与白云期。
马上骄豪子，驱逐正蚩蚩。
蜀山与楚水，携手在何时。

感遇（三十三）

金鼎合神丹，世人将见欺。
飞飞骑羊子，胡乃在峨眉。
变化固非类，芳菲能几时。
疲疴苦沧世，忧悔日侵淄。
眷然顾幽褐，白云空涕洟。

感遇（三十六）

浩然坐何慕，吾蜀有峨眉。
念与楚狂子，悠悠白云期。
时哉悲不会，涕泣久涟洏。
梦登绥山穴，南采巫山芝。
探元观群化，遗世从云螭。
婉娈将永矣，感悟不见之。

感遇（三十七）

朝入云中郡，北望单于台，
胡秦何密迩，沙朔气雄哉。
籍籍天骄子，猖狂已复来。
塞垣无名将，亭堠空崔嵬。
咄嗟吾何叹，边人涂草莱。

感遇（三十八）

仲尼探元化，幽鸿顺阳和。

大运自盈缩，春秋迭来过。
盲飙忽号怒，万物相纷劙。
溟海皆震荡，孤凤其如何。

送魏大从军

匈奴犹未灭，魏绛复从戎。
怅别三河道，言追六郡雄。
雁山横代北，狐塞接云中。
勿使燕然上，独有汉臣功。

送客

故人洞庭去，杨柳春风生。
相送河洲晚，苍茫别思盈。
白蘋已堪把，绿芷复含荣。
江南多桂树，归客赠生平。

二 陈拾遗文拾遗

陈子昂的散文，大部分已经在正文中全篇或节选收录，现将其他名篇收录至此。

为丰国夫人庆皇太子诞表

臣妾某言：今月日伏承轩宫载诞，皇嗣克昌，品物咸欢，天人交庆。
臣妾闻圣人多子，祝美于尧年；螽羽宜孙，称道乎《周颂》。自非璿图配永，宝祚灵长，何以茂对天休，光绍大业。伏惟皇太后陛下，星虹授祉，月梦延祯，余庆集于天孙，荣光流于帝子，玉衣方泰，瑶渚增辉。某窃宠中姻，承恩外戚，涂山之庆，既裕于夏台；高禖之祠，未陪于殷荐。窃以潢汙之品，可享王庭；玄秬之微，有芳天献。岂图美于丰侈，信有厚于由衷。敢用拟议蘋蘩，精诚菽藿。洗心而荐，窃希瑶席之珍；洁意而羞，以陪金鼎之实。谨献食若干舆，冒渎珍膳，沾汙象筵。追用惭惶，伏表悚灼。

为陈御史上奉和秋景观竞渡诗表

臣某言：伏见某月日御制秋景务余聊观竞渡，故陈先作，式伫来篇。凡六韵。天文爰降，品汇咸亨；金简潜开，瑞图斯见。臣闻白云兴咏，汉游汾水之祠；黄竹申歌，周舞瑶池之驾。然而志崇远辙，事或劳人，故文思之化未光，太清之道犹阙。伏惟圣母神皇陛下，大虹齐圣，感月含神，玄德茂于皇阶，文明照于天下。用能提玉斗，挹璿衡，百神景从，三灵协赞。青云出洛，爰开受命之符；赤甲荣河，终御兴王之宝。非穷神之至德者，其孰能与于是哉！既而黄屋务闲，紫机时暇，洞庭张乐，思接轸于轩游，妫水披图，想同骖于尧辇。然远而劳物者，未若近而安人；动而勤己者，岂比静而泰神。于是从金跸，鸣玉銮，清禁林，御池殿，肃波神而戒事，命舟子为水嬉。彩鹢莲歌，乍起江吴之引；青龙桂楫，时摇瓯越之风。鸟逝虬惊，沸珠潭而竞逐；云飞电集，横玉浦而流光。信可以娱乐性灵，发挥文物，皇欢允洽，白日俄光。于是奏薰风于管弦，咏业云于林御，帝歌爰作，天藻攸彰。黼帐帷宫，缛文房之绣彩；祥云瑞景，霏翰苑之荣光。信探道于玄包，得斯文于紫极，太平允矣，元首康哉。方欲朝明堂之宫，受群后之瑞，尊崇显号，光启圣图。封玉嵩丘，以接千年之统；泥金少室，攸增万岁之规。卓哉煌煌，圣君之表也。微臣曲学蓬户，窃位兰台，未闻骢马之谣，非有雕龙之思。鞠躬霜署，谬睹于天章；逖听钧台，侧闻于帝乐。天文尊贵，不远于下臣；帝宝珍崇，曲宣于近贵。窃以君唱臣和，固不隔于尊卑；宫变商从，方允谐于金石。辄用斋心扣寂，假翰求词，将以攀日月之末光，继萤爝之微照。不胜云云。

为乔补阙庆武成殿表

臣某言：臣以今月日奉敕，于武成殿唤臣入问骨笃禄等贼请降事。臣以愚瞀，得践赤墀，对扬天休，具奏其状。天恩特赐臣温颜，又降问云："洛阳宫室，皆隋朝营制，岁月久远，多有隳颓。楼阁内殿，凋落者众，补一坏百，无可施功。唯此武成确然端立，土木丹彩，光色如新，不知何故得自如此？卿之博识，应知其说。"臣当时造次，略奏其梗概，退而再省，未涉万分。臣恭惟圣言，缅求神象，研几太极，幽赞元符，上以稽验神谋，旁以合契冥数，信有至道，允在于兹。臣闻圣人有言曰："清明在躬，志气如神。"嗜欲将至，有开必先，天降时雨，山川出云，此盖言神应必有其物。陛下至尊至神，为天下主，宰御群品，威统百灵，宸居尊严，品物昭泰，自天而祐，于是用宁。抑臣又闻物之有灵，如人之有神。神之和畅，则支体便利；用人繁昌，则物必丰茂。所以见其俗，知兴废之数；睹其气，识盛衰之由。服物犹然，况其大者。今陛下应天受命，括地登枢，先飞名于秘箓，终据图于宝座。今则当千载之运，得三统之元，帝气氤氲，祚基于元命；皇图幽蔼，象显于天成。夫以德之休明，尚荣草木；化之昭庆，且变烟云。况皇皇真君，龙居其极，武成合庆，土木增荣，独超众殿，夫何足怪。臣闻敬其事者必载其文，美其业者必颂其德。臣所恨才非墨妙，思乏笔精，不能赞扬休祚，歌咏圣德。臣请以此事付之史臣，千代知神，万载知述。伏愿天恩，特垂降许。

为人陈情表

臣某言：臣门衰祚薄，少遭险衅，行年三岁，严父早亡，慈母鞠育，哀悼相养。臣又尪羸，少多疾病，零丁孤苦，仅得成人。老母悯臣孤蒙，恐不负荷教诲，师氏训以义方。家贫无资，纺绩以给，束脩衣褐，并出母指。臣既无姊妹，寡有兄弟，衡门独立，唯形与影，母子相视，惸惸靡依。

雁此艰虞，历二十岁，臣稍以成立，忝迹朝班，薄禄微资，始期色养，私情既获，母子相欢。殃罚不图，老母见背，攀号何及，泣血涟洏。于时日月非宜，权殡京兆，岁序迁速，于今某年。臣本贯河东，坟隧无改，先人丘垄，桑梓犹存。亡母客居，未归旧土，宿草成列，拱树荒凉，兴言感伤，增以崩咽。今卜居宅兆，将入旧茔，明年吉辰，最是良便，除此之际，未有克期。臣谬齿王人，职在驱役，今岁奉使，已至居延，单行虏庭，绝漠千里。臣虽万死，无答鸿恩，恐先朝露，有负眷知。伏惟陛下仁隐自天，孝思在物，哀臣孤苦，降鉴幽冥，使臣来年得营葬具，斩草旧域，合骨先坟，保送羁魂，获申子道，乌鸟之志，获遂私情。迁窆事毕，驰影奔赴，虽即殒殁，甘心无憾。

申宗人冤狱书

臣闻古人言：为国忠臣者半死，而为国谏臣者必死。然而至忠之臣，不避死以谏主；至圣之主，不恶直以废忠。臣幸逢陛下至圣大明，好忠爱直，每正言直谏，特见优容。今陛下方御宝图，以临阳馆，崇阐玄化，宁济苍生，固臣精心洁意，愿陛下至德与三皇比矣。然臣伏见陛下有至圣之德，左右无至忠之臣，使上下不通，内外壅隔。臣窃惧之，恐后代或以为圣朝无至忠之臣。故臣敢冒万死，越职上奏，伏乞天恩，宽臣喘息，毕尽忠言。

臣闻上有圣君，下无枉臣。昔舜诛四凶，尧不罪舜；周公诛管蔡，成王不罪周公；霍光诛燕王，昭帝不罪子孟。何者？此数公皆为国讨贼，为君殄仇，假虽擅权，犹不可罪，况奉君命而执法者乎？臣伏见宗人嘉言，有至忠之诚，抱徇公之节，执法不挠，为国殄仇。顷者逆子贼臣，阴构祸难，潜图密计，将危社稷。当时逆节初露，朝野震惊，赖陛下神武之威，天机电断，得奉圣决。恭顺天诛，不顾躯命，不避强御，唯法是守，唯恶是仇。幸能察罪明辜，穷奸极党，使伏法者自首情实，天衢得以清泰，万国得以欢宁，诚是陛下神断之明，抑亦尽忠之效。陛下所以自监察御史擢拜为凤阁舍人者，岂不以表其臣节，报其竭诚，使天下之人和其忠恳者也。当此之时，忠必见信，行必见明，自谓专一，事君无贰也。今乃遭诬罔之罪，被构架之词，陷见疑之辜，困无验之诘。幽穷诏狱，吏不见明，肝血赤心，无所控告。母年八十，老病在床，抱疾喘息，朝不保夕。今日身幽狱户，死生断绝，朝蒙国荣，夕为孤囚，臣窃痛之，何顷者至忠而今日受赂。辜负圣主，忧及慈亲，诚足痛恨。臣比者固知不免此祸，不能度德量力，贪荣昧进，以讼受服，谁能免尤。向使辞宠让荣，陈力下列，雷同众辈，勤恪在公，与全躯保妻子之臣，恭默圣代，臣固知今日未招此患。何者？古人云："盗憎主人。"被尧诛者不能无怨。顷来执法诛罪，多是国之权豪，父仇子怨，岂可胜道。亲党阴结，同恶相从，使肝为朝脯，肉为俎醢，宗诛族灭，肝脑涂地，彼凶仇也，未足以快其心。况蒙国宠荣，位显朝列，凶仇切齿，怨黩何穷。臣窃恐今日之辜，已是仇怨者相结构矣，陛下至圣明察，岂不为之降照哉？倘万一仇诬滥罪，使凶罴者得计，忠正者见辜，为贼报仇，岂不枉苦。

夫孤直者，众邪之所憎；至公者，群恶之所疾。寡不敌众，孤不胜群，群诬成罪，圣不能救，自古所有，非止于今。古者吴起事楚，抑削庶族，以尊楚君，楚国既强，吴起蒙戮。商鞅事秦，专讨庶孽，以明秦法，秦国既霸，商鞅极刑。晁错事汉，诸侯咸强，七国骄奢，将凌王室，错削弱其势以尊汉。景帝不悟，惑奸臣之说，遂族灭晁氏。此三臣岂不尽忠，愿保其君，然而身死族灭，为仇者所快，皆当代不觉，而后代伤之。圣主明君，可不谓之痛伤邪？臣以嘉言虽无三子之智，窃恐获罪或与之同。伏惟陛下仁慈矜怜，悯察其忠。且臣闻汉高祖谋楚，与陈平四万金，及其为帝，不问金之出入。何者？立大功者不求小疵，有大忠者不求小过，所谓圣主之至道者也。陛下豁达大度，至圣宽仁，观于汉祖，固已远矣，龌龊小吏，何足为陛下深责哉！伏愿天恩，矜愚赦罪，念功补过，乞其终养老母，获尽余年，岂非圣主之恩，仁君之惠，有礼有训，善始善终哉。臣于嘉言，亲非骨肉，同姓相善，臣知其忠。然非是丘园之贤，道德之茂，大雅明哲，能保其身。假使获罪于天。身首异处，盖如一蝼蚁尔，亦何足可称。然臣念其曾一日承恩，蒙圣主驱使，而不以赤诚取信，今乃负罪见疑，臣实痛之。恐累圣主之明，伤其老母之寿，身污明法，为后代所悲。臣知其忠，岂能无惜，所以敢冒万死，乞见矜怜。臣若言非至忠，苟有侥幸，请受诛斩。伏表惶怖，魂魄飞扬。

252